*Meiner alten Schule,
der ich viel verdanke*

V. Manz

Volker Manz

Strahlende Zukunft

Ein Jugendabenteuer aus der alten Republik

 tredition

Die Fahrerin drückte das Gaspedal auf das Bodenblech des betagten Renault R4. Unter dröhnendem Protest aller seiner Karosserieteile mobilisierte das Gefährt seine letzten Reserven und die Tachonadel zitterte sich auf die rekordverdächtige 100 km/h Markierung zu. Der Fahrwind brauste durch die offene Seitenscheibe und ließ blonde Locken wild im Wind flattern.

„Kannst du bitte die Kassette umdrehen?", rief Erics Mutter gegen das Dröhnen und Rauschen.

Der Sohn nickte und drückte auf den großen Knopf, der die Kassette mit einem rasselnden Knirschgeräusch auswarf, das nichts Gutes für die Lebensdauer des Tonträgers versprach. Zwar war auf der Autobahn angesichts des Spektakels des um sein Leben ringenden Motors von der Musik ohnehin nicht viel mehr als das Schlagzeug und mit Glück etwas vom Bass zu hören, aber das störte die beiden Reisenden nicht. Zum Autofahren gehörte Musik und die neuste Errungenschaft in dieser Hinsicht stellte ein ziemlich schief unter das Armaturenbrett geschraubtes Kassettengerät dar. Es machte endlich unabhängig vom Gedudel der meist schlecht zu empfangenen Sender, zumindest bis zu dem Zeitpunkt, wenn mal wieder eine Kassette unter mahlendem Geräusch ihr Leben aushauchte.

Noch funktionierte alles und die Fahrerin klopfte den Rhythmus von *Far, far away* der britischen Gruppe Slade mit und begleitete engagiert den Refrain des Liedes:

„And I am far far away, with my head up in the clouds!

„And I am far far away, with my feet down in the ground!

Ihre Stimme klang schöner als das krächzende Röhren des Band-Sängers.

Sohn und Mutter rauschten mehrstimmig durch den Feriennachmittag, der vorletzte seiner Art, denn bereits am Montag wartete der Beginn des neuen Schuljahrs. Ein bekanntes, doch bislang ungeklärtes Mysterium rankte sich um die großen Schulferien. Noch vor wenigen Wochen erschienen sie als unendliche, kaum zu überblickende Zeitspanne, sodass Eric die bevorstehende Flut freier Tage fast ein wenig beunruhigte. Seine beste Freundin Cleo war von ihren Eltern in die allsommerlich fest gebuchte Familienferienpension am Wolfgangsee verschleppt worden und hatte ihn hinsichtlich Freizeitgestaltung alleine zurückgelassen.

Während er noch sein eigenes Ferienprogramm aus Baggersee, Radtouren und Fotoexkursionen zusammenstellte, nahm im Hintergrund die Zeit unmerklich Fahrt auf und ehe er es fassen konnte, sauste die allerletzte Ferienwoche heran. Einstein hatte die Relativität der Zeit anhand verschiedener Lichtexperimente erklärt. Eric war sich mittlerweile ziemlich sicher, dass die Schulferien den berühmten Physiker ebenfalls auf seine Entdeckung gebracht hätten.

Mit oder ohne einsteinsche Relativität verhielten Ferien sich wie Geld oder Schokolade, stets waren sie viel schneller aufgebraucht, als es allgemein wünschenswert schien.

Der noch vorhandene kümmerliche Ferienrest wurde an diesem Tag genutzt, um über schlecht instandgehaltene Autobahnen Richtung Bayern zu rumpeln. Dort wollte Erics Mutter Aufnahmen von einer Demonstration gegen ein geplantes Kernkraftwerk machen. Sie arbeitete als Fotografin für verschiedene Zeitungen und lieferte Bildmaterial zu aktuellen Themen und Konflikten in der Republik. Zur Zeit erhitzten heftige Diskussionen um die Kernenergie die Gemüter und füllten Nachrichtensendungen und Zeitungsspalten. Durch das mütterliche Vorbild früh geprägt, betätigte sich Eric gerne als Hobbyfotograf und durfte als Assistent manchmal zu Fotoshootings mitkommen.

Nach einer weiteren Stunde Fahrt erreichten sie den Ort, an dem gegen den Bau des Kraftwerks demonstriert werden sollte. Die normalerweise ungestört auf den lieblichen bayrischen Wiesen weidenden Kühe erlebten einen ungewohnt hektischen Samstagnachmittag. Es waren tausende Menschen aus allen Ecken der Republik angereist, um gegen die aus ihrer Sicht gefährliche Technik zu protestieren. Dazu trugen sie Schilder oder Transparente und sangen Lieder, während sie sich in einer langen Kette in Richtung des hohen Zauns bewegten, welcher die riesige Baustelle umschloss. Eric wunderte sich über die Größe der Demonstration. Viele Menschen in Deutschland fürchteten sich vor einem atomaren Unfall, aber dass so viele deshalb an einem Samstag in die abgelegene bayrische Einöde fahren würden, hatte er nicht vermutet. Die Angst musste recht groß sein.

Er überlegte, ob er selbst sich eigentlich vor der Kernenergie fürchtete, kam aber zu keinem definitiven Schluss. Er verfügte einfach über zu wenig Informationen und diese schienen auch noch widersprüchlich. Manche Leute hielten einen Atomunfall für völlig unwahrscheinlich, andere rechneten eher morgen als übermorgen damit.

Während Eric über die Gefahren der Nukleartechnik grübelte, kam die Fotografin ihrem Auftrag nach, eilte im Laufschritt neben der langsamen Prozession vor und zurück, um gute Perspektiven für ihre Aufnahmen zu bekommen.

Plötzlich stoppte der Zug, die Spitze der Demonstranten hatte fast die Absperrung erreicht, die das Baugelände vor Kernkraftgegnern schützen sollte. Bereits zwanzig Meter davor blockierten zahlreiche Polizisten, Wasserwerfer und Panzerfahrzeuge den weiteren Weg. Die Demonstranten konnten als lange Schlange nichts gegen die Polizeibarriere ausrichten, daher fächerten sie sich nach kurzer Beratung auf und bildeten eine breite Front gegenüber den Polizisten.

„Schnell jetzt Eric, wahrscheinlich geht es gleich rund und ich brauche ein paar gute Fotos, bevor es zu ungemütlich hier wird!"

Die Mutter sprang über einen Graben und versuchte im Laufschritt eine kleine Anhöhe in einem der Rübenfelder zu erreichen, um einen guten Überblick zu haben. Eric, mit einer schweren Fototasche voller Wechselobjektive beladen, patschte durch den feuchten Ackerschlamm hinterher.

Demonstranten und Polizisten standen sich einige lange Momente gegenüber und beobachteten sich argwöhnisch. Offenbar verfügte keine der beiden Seiten über einen überzeugenden Plan, wie es weitergehen sollte. Eric spürte selbst aus der Entfernung die Anspannung zwischen den beiden Lagern und blickte zu seiner Mutter. Diese hantierte hochkonzentriert mit ihrer Kamera und konnte keine Aufmerksamkeit für ihren Sohn aufbringen.

Plötzlich stimmte einige Leute das Lied *We shall overcome* an und der ganze Demonstrationszug fiel nach und nach ein. Die schöne und einfache Melodie schwang in Klangwellen über die matschigen Felder und die stacheldrahtbewehrte Baustelle. Eric kannte den Song, der ursprünglich von farbigen Menschen in den USA gegen die weiße Unterdrückung gesungen wurde. Die gerechte Sache sollte siegen, eines Tages, auch wenn es vielleicht im Moment nicht danach aussah.

Deep in my heart, I do believe, We shall overcome one day!

Als die Melodie verstummt war, begannen die Demonstranten rhythmisch zu rufen: „Hoy, Hoy, Hoy!"

„Schnell, gib mir das 200 Millimeter Teleobjektiv! Rasch!" Eric nestelte in der Fototasche und hätte in der Hektik fast die wertvolle Optik in den Matsch fallen lassen. Die Fotografin verhinderte das Unglück, schraubte das Tele fest und schon klickte die Nikon wieder.

Im Takt schallte es: „Hoy, Hoy, Hoy!"

Als alle im Rhythmus waren, rannte die vorderste Reihe gegen die Absperrung an.

Wer versuchte, die Absperrung zu durchbrechen, wurde durch umhersausende Polizeiknüppel an diesem Vorhaben gehindert.

Klick. Klick. Klick.

Im nächsten Moment richteten sich die harten Strahlen der Wasserwerfer auf die nachdrängenden Reihen. Eric und seine Mutter standen weiter weg und bekamen nur weichen Gischt ab.

„Okay, es wird heftig, sofort zurückgehen oder kann ich noch ein paar Aufnahmen machen?", rief die Fotografin laut, um die tosenden Werfer und die Protestrufe der Menge zu übertönen.

„Weiter fotografieren!", schrie Eric gegen den allgegenwärtigen Lärm zurück.

So bestimmt seine Antwort aufgrund der notwendigen Lautstärke auch klang, innerlich war er alles andere als sicher. Er wollte vor der eigenen Mutter nicht als Feigling dastehen, aber eigentlich auch keinen der mehr als zahlreichen Polizeiknüppel auf den Schädel bekommen. In manchen Situationen fiel es echt schwer, Entscheidungen zu treffen.

Die Mutter lächelte ihn an, sie konnte unwiderstehlich lächeln, wenn man tat, was sie erwartete. In diesem Fall war es ein sehr kurzer Genuss, denn sie wandte sich bereits in der nächsten Sekunde wieder ihrem Fotoapparat zu.

Klick. Klick. Klick.

Dann wurde das Geräusch des Auslösers plötzlich durch das laute Trampeln von Stiefeln übertönt. Die Fotografin zögerte keine Sekunde.

„Lauf! So schnell du kannst!", lautete der in hartem Kommandoton eines altgedienten Feldwebels erteilte Befehl und Eric gehorchte augenblicklich.

Keine Sekunde zu früh, denn Erics letzter Blick landete auf keinem Fotonegativ, aber für lange Zeit in seinem Kopf. Dunkle Gestalten, die mit Schildern, Helmen und Knüppeln bewaffnet aus einer Gischtwolke auftauchten, und drohten, alles zu zermalmen, was in Reichweite liegt.

Gemeinsam hasteten sie zurück. Die wütenden Protestrufe und gellenden Pfiffe der Demonstranten änderten nichts, an diesem Tag besaßen die Knüppel die im Wortsinn schlagkräftigeren Argumente und der Protest musste den Rückzug antreten.

Nach kurzem Lauf erreichten sie einen weiteren Graben, über den sie mit einem Satz hinwegsprangen.

Das enthusiastische „Hoy Hoy Hoy" war verstummt. Vereinzelte mit erstickter Verzweiflung hervor gestoßene Protestrufe gellten durch die Luft, gingen aber mehr und mehr im zischenden Geräusch der Wasserwerfer und dem rhythmischen Flappen des Polizeihubschraubers unter, der dicht über den Demonstranten kreiste.

Die Fotografin drehte sich einen Moment um, ihre Nikon-Kamera klickte zweimal, dann schubste sie ihren Sohn weiter. Während sie über die nassen, schlammigen Felder liefen, wurden ihre Schuhe durch den Lehm, der an ihnen klebte, schwerer und schwerer. Immer mühsamer wurde es, die Füße vom schmierigen Boden zu lösen. Beide keuchten hart vor Anstrengung, schließlich erreichten sie die Straße.

„Alles klar bei dir?"

Eric nickte und schmiegte sich an seine Mutter. Sie löste sich geistesabwesend, um die Lage zu checken.

„Lass uns rasch zum Auto gehen, ich will hier weg sein, bevor sie Sperren errichten und womöglich meine Filme beschlagnahmen!"

Als sie wenig später den altersschwachen Motor überzeugt hatten, widerwillig die Arbeit aufzunehmen und sich ruckelnd auf die Landstraße einfädelten, entspannte sich der Gesichtsausdruck der Fotografin.

„Puh, das war heftiger, als ich gedacht habe. Aber Fotografen müssen immer genau dort sein, wo etwas passiert, auch wenn das manchmal nicht ungefährlich ist. Hast du gut gemacht!"

Eric strahlte über das Lob.

„Jetzt leg uns bitte die Queen-Kassette ein, ich brauche etwas Ablenkung."

Freddy Mercurys sang mit seiner unvergleichlichen Stimme gegen das Röhren des Motors an und gewann.

Eric dachte auf dem Rückweg über das Erlebte nach. Warum hatten viele Menschen so große Angst vor der Atomkraft, dass sie sich sogar der wesentlich greifbareren Gefahr von Polizeiknüppeln und Wasserwerfern aussetzten? In den Schulbüchern und den meisten Zeitungen galt diese Energieform als modern und zukunftsträchtig. Zukunftsträchtig war eine Vokabel, die nicht nur in der Schulliteratur mit positiven Erwartungen verknüpft war, das ganze Land gab sich fortschrittsorientiert. Seine Bewohner glaubten mehrheitlich an ein besseres Morgen. Bei den Demonstranten schien eher Zukunftsangst vorzuherrschen. Was dachte die Fotografin eigentlich selbst über Kernkraftwerke?

Darüber konnte er mit ihr im Moment nicht sprechen, sie hatte das mit dem Ablenken ernst gemeint. Nachdem sie gerade zwei Stunden hochintensiv gearbeitet hatte, wollte sie sich auf der Rückfahrt entspannen, nicht reden.

Am folgenden Montag begann das neue Schuljahr. Eric und seine beste

Freundin Cleo trafen sich noch reichlich verschlafen auf dem Weg zur S-Bahn. Sie bildeten seit der ersten Klasse ein unzertrennliches Gespann, wobei der Unzertrennlichkeit beim Übergang in die weiterführende Schule ziemliche Steine in den Weg gelegt worden waren. Erics Familie väterlicherseits stammte aus einer mindestens so alten wie verarmten osteuropäischen Familie, die seit Jahrhunderten verlorener Glorie hinterher trauerte. Je unbedeutender der Clan wurde, umso stärker wuchs das Bedürfnis, zumindest den Anschein von Noblesse aufrechtzuerhalten. Entsprechend forderte die Familienräson, dass der jüngste Stammhalter das vorgeblich beste Gymnasium besuchte, das die Stadt zu bieten hatte.

Durch einen glücklichen Zufall residierte eine kleine renommierte Lehranstalt im alten Stadtkern, deren Besuch geeignet schien, der schwindenden Bedeutung des Familienzweigs etwas Glanz zu verleihen. Eric zeigte sich wenig begeistert, denn die Schule fürs Image lag weit vom Wohnort und keiner seiner Grundschulfreunde würde ihn dort hinbegleiten können. Solche Bedenken wogen gegen den Familiendünkel nicht schwer genug. In hitzigen und teils lautstark geführten Diskussionen hatte Eric schließlich durchgesetzt, dass er diese Schule nur besuchen würde, wenn Cleo mit dorthin wechselte. Diese Bedingung umzusetzen, hatte sich als einigermaßen kompliziert erwiesen. Cleo kam aus einer normalen Familie, in der niemand auf den schrägen Gedanken verfiel, das Gymnasium des eigenen Stadtteils könnte nicht gut genug für die Tochter sein. Im Gegenteil. Der Vater hatte sich als einfacher kommunaler Angestellter über zwanzig treue Dienstjahre in den sogenannten mittleren Dienst emporgearbeitet und erlebte bereits den Gymnasialbesuch der Tochter als Angriff auf die gottgegebene Ordnung.

„So etwas Extravagantes kommt nicht in Frage. Für mich war die Realschule auch gut genug, dann wird das für dich auch passen!", hatte das Familienoberhaupt zunächst unwillig gepoltert.

Aber Cleo verstand es vorzüglich, die richtigen Knöpfe beim Vater zu drücken.

Mit erprobten Augenaufschlag und geschickt eingesetztem Einlagen aus dem langjähtigen Erfolgsstück *Ich-bin-doch-deine-liebste-und-einzige-Prinzessin* wurde der notwendige Sinneswandel beim widerborstigen Familienoberhaupt eingeleitet. Aber die Erlaubnis zur höheren Schule bedeutete keineswegs, dass der bodenständigen Angestellten des mittleren Dienstes dem Besuch des Parzival, der ältesten noch existierende Schule der Stadt zustimmte, dafür fehlten die Mittel. wurde die Zustimmung zu der außergewöhnlichen Schule durch eine erhebliche Portion väterlichen Stolz erleichtert.

Hier kam Cleo eine Abfolge günstiger Umstände zu Hilfe. Ihre Familie wohnte in einem kommunalen Wohngebäude, dass den Seitenflügel der großen städtischen Bibliothek bildete. Bedingt durch diese Nähe und der üblichen Knappheit an Kindergartenplätzen hatte Cleo ihre Vorschulzeit in einem Nebenraum der Bibliothek inmitten von Büchern verbracht und sich dabei bereits mit vier Jahren das Lesen selbst beigebracht. Der ebenso frühe wie intensive Bücherkonsum war nicht ohne Auswirkungen auf ihre sprachlichen Fertigkeiten und das Allgemeinwissen geblieben. Bei den Einstufungstests für die weiterführende Schule, die alle Viertklässler des Landes in eine von drei Qualitätsstufen sortierten, hatte sie fast unvermeidlich das beste Ergebnis des gesamten Schulbezirks erzielt.

Das wäre wahrscheinlich eine Randnotiz ohne nachhaltige Bedeutung geblieben, hätte das renommierte Parzival nicht jedes Schuljahr einige Stipendien an besonders Begabte vergeben. So hatte sich das hohe gußeiserne Tor der alten Lehranstalt auch für Cleo geöffnet und dieser unerwartete Erfolg ließ die Brust des Vaters voll stolzer Freude schwellen, als ob er die Heldentat selbst vollbracht hätte.

Cleo musste sich langatmige Vorträge, über die vielfältigen Gefahren in einer der Herkunft nicht angemessenen Umgebung anhören, wobei die mahnenden Worte des braven Spießbürgers vor allem zur Beruhigung seiner Ehefrau gedacht waren. Diese lehnte die Pläne der Tochter als überhebliches

Traumgespinst strikt ab und war überzeugt, ,das Kind wird dort nur verdorben'. Trotz ihrer Vorbehalte unterschrieben die Eltern letzlich mit den tiefsten Sorgenfalten, zu denen ihre Gesichtsmuskulatur in der Lage war, den Schulvertrag. Die beiden Freunde konnte zusammen auf die höhere Schule wechseln und die Unzertrennlichkeit wurde bewahrt.

Das war vor drei Jahren gewesen und Cleo, eine hoch aufgeschossene 14-Jährige mit strohblonden Haaren und Pferdeschwanz, erinnerte sich nur zu gut an ihre damalige gemeinsame Jungfernfahrt in die Altstadt:

„Weißt du noch, wie aufgeregt wir am ersten Schultag waren?", erkundigte sie sich und zog ihren mit Sommersprossen überzogenen Nasenrücken in Denkfalten.

Eric nickte. Sie waren damals ebenfalls um 7:52 Uhr in der überfüllten S-Bahn Linie Sieben Richtung Altstadt gerattert, allerdings hatte an jenem Septembermorgen die Aufregung ungleich stärker an ihnen genagt. Eric erinnerte sich an die heftigen Verwünschungen, mit denen er damals den versnobten Zweig seiner Familie belegt hatte.

„Wir müssen raus", unterbrach Cleo die Erinnerungen, als die Bahn klingelnd die Haltestelle mit dem informativen Namen *Schlosspark* anfuhr.

Die beiden schlenderten gemütlich aus dem hektischen Treiben der breiten Haupteinkaufsstraße in eine kleine Seitengasse, die zu dem parkähnlichen Schulgelände führte. An diesem ersten Schultag bestand kein Grund zur Eile, denn er würde wie jedes Jahr mit dem Empfang der Neuen beginnen. Die kamen nie alle pünktlich, sodass die Zeremonie in weiser Voraussicht erst auf 9:00 Uhr angesetzt war.

„Jedenfalls sind wir ab heute in der Mittelstufe und rücken in den Unterrichtsräumen nach oben!", stellte Cleo beim Einbiegen in die Auffahrt zum Schulgelände fest.

Das verwinkelte Bauwerk versteckte sich in einem kleinen Park zwischen hohen Bäumen, zumeist Kastanien und Platanen, unter die sich im Laufe der

Zeit einige Eichen und Buchen geschmuggelt hatten. Nahezu alle Bäume standen schon Jahrzehnte an ihrem Platz und spendeten mit ihren ausladenden Kronen viel Schatten und Sichtschutz.

Das Schulgebäude präsentierte sich im bunten Stilmix verschiedener lange zurückliegender Bauphasen. Glücklicherweise waren die zahlreichen Bomben des letzten Krieges, welche große Teile der Innenstadt in Schutt und Asche gelegt hatten, zielgenau um die dicken Mauern der Lehranstalt herum gefallen. Der unerbittliche Zahn der Zeit hatte sich weniger gnädig gezeigt und der einhergehende Verfall war bei genauerem Hinsehen an vielen Stellen des Mauerwerks deutlich. Mit etwas Abstand betrachtet wirkte die in unterschiedlichen Rottönen gehaltene Bau jedoch eindrucksvoll und tauchte sogar als Motiv auf einigen älteren Postkarten mit Stadtansichten auf.

Am Hauptgebäude repräsentierten die Farbschattierungen die Abfolge der Lernebenen, wobei im Erdgeschoss die Unterstufe ihre Räumlichkeiten fand. Je näher die Schüler dem Abitur kamen, desto weiter nach oben rückten ihre Klassenzimmer. Dem Untergeschoss, im Schuljargon Bunker genannt, zu entkommen, bedeutete eine erhebliche Aufwertung. Darauf hatte Cleo mit ihrer Bemerkung angespielt.

„Genau, wir sind nämlich jetzt in der achten Klasse", bestätigte Eric und fühlte sich gleich viel erwachsener.

Sie schritten durch das hohe schmiedeeiserne Tor und der grobe Kies knirschte vertraut unter ihren Sohlen. Wenig später formten sie mit rund 200 anderen Schülern im Schulhof einen Halbkreis und begrüßten die Neuen. Das gleiche Ritual hatten sie bei ihrem Schuleintritt auch erlebt.

Heute wie damals kam Cleo die ganze Show ziemlich affig vor, wenigstens stand sie jetzt auf der besseren Seite dieses Spektakels.

Als alle Neueintritte versammelt waren, gab der Rektor ein Zeichen und sie sangen die sogenannte Schulhymne. Darin ging es um irgendeinen Blödsinn von der Freude am Lernen und um Athene, die griechische Göttin der

Weisheit.

Wenn mir das schon bescheuert vorkommt, was denken dann erst die Oberstufenschüler, überlegte Cleo. Aber ein unauffälliger Blick in die Runde offenbarte, dass alle Altersstufen ebenso engagiert wie melodisch falsch mitsangen. Insgesamt schien es für Viele eine gute Sache, die Frischlinge so zeremoniell willkommen zu heißen. Cleo erinnerte sich, dass der freundliche Empfang, der neben peinlichen Schulhymnen erfreulicherweise auch Butterbrezeln und Limonade beinhaltete, ihr damals einiges der eigenen Unsicherheit genommen hat.

Dann verschwanden die Fünftklässler in der Aula, um sterbenslangweilige Willkommensreden des Rektors und der Unterstufenleiterin über sich ergehen zu lassen.

„Cleo!"

Die Gerufene blickte erstaunt über die sich auflösende Versammlung und sah Konrektor Dr. Tellenhagen mit einem sommersprossigen, schlaksigen Mädchen auf sich zukommen.

„Das ist Caissy, sie ist dieses Schuljahr neu zu uns gekommen und wird in eurer Klasse sein. Würdest du sie bitte als Patin einführen.", stellte der stellvertretende Schulleiter seine Begleitung vor.

„Selbstverständlich. Hallo, ich bin Cleo und das ist Eric", sie streckte der Neuen freundlich die Hand entgegen.

„Hello, nice to meet you – ahmm ich besser trainiere mein deutsch, also, nett zu treffen euch", erwiderte das rot gelockte Mädchen.

Sie begrüßten sich und der Konrektor eilte, nachdem er seinen Schützling erfolgreich übergeben hatte, zu weitren wichtigen pädagogischen Aufgaben.

„Soll ich auch gehen zu Einführungsrede von Schulmaster?"

„Nein, kann ich dir nicht empfehlen, es sei denn, zu stehst auf langweilige und komplett überflüssige Erklärungen zum Thema *how to become an excellent student*", riet Patin Cleo.

„Verstehe, wie in meiner alten Schule", lachte Caissy.

„Das ist wahrscheinlich überall auf der Welt so. Wo kommst, du her?", erkundigte sich Eric.

„Aus Irland, genauer aus Dublin."

„Das klingt interessant, bestimmt kannst du uns viel über eure Hauptstadt erzählen. Wir müssen jetzt aber erst mal in unser neues Klassenzimmer und einen strategisch guten Platz erobern. Gleich kommt Frau Reizbar, Miss... ahmmm how can I translate it, perhaps Miss Bad Temper."

„Miss Bad Temper! Sounds not so good."

„Ganz so schlimm ist sie nicht, nur anstrengend und überhaupt, sie gibt Englisch. Du wirst überhaupt keine Probleme mit ihr haben", beruhigte Eric.

Während sie sich zum Klassenraum der Untersekunda begaben, überlegte Cleo, wie sie zu der Ehre kam, als Patin zu agieren. Wenn neue Schüler in höhere Klassen integriert wurden, bekamen sie eine Bezugsperson zugeteilt, die alle Abläufe erklärte und sich die ersten Wochen um das neue Mitglied kümmerte. Auf diese Weise sollte die Eingewöhnung erleichtert werden und der Neuparzivalaner an die zahllosen Regeln und Gebräuche herangeführt werden.

Normalerweise wurde diese Aufgabe den Vertrauensschülern übertragen, von denen es in jeder Klasse zwei gab. Cleo konnte sich allenfalls denken, dass wegen ihrer guten Zensuren ausgewählt worden war. Wie auch immer, diese Caissy hatte eine nette Ausstrahlung und schien unkompliziert, die Aufgabe stellte also keine unangenehme Herausforderung dar.

Also sie den Klassenraum erreichten, war die meisten bereits versammelt und sie mussten mit den unbeliebten Plätzen in den ersten Reihen vorliebnehmen.

Wenig später kam Oberstudienrätin Reisig angerauscht, um den Stundenplan zu verkünden.

Frau Reizbar, wie die hagere Fünfzigjährige von den Schülern genannt wurde, gehörte nach allgemeiner und fundierter Schülermeinung nicht zu den

Highlights der berühmten Lehranstalt. Hauptsächlich war sie als Unterstufendompteurin angestellt, eine Aufgabe die sie mit schriller Stimme, ständiger Hektik und hohen Lerndruck aus Sicht der Schulführung wahrscheinlich zufriedenstellend erfüllte. Eigentlich hatte die Klasse gehofft, die knochige Person mit den wasserstoffblonden Haaren, deren Farbton nach Cleos Einschätzung niemals echt sein konnte, mit dem Aufstieg in die Mittelstufe loszuwerden.

Aus unbekannten Gründen war das schiefgelaufen und so turnte die Lehrerin weiter mit anstrengender Verbissenheit durch die Englischstunden und vermittelte in maschinengewehrartigen Stakkato angeblich wichtige Lerninhalte. Für Schüler, die bei ihrem D-Zugtempo außer Puste kamen, zeigte sie wenig Verständnis. Sie selbst hatte als Wunderkind in ihrer Schulzeit nicht nur zwei Klassen übersprungen, sondern auch bereits mit knapp sechzehn Jahren ein sogenanntes Notabitur abgelegt. Den Zeitgewinn nutze sie, um anschließend als Luftwaffenhelferin ihren Dienst für das von alliierten Bombern bedrohte Vaterland zu leisten. Ihre verschiedenen Großtaten fanden in schöner Regelmäßigkeit Erwähnung – natürlich auch an diesem ersten Tag des neuen Schuljahrs:

„Ich wünsche mir von euch, dass wir den Stoff zusammen zügig bewältigen und alle die Lernziele dieser Stufe sicher erreichen. So viel ist das ja nicht. Ich selbst habe diese Klasse übersprungen und musste trotzdem in der Oberterzia kaum Zeit fürs Nachholen verwenden.“

„Ja, du bist das schlauste Wesen zwischen hier und Alpha Centauri, das wussten wir aber schon“, flüsterte Cleo genervt vor sich hin.

„Du hast eine Frage, Cleo?“, schallte es von vorn, da die Lehrerin offenbar doch etwas gehört hatte.

„Ähm ja, ich wollte wissen, ob wir dieses Jahr wieder so viele Tests schreiben. Wenn der Stoff doch nicht so umfangreich ist, wäre das doch nicht erforderlich, oder?“, erwiderte Cleo in gewohnt gewählter Ausdrucksweise und setzte gleichzeitig ihren Prinzessinnen-Gesichtsausdruck auf.

Die Lehrerin ließ sich davon nicht beeindrucken:

„Selbstverständlich gibt es wieder regelmäßige Tests, andernfalls lernen Schüler wie ihr ja nicht. Schon in meinem Referendariat habe ich erfahren müssen, dass eine Klasse einzig und alleine auf Druck reagiert. Ich dagegen habe früher freiwillig und gerne alles gelernt, was die Schulbücher hergaben."

„Wir würden vielleicht auch freiwillig mehr tun, wenn die Reizbar ihren Unterricht weniger nervig gestalten würde", knurrte Cleo später in der Großen Pause, als sie unter einer der zahlreichen Kastanien saßen und leckere Butterbrezeln verspeisten. Es waren einige Willkommens-Fressalien der Fünftklässler übrig geblieben und wer schnell genug war, ergatterte eine kostenlose Pausenverpflegung.

„Die Reizbar ist eben so. Sie kann sich nicht vorstellen, dass jemand ein anderes Hobby haben könnte, als Tag und Nacht zu büffeln", erwiderte Eric.

„Why work as teacher, if have no sense for pupils?", wunderte sich Caissy.

Diese schwerwiegende Frage blieb unbeantwortet und es könnte aus Fairness gegenüber Frau Reizbar angemerkt werden, dass kritische Nachfragen hinsichtlich der Berufsmotivation bei manchem Mitglied des Lehrkörpers angebracht schienen.

Der Schulalltag der achten Klasse nahm seinen Lauf und erforderte entgegen der Prognosen der Klassenlehrerin durchaus Lernanstrengungen.

Da gestaltete es sich praktisch, dass Eric keiner Religionsgemeinschaft angehörte. Seine Mutter hatte ihn nicht taufen lassen, sehr zum Leidwesen des bedeutenden konservativen Familienzweigs, der angeblich schon vor 400 Jahren gegen im Osten anstürmende Ungläubige gekämpft hatte. Dafür hatten die tapferen Ahnen, ebenfalls angeblich, den Ehrenorden *Verteidiger des Christenlandes* erhalten. Das entsprechende Beweisstück war leider in den Wirren der Geschichte verloren gegangen, weshalb der Erzählung ein wenig die Glaubwürdigkeit fehlte. Dessen ungeachtet hatte der Umstand, dass keine der christlichen Kirchen Erics Seele bisher in den Tiefen ihrer Registratur hatte begraben können, zu einem tiefen Familienzwist geführt. Hinter der bis heute kritisierten Entscheidung der Mutter stand die Idee, dass Eric, sobald er sich alt und informiert genug fühlte, selbst entscheiden sollte, welchem Glauben er angehören wollte.

Dieses Vorgehen schien Eric höchst vernünftig und er war zur Ansicht gelangt, dass eine solche Festlegung noch viel Zeit hatte. So nutzte er die Freistunden, die ihm sein Heidentum bescherte, zum Erledigen anstehender Lernaufgaben. Hierzu standen entweder der Mittelstufenraum oder auch die Bibliothek zur Verfügung. Eric bevorzugte bei weitem die Bibliothek, denn diese strahlte mit ihren hohen Eichenregalen, in denen sich tausende alter Bücher drängelten, eine ganz besondere Atmosphäre aus.

Die Bibliothekarin, Frau Liebig, trug dafür Sorge, dass niemand den teils über 100 Jahren alten Wälzern in dicken Ledereinbänden ein Leid zufügte. Sie war eine freundliche, kleingewachsene Person, die unverkennbar grüne Wollkostüme bevorzugte und selten in anderer Kleidung anzutreffen war. Eric hatte rasch Freundschaft mit ihr geschlossen, denn Cleos Begeisterung für Bücher hatte sich im Laufe der Freundschaft auf ihn übertragen. Die alten Bücher wirkten höchst interessant, auch wenn sie kaum mehr dazu geeignet schienen, aktuelles Schulwissen zu vermitteln.

In dieser ersten Schulwoche waren die Pflichten noch überschaubar und daher bald erledigt. In der verbleibenden Zeit strolchte Eric ein wenig durch die Gänge der Schule, in denen sich immer wieder etwas Neues entdecken ließ. Anders als bei den quaderförmigen Betonschulbauten der Neuzeit präsentierte das alte Gemäuer Dutzende Male umgebaut und es ließen sich immer wieder neue Ecken, Winkel und Merkwürdigkeiten entdecken. Manche Bereiche waren offiziell nur für die Oberstufe zugänglich, was Eric allerdings nicht abhielt, denn die zahllosen Korridore und Aufgänge waren während des Unterrichts wie leergefegt. Alles wirkte komplett anders als in den Pausen, wenn dort lärmende Schülerhorden herumwirbeln und die fast heilig mystische anmutende Gänge mit ihrem Geschrei füllten. Manchmal erschien die Stille in den hohen Räumen fast ein wenig unheimlich, wenn er beispielsweise eine der kleineren Wendeltreppen emporstieg, deren alte Stufen in den unterschiedlichsten Tönen wie eine Melodie knarzten.

Diesmal wurde seine Exkursion jedoch bald unterbrochen. Er traf auf den Hausmeister, einen alten, sehr beleibten Mann, der schon seit Urzeiten in der Schule seinen Dienst versah und seine Bezeichnung mit voller Berechtigung trug. Er war der magischen Meister dieses betagten Gebäudeensembles und ohne ihn würde hier nichts funktionieren.

Herr Rudolphs Kopf leuchtete wegen der spätsommerliche Hitze dunkelrot und zwei blassblaue Knopfaugen blickten den Schüler überrascht an.

„Warum bist du nicht im Unterricht?", erkundigte er sich misstrauisch.

„Die anderen haben Religion."

„Und du nicht?"

„Nein, ich bin in keiner. Meine Mutter meint, das sei reaktionär."

„Reaktionär? Was soll das heißen?", er zwinkerte verwirrt mit seinen kleinen blauen Augen und sein Gesichtsausdruck zeigte fragendes Erstaunen.

„Reaktionär – das bedeutet so viel wie... ahm."

Eigentlich stand die Vokabel nach Erics Erfahrung am ehesten für Dinge, die der Mutter nicht passten. Das schien in dieser Situation aber kaum als Erklärung ausreichend. Eric stammelte sich etwas zurecht:

„Also irgendwie altmodisch, nicht fortschrittlich oder so".

„Nicht fortschrittlich?"

Der Hausmeister blickte noch ratloser und kratzte sich am Kopf. Einige Schuppen rieselten auf die gewachsten Bohlen des betagten Schulbodens, halfen allerdings nicht beim Verständnis der schwierigen Vokabel in Verbindung zur Religion. Daher ging er über diese Hürde hinweg und wandte sich praktischeren Aspekten zu.

„Also du fortschrittlicher Schüler, du kannst mir helfen. Mein Assistent feiert mal wieder krank und ich muss alles alleine machen. Fass mal da mit an."

Er deutete auf einen großen Korb gefüllt mit Brezeln, welche für die große

Pause in den Verkaufskiosk getragen werden sollte. Es waren noch einige andere Sachen zu transportieren und Herr Rudolph freute sich sichtlich über Erics Hilfe. Aufgrund seiner Körperfülle bewirkten bereits geringe körperliche Anstrengungen binnen weniger Sekunden den Wechsel der Kopffarbe von rot auf knallrot. Die Farbänderung wurde durch Dutzende Schweißperlen, die auf seiner hohen Stirn glänzten, noch verstärkt.

Herr Rudolph wirkte aus dem Blickwinkel eines Achtklässlers betagt und schon ziemlich gebrechlich, weshalb Eric ihn bereitwillig unterstützte.

Der Hausmeister wurde in der Schülerschaft allgemein als streng empfunden, andererseits schien ein grauhaariger, brummeliger Kustos, wie seine offizielle Bezeichnung im altmodischen Sprachstil der Schule lautete, in das steinalte Gemäuer in gewisser Weise auch zu passen. Er hatte normalerweise einen Gehilfen zur Seite, der ihm die schwere Arbeit abnahm und den er oft mit lauten Kommandos zur Arbeit antrieb.

An diesem Vormittag lernte Eric eine persönlichere und freundlichere Seite kennen. Nachdem die Aufgaben erledigt waren, spendierte der Hausmeister erschöpft aber gut gelaunt eine Limonade samt süßen Hörnchen. Sie saßen auf knarzenden Rohrstühlen im großen Pausenraum und Herr Rudolph begann zu erzählen.

Das alte und daher kompliziert instand zu haltende Gebäude hielt täglich neue Probleme bereit. Der Hausmeister musste eine ganze Heerschar auswärtiger Handwerker organisieren und überall nach dem Rechten sehen. Die Technik hatte meist schon viele Jahrzehnte mehr oder weniger treu gedient, weshalb es kaum noch Fachleute gab, die ihre Funktion verstanden. Deshalb musste Herr Rudolph oft selbst mit anpacken und war bis spät in den Abend beschäftigt. Da fügte es sich praktisch, dass er mit seiner Frau in einem kleinen Haus im Schulpark wohnte. Das sogenannte Kustoshaus war vor über hundert Jahren extra für diesen Zweck errichtet worden. So waren die Hausmeister der verschiedenen Generationen immer zu Stelle, wenn sie gebraucht wurden. Für

Herrn Rudolph war inzwischen jedoch die Zeit gekommen, sich nach einer anderen Wohnmöglichkeit umzusehen.

„Eigentlich wäre ich schon in Rente, aber es hat sich noch kein passender Nachfolger gefunden. Schließlich kommt kaum ein Handwerker mit dieser altmodischen Technik zurecht."

Eric nickte verständnisvoll und erfuhr in den nächsten Minuten, dass sich Ferdinand Rudolph aus den unterschiedlichsten Gründen überhaupt niemanden vorstellen konnte, der dieser anspruchsvollen Aufgabe gewachsen sein könnte. Das ganze Gebäudeensemble mit seiner betagten Installation und den teils mehrere hundert Jahre alten Mauern musste man kennen und verstehen lernen, wozu es Jahre der Erfahrung brauchte. Nachdem dieser Ansicht oft genug Ausdruck verliehen worden war, sah auch die Schulleitung dem Tag seines nicht mehr lange hinauszuzögernden Ruhestands mit wachsender Sorge entgegen. Diese Überlegungen plagten den alten Hausmeister auch an diesem Vormittag und er ließ Eric daran teilhaben:

„Ich weiß wirklich nicht, wem ich meine Schule übergeben könnte. Keiner der Jungspunde, die sie mir schicken, kann so etwas in Ordnung halten."

Er machte eine ausladende Bewegung in Richtung der hohen neogotisch konstruierten Bögen, welche die aus alten und teilweise rissigen Holzpaneelen gebildete Decke trugen.

Eric nickte verständnisvoll, obgleich er die Probleme nicht im Detail nachvollziehen konnte. Er registrierte jedoch verärgert, dass junge Leute vom Hausmeister grundsätzlich als weniger fähig betrachtet wurden. Diese Sichtweise war in der traditionsreichen Schule weit verbreitet. Nur was steinalt und über Generationen bewährt war, zählte. Das Vergangene leuchtete golden, die Gegenwart schien fragwürdig und von der Zukunft war offenbar nichts Positives zu erwarten. Eric hatte sich über diese Grundüberzeugungen schon oft gewundert. Durchschauten die Lehrer nicht, dass sie in ihrer Verklärung der Vergangenheit den jungen Schülern eine positive Zukunft absprachen?

Herr Rudolph sprach in seinen Ausführungen konstant von ‚seiner Schule'. Solche besitzergreifende Formulierungen benutzten auch der Rektor oder die überdrehte Frau Reisig. Offenbar betrachteten viele der hier Beschäftigten die ungewöhnliche Lehranstalt in irgendeiner Form als ihr Eigentum.

„Über 40 Jahre war ich hier der Hausmeister. Kurz vor dem Krieg habe ich hier angefangen. Der damalige Direktor Dr. Birnfeld hat damals dafür gesorgt, dass ich nicht an die Front musste."

„Wie hat er das angestellt?", erkundigte Eric sich interessiert. Normalerweise sprachen Erwachsene ungern über *den Krieg*, womit der Zweite Weltkrieg gemeint war. Die Großelterngeneration, aber auch einige der älteren Lehrer hatten daran teilgenommen und das Geschehen hatte viele Spuren hinterlassen. Auch wenn sie es oft nicht zugaben, die schlimmen Erlebnisse des Krieges beschäftigten viele bis heute.

„Bald nach Kriegsbeginn mussten nahezu alle Männer unter Dreißig einrücken. Nur wer unbedingt gebraucht wurde, konnte der Armee entkommen. Herr Dr. Birnfeld hat mich als unabkömmlich gemeldet. Die Schule war ja schon damals bekannt und das Wort ihres Leiters hatte Gewicht."

„Da haben Sie ja Glück gehabt", erwiderte Eric und überlegte, dass der Ablauf ziemlich ungerecht schien. Wer Hausmeister an einer berühmten Schule war, musste nicht an die Front. Bei einer nicht so berühmten hatte man Pech gehabt und krepierte vielleicht irgendwo auf dem Schlachtfeld.

„Das kannst du laut sagen", erwiderte der Hausmeister und bezog sich dabei auf *Glück* und nicht auf *ungerecht*, da er Erics Gedanken nicht lesen konnte. Er erzählte weiter:

„Deshalb bin ich später der Schule auch treu geblieben und habe mich immer um alles gekümmert, selbst als der alte Dr. Birnfeld dann in Ruhestand gegangen ist. Aber jetzt bin ich ebenfalls zu alt für so eine Riesenaufgabe."

Er seufzte und Eric bemerkte, dass seine Augen feucht wurden. Ob Herr

Rudolph über sein Alter trauerte oder weil er die Schule verlassen musste, in der er über vier Jahrzehnte gearbeitet hatte?

Dem Hausmeister waren seine sichtbaren Gefühle peinlich, er zückte verschämt ein großes, ziemlich schmutziges Taschentuch und schickte Eric außer Sichtweite:

„Kannst du bitte noch die Limonadenkisten hinter die Theke räumen und die leeren Pfandflaschen einsortieren?"

Eric nickte und erledigte die Aufträge ebenso geschickt wie sorgfältig. Dem Hausmeister entging dies nicht und er überreichte dem fleißigen Gehilfen bei der Rückkehr zwei Schokoriegel.

„Danke für deine Hilfe, dich kann man brauchen. Du kannst gerne mal wieder vorbeikommen."

Eric war nicht abgeneigt, dem alten Original ab und zu unter die Arme zu greifen und dabei noch weitere Geschichten aus der Vergangenheit der Schule zu hören. Am besten solche, die nicht in der umfangreichen offiziellen Schulhistorie vorkamen, die sehr großartig, eigentlich eher großkotzig ausgestaltet war. Mehr als die Hälfte des Hochglanzprospektes widmete sich lang vergangenen Zeiten und berühmt gewordenen Schülerinnen und Schülern. Eric schien das wenig durchdacht. Wen interessierte, welche Rolle eine Schule früher einmal gespielt hatte? Entscheidend für heutige Schüler und ihre zahlenden Angehörigen sollten doch die aktuellen Gegebenheiten und Lernmöglichkeiten sein. Aber die Vergangenheit, vor allem die glorreich empfundene, prägte die Werbebroschüren des Parzival. Um so mehr reizte der Blick hinter die Fassade auf die realen Geschehnisse, wozu der alte Hausmeister bestimmt einiges zu erzählen wusste.

Im Hier und Jetzt folgte nach der Freistunde noch eine Einheit Mathematik, dann war der Schulpflicht für heute Genüge getan.

Der Unterricht zu langweiligen Flächeninhalten blödsinniger Dreiecke zog sich endlos, aber schließlich erlöste der Schulgong. Cleo, Eric und Caissy entschlossen sich angesichts des immer noch unglaublich warmen Septemberwetters dem Eisstand im nahegelegenen Schlossgarten einen Besuch abzustatten.

Caissy hatte sich bereits in den ersten Stunden als lustige, ziemlich vorlaute Mitschülerin eingeführt, die sich auch vom harten Unterrichtsalltag nicht so rasch die Laune verderben ließ. Ihr Vater war Wissenschaftler und wegen einer Forschungsarbeit mit seiner Familie aus Irland hierhergekommen.

Nachdem der Beschluss gefasst war, von der regnerischen Insel ins trockenere Festland überzusiedeln, hatte die Familie zusammen einen Deutschcrashkurs absolviert. Der musste ziemlich effektiv gewesen sein und unzweifelhaft besaß Caissy eine natürliche Sprachbegabung. Jedenfalls waren die Kenntnisse der jungen Irin verblüffend. Manchmal verfiel sie in ein lustig klingendes Denglisch, aber sie verstand nahezu alles, was gesagt wurde. Cleo und Eric hatten den sommersprossigen Wirbelwind sofort in ihr Herz geschlossen und die Zuneigung wurde offensichtlich erwidert.

„Das beste Eis der Stadt gibt es gleich hier um die Ecke im Schlosspark", weihte Cleo die ihr anvertraute Neuschülerin in wichtige lokale Institutionen ein.

„Genauer gesagt ist es ein italienischer Eiswagen", ergänzte Eric.

„Sounds great, let's go!"

Der Schlosspark grenzte unmittelbar an das Schulgelände, die beiden Grundstücke wurden nur durch eine hohe Natursteinmauer getrennt. Der einzige Durchgang wurde von einer schwer verrosteten, aber dennoch massiven Eisentür verschlossen. Ein scheinbar unüberwindliches Hindernis, aber alle, die länger an der Schule waren, wussten von dem hilfreichen Schlüssel, der sich hinter einem zu lockeren Stein in der Mauer verbarg.

Cleo weihte Caissy in dieses offene Geheimnis ein und zeigte ihr das Versteck.

„Auf der anderen Seite ist hinter einem Stein in etwa derselben Höhe ein zweiter Schlüssel. Wir können also wieder abschließen, sodass niemand Unbefugtes das Schulgelände betreten kann."

„Very clever!", staunte die Irin.

„Ja, und angeblich schon seit über Hundert Jahren so. Früher haben sich die Schüler im Park verbotenerweise mit Mädchen oder Jungs getroffen."

Nach einem kurzen Spaziergang erreichten sie das Schloss, das im Zentrum des Parks stand.

Caissy war völlig begeistert von dem alten Gemäuer, an dem Teile des Daches und manches Stockwerk fehlten. Dennoch kamen die Überreste dem Ideal einer Schlossruine der deutschen Romantik ziemlich nahe.

„A beautiful castle, indeed!", rief sie aus.

Cleo erklärte, dass interessanterweise der Eindruck einer typischen Ruine nicht das Werk von Jahrhunderten, sondern größtenteils einem Bombenangriff im Oktober 1944 geschuldet war. Das Schloss hatte weniger Glück als die benachbarte Schule gehabt und war zu großen Teilen ausgebrannt.

Nach dem Krieg war zunächst kein Geld für den Wiederaufbau vorhanden, später hatten sich die Bürger so an den Schlosspark mit der Ruine als Grünfläche mitten im Zentrum der Stadt gewöhnt, dass er in seinem Zustand belassen wurde.

„Obwohl die Leute den romantisch verfallenen Schlossgarten lieben, schimpfen sie dennoch über die Engländer, die das Schloss mit ihren Brandbomben zerstört haben", erläuterte Eric.

„Wir Iren mögen die Engländer ebenfalls nicht. Aber damals war Krieg."

„Stimmt, es war Krieg", bestätigte Cleo.

In ihrer Familie wurde über diesen Krieg überhaupt nicht gesprochen. Es war so, als ob das Ereignis gar nicht stattgefunden hätte. Das empfand sie um so erstaunlicher, als der ältere Bruder der Mutter an der Ostfront getötet worden war. Dafür gab es eine merkwürdige Vokabel, der Onkel, den Cleo nie kennenlernen konnte, war *gefallen*. Das Wort klang so, als sei ein Missgeschick passiert, für das niemand etwas konnte. Dabei gab es durchaus Menschen, die für den Krieg und die vielen Toten, die er unweigerlich mit sich brachte, verantwortlich waren. Aber all das wusste Cleo nur aus Büchern, ihre Eltern verloren nie ein Wort darüber.

Inzwischen waren die Freunde an dem bunten Eiswagen von Salvatore angelangt.

Im Schatten des mächtigen Schlossturms verkaufte der schnauzbärtige Italiener im Sommerhalbjahr seine Köstlichkeiten. Das stadtbekannte Eis schmolz fantastisch auf der Zunge und das Gespräch der drei Freunde verstummte für einige Minuten.

In diese Stille schlug die alte Uhr eines Schlossturms mit blechernem Ton zweimal,

„Oh, es ist schon halb zwei, wir müssen los", rief Cleo

Sie schob sich den Rest ihrer Eiswaffeln eilig in den Mund, um die 13:47 Uhr

Bahn nicht zu verpassen. Andernfalls drohte unweigerlich mütterliches Gemecker über ihr langes Rumtreiben in der Stadt.

Auf ihrem eiligen Weg zur Straßenbahn stürmten die Freunde an einer Gruppe Polizisten vorbei, die um einen Panzerwagen herumstanden und sie aufmerksam ansahen.

Einer Polizisten hatte eine Maschinenpistole umgehängt und trug eine schwere Bleiweste, die ihn vor eventuell herumfliegenden Kugeln schützen sollte. Es war unbekannt, ob im Stadtpark häufiger mit Geschossen zu rechnen war, aber Vorsicht konnte ja nie schaden. Aktuell schwitzte der Ordnungshüter allerdings heftig in seinem von der spätsommerlichen Sonne aufgeheizten Kugelschutz. Übelgelaunt machte eine verlangsamende Handbewegung.

Die Jugendlichen gehorchten und unterbrachen ihren Lauf, bis sie den Kontrollpunkt passiert hatten.

„Was ist das jetzt gewesen?“, erkundigte sich Caissy.

„In der Nähe befinden sich Gerichte und Regierungsgebäude. Es wird befürchtet, dass die RAF sie angreifen könnte. Deswegen sind sie Tag und Nacht bewacht“, erwiderte Cleo.

„RAF? Die Royal Air Force, die Luftstreitkräfte der Engländer, die das Schloss bombardiert haben?“

„Nein, nein. Bei uns steht RAF für irgendwas mit Roter Armee. Es sind Leute, die Anschläge verüben. Sie kämpfen gegen die Regierung.“

„Ah, wie IRA in Nordirland, verstehe“, erwidert Caissy.

Nun ist Cleo an der Reihe, verwundert nachzufragen:

„IRA?“

„Irisch Republican Army, sie auch machen Terror und wollen die Engländer vertreiben, die Irland viele Jahrhunderte unterdrückt haben. Der größte Teil unserer Insel ist jetzt unabhängig, aber in Nordirland herrscht noch England.“

„Das habe ich nicht gewusst. Nordirland erscheint manchmal in den Fernsehnachrichten, aber ich habe noch nicht verstanden, worum es geht“, erwiderte Cleo.

Die Freunde erreichten die Haltestelle in letzter Sekunde und sprangen in die Bahn, die bereits zur Abfahrt klingelte. Außer Atem hechteten sie durch die sich schließenden Türen und ließen sich auf eine freie Bank fallen.

„Geht ihr heute Abend mit ins Kino?", erkundigte sich Caissy.

„Was für ein Film wird denn gezeigt?"

„Starwars – auf Deutsch glaube ich Sternenkrieg. Ein sehr guter Film – ich habe Vorschau gesehen. Es spielt im Weltraum."

„Das klingt spannend", antwortete Eric interessiert.

„Ich hätte auch Lust, aber nicht mehr genug Geld diese Woche", stellte Cleo mit Bedauern in der Stimme fest. Ihre Eltern hielten das wöchentliche Taschengeld unerfreulich knapp. Der Vater verdiente als einfacher städtischer Angestellter nicht besonders üppig und die sich daraus ergebende Notwendigkeit zu sparen, wurde nahezu täglich in unterschiedlichen Variationen thematisiert.

Entsprechend hatte die Mutter gleich nach dem Eintritt in das bekannte Gymnasium mit düsterer Miene orakelt:

„Dort gehen die Kinder der besseren Leute hin, wir können dir nicht deren Lebensstil finanzieren. Ich hege große Zweifel, ob du mit dem wenigen, was wir aufbringen können, dort zurechtkommst."

Die großen Zweifel der Mutter hatten sich nicht bewahrheitet. Cleo hatte sich in die ungewohnten Umgebung ohne größere Probleme integriert. Unbestreitbar gab Klassenkameraden, die offensichtlich über viel Geld verfügten und stets die angesagten Klamotten trugen oder bereits stolz die brandneuen Quarzuhren an den Handgelenken präsentierten, die fast ein Monatsgehalt des Vaters kosteten. Aber das spielte im Miteinander der Klassengemeinschaft nicht die entscheidende Rolle und die Protzerei traf auch nicht auf alle zu. Bei Erics Eltern schien Geld ebenfalls ein oft sehr knappes Gut und er konnte die Schule nur besuchen, weil sein Großvater sie ausgesuchte hatte und bezahlte.

Das eigene beschränkte Budget beeinträchtigte Cleos Schulbesuch und ihre Freundschaften kaum spürbar. Jetzt aber erlebte sie einen Moment, in dem ihre chronisch leere Börse sehr nervte. Sie wäre sie so gerne mit den Freunden in diesen spannend klingenden neuen Film gegangen.

„Ich kann dir ausleihen", löste Caissy das Finanzproblem mit der für sie typischen Leichtigkeit. Eigentlich gehörten auch ihre Eltern nicht zur Geldelite, dennoch verdiente der Vater in Deutschland viel besser als zuvor in Irland. Weil ihn gleichzeitig das schlechte Gewissen plagte, seine Familie aus ihrer geliebten irischen Heimat in das graue, mit Vorschriften zubetonierte Deutschland entführt zu haben, verteilte er sein Einkommen großzügig an Ehefrau und Tochter. Caissys Börse war daher meist ausreichend gefüllt und ähnlich wie ihr Vater sah sie kein Problem darin, sie auch regelmäßig bis zum letzten Groschen zu leeren.

„Gut, dann treffen wir uns um 17 Uhr, vor dem Central."

„Super, ich freue mich", strahlte Cleo.

Sie ratterten an die nächste Haltestelle, an der Caissy umsteigen musste.

Als sie sich zur verabredeten Zeit am Kino wiedertrafen, sahen sie sich mit einer langen Warteschlange konfrontiert. Der Film hatte zahlreiche Interessierte angelockt und es blieb nichts anderes übrig, als sich in Geduld zu üben.

„Hoffentlich kommen wir noch rein, bevor die Karten ausverkauft sind."

„Es ist der absolute Hit der Saison, alle sehen wollen ihn", erläuterte Caissy.

Damit hatte sie den Nagel auf den Kopf getroffen. Der Film kam wie fast alle Kinohits aus Amerika und spielte in einer fernen Zukunft im Weltraum. Die Plakate, welche die Freunde in der Warteschlange ausgiebig betrachten konnten, zeigten beeindruckende Explosionen sowie mit Laserwaffen kämpfende Raumschiffe.

Endlich waren sie an der Reihe und erhielten nur noch unattraktive Plätze weit vorne in Reihe zwei. Das trübte das folgende Kinovergnügen jedoch nur gering.

„Wow, der war ja mal richtig gut!", stellte Filmliebhaber Eric fest, als sie schließlich wieder draußen in der kühlen Abendluft standen.

„Die Effects waren formidabel", stimmte Caissy denglisch zu.

„Meilenweit besser als das, was sie einem hierzulande so vorsetzen. Wenn ich da an die stümperhaften Tricks bei Raumschiff Orion denke", bestätigte Cleo.

Diesen Vergleich konnte Eric nicht anstellen, denn seine Eltern besaßen kein Fernsehapparat. Seine Mutter vertrat die Ansicht, ein solches Gerät diene nur der Volksverdummung und habe in einem fortschrittlichen Haushalt nichts verloren. Daher war Eric das zweifelhafte Vergnügen der kritisierten deutschen Science-Fiction-Serie verwehrt geblieben. Er zweifelte jedoch keine Sekunde daran, dass *Starwars* alles bisher Dagewesene mühelos in den Schatten stellte.

Die wirklich bahnbrechenden Filme schwappten fast immer aus den USA ins verschlafene Deutschland. Hierzulande produzierte Unterhaltung wirkte meist betulich und bemüht. Als junger Mensch tat man sich das nur an, wenn nichts aus Hollywood verfügbar war.

„Wollen wir noch eine Cola trinken?", unterbricht Caissy seine Überlegungen und deutete auf das Kiosk schräg gegenüber.

„Gerne, ich habe auch Durst. Nur müssen wir uns ein bisschen beeilen, ich muss spätestens um acht zu Hause sein und habe natürlich auch mal wieder kein Geld", stimmte Cleo dem Vorschlag unter Vorbehalten zu.

Ihre Eltern begrenzten den Ausgang mit nervig strengen Vorgaben. Bei Caissy stellte der Zeitpunkt der abendlichen Rückkehr kein Thema dar. Allerdings war sie auch schon ein Jahr älter, denn sie hatte sich, um eventuelle Sprachschwierigkeiten auszugleichen, eine Klasse zurückstufen lassen.

Auch Erics Mutter erteilte meist großzügige Bewilligungen für abendliche Unternehmungen, während der Vater sich berufen fühlte, engere Grenzen zu setzen. Entsprechend wurde er in diesem Punkt so gut wie nie gefragt, was dieses Problem auf elegante Weise aus der Welt schaffte.

Derartig durch unterschiedliches elterliches Sorgeverhalten eingeschränkt, mussten die drei Freunde bei abendlichen Unternehmungen genau planen, um die gerade herrschenden Regeln maximal auszunutzen.

II.

In der folgenden Nacht jagten alle drei Freunde in ihren Träumen durch die Weiten des Weltraums, kämpften zusammen mit befreundeten Außerirdischen und besiegten die Truppen eines bösen Imperators.

Der Film begeisterte die halbe Stadt und auch viele Mitschüler waren Feuer und Flamme für die Weltraumsaga. Schon wenige Tage später kündigte die Theater-AG ein Extra-Angebot für eine Aufführung mit Starwars-Thematik an.

In der großen Pause flanierten die drei Freunde am Aushang vorbei.

„Wollen wir da mitmachen?", schlug Cleo vor, die voll im Starwarsfieber brannte und inzwischen ein großes Poster von Han Solo und Chewbaka über ihrem Bett hängen hatte.

Caissy stimmte sofort begeistert zu und natürlich schloss sich auch Eric an, obwohl ihn die Aussicht, dadurch noch mehr Zeit in der Schule zu verbringen, zunächst nicht wirklich begeisterte.

Normalerweise richtete sich das Angebot der Theater-AG eher an ältere Schüler. Diesmal hatte die Leiterin, Frau Amselfeld, allerdings bereits damit gerechnet, dass wegen des speziellen Themas auch viele Jüngere kommen würden. In den ersten Stunden wurde der Inhalt des Stückes grob festgelegt, woraus dann ein Drehbuch erarbeitet wurde. Die Aufgabe gestaltete sich anspruchsvoll, denn eine Schulbühne verfügte über keine Hollywood-Spezialeffekte und Verfolgungsjagden mit Raumschiffen ließen sich eher schlecht darstellen. Von den Beteiligten war also eine gehörige Portion Fantasie gefordert, um ein Weltraumabenteuer auf die über hundert Jahre alten Bretter der Holzbühne des Theaterraums zu bringen. Die älteren Schüler erwiesen sich angesichts dieser Herausforderungen als besonders kreativ und zeigten den Neulingen, wie man Dialoge schrieb und welche Theaterkniffe auch dann zu spannenden Szenen führten, wenn keine Tricktechnik zur Verfügung stand. Den drei Freunden bereitete das Ausdenken von Figuren und kleineren Handlungsabschnitten großen Spaß, wobei die sprachgewandte Cleo sich mit ihren geschliffenen Dialogvorschlägen den besonderen Respekt der Älteren verdiente.

Dann kam der Moment der Rollenverteilung. Eric ergatterte dabei einen Part als kleiner humanoider Roboter, was ihm gut gefiel. Sowohl Caissy als auch Cleo hätten liebend gerne Prinzessin Leila gespielt, aber es war unvermeidbar, dass eine Unterprimanerin mit langer Erfahrung diese zentrale Rolle bekam. So reihten sich die beiden Mädchen in die Gruppe der imperialen Soldaten ein, was nicht gerade als Traumpart angesehen werden konnte. Dennoch hatten sie viel Spaß am Entwickeln des Stückes, der Bühnendekoration, dem Schneidern der Kostüme und am Erlernen der Bühnentechnik.

„Warum heißt es eigentlich Rolle spielen? Ich denke immer an eine Klorolle, wenn ich es höre?", wollte Eric wissen.

Seine Freunde wussten keine Antwort, aber Tim, ein netter, hoch aufgeschossener Junge aus der Obersekunda kam zu Hilfe. Er spielte Han Solo und sah nach Cleos Einschätzung mehr nach Harrison Ford aus als Harrison Ford selbst. An dieser Rollenzuordnung konnte also kein Zweifel aufkommen.

„Früher waren die Texte für die Schauspieler auf Papierrollen geschrieben. Der Theaterleiter verteilte bei einem neuen Stück diese Textrollen an die Schauspieler, so wie es ihm am besten schien. Man bekam also seine Rolle in die Hand gedrückt und damit war festgelegt, wen man in dem Stück spielte."

Die kurzweilige Theater-AG verlängerten die Mittwoche in der Schule erheblich und die Freunde waren erst am frühen Abend zu Hause. Da passte es gut, dass sie am Donnerstag schon nach der fünften Stunde frei hatten und ein wirklich langer Nachmittag zur Verfügung stand.

An diesem Donnerstag wurde Erics gemütliches Faulenzen auf der Couch jedoch empfindlich gestört. Er hatte es sich gerade mit einem von Cleo geliehenen Buch gemütlich gemacht, als ein aufdringliches Sturmklingeln durch die Wohnung schallte. Der Blick durch den Spion an der Tür offenbarte die weitwinklig verzerrte Gestalt einer Freundin der Mutter. Er öffnete und die aufgebracht wirkende Bekannte stürmte herein.

„Kann ich heute Abend bei euch bleiben? Ich habe Ärger mit Reiner!“, stieß Ina aufgeregt hervor und ließ ihre Reisetasche im Flur fallen, noch bevor Eric die Anfrage zu beantworten vermochte.

„Ahmm, bestimmt“, stammelte Eric überrascht und fühlte sich unsicher, wie er eine solche Situation handhaben sollte. Sicher ließ sich etwas arrangieren, denn auf der Klappcouch im Wohnzimmer hatte bereits öfters Besuch genächtigt. Zunächst bedurfte die unter Strom stehende Besucherin jedoch etwas zur Entspannung und wünschte dazu etwas überraschend, den ‚stärksten Kaffee der Welt‘. Eric kämpfte mit der Kaffeemaschine, während Ina unruhig mit den Füßen scharrend auf der Küchenbank saß. Als guter Gastgeber spendierte Eric das Sonntagseis aus dem Gefrierfach als Beilage. Die gut komponierte Mischung aus Vanilleeis und Koffein verfehlte ihre Wirkung nicht. Nach der zweiten großen Eisportion flackerte Inas Blick weniger hektisch und ihre Finger führten die Kaffeetasse ohne Zittern zum Mund.

Eric kannte Ina vom Sehen. Sie arbeitete als Journalistin und schrieb für verschiedene kleinere Zeitungen, für die auch seine Mutter fotografierte. Bei vielen Aufträgen arbeiteten die beiden Frauen zusammen, Ina schrieb die Story, die Mutter lieferte die Bilder. Ihre Auftraggeber waren oft unbedeutende Zeitschriften, die sich für Fortschritt und Gerechtigkeit einsetzten. Leider interessierten sich nicht viele Menschen für Fortschritt und Gerechtigkeit. Das schien bedauerlich – so ganz allgemein, aber besonders für die beiden Journalistinnen, denn sie erhielten daher für ihre Arbeit nur wenig Lohn.

Mit diesen widrigen Umständen war Eric grob vertraut. Völlig neu wirkte dagegen die von Ina verkündete Mitteilung, mit ihrem Mann Stress zu haben. Obwohl sie sich einigermaßen beruhigt hatte, bestand doch das Bedürfnis, ihrem Ärger über den Partner Ausdruck zu verleihen und es war niemand außer Eric verfügbar. Der fühlte sich überfordert und beschloss, am besten freundlich zuzuhören und sporadisch zu nicken. Damit lag man selten komplett daneben, schließlich beruhten ganze Therapiemethoden auf diesen einfachen Bausteinen.

Soweit er aus der mit erheblicher Emotion vorgetragenen Geschichte schlau wurde, stritten Ina und ihr Mann öfter. Heute hatte es offenbar besonders heftig geknallt, weshalb Ina ein paar Sachen in eine Reisetasche gestopft hatte und hergekommen war.

Nachdem sie geendet hatte, versuchte Eric etwas Tröstendes zu sagen, aber es fiel ihm nichts Passendes ein. Vielleicht war es geschickt, Ina ein wenig abzulenken. Nach einer Pause, die Eric lang und höflich genug erschien, begann er von seinen Plänen für ein neues Fahrrad zu erzählen.

Ina schien zwar nicht wirklich bei der Sache und ihr Interesse an Fahrrädern allgemein eher begrenzt, aber irgendwie funktionierte Erics Strategie dann doch. Die Besucherin entspannte sich und rang sich ein Lächeln ab, als Eric bildreich erzählte, wie er ein Wettrennen gegen den Klassenkameraden Michael nur deshalb äußerst knapp verloren hatte, weil sein abgenudeltes Rad eine nur sporadisch funktionierende Dreigangschaltung besaß.

Etwas später kam die Mutter nach Hause und löste Eric ab. Er hatte sich offenbar ganz gut geschlagen, denn Ina bedankte sich freundlich für seine Gastfreundschaft.

Die Besucherin verbrachte die Nacht auf der Klappcouch im Wohnzimmer und Eric traf sie am nächsten Morgen während des hastig heruntergeschlungen Frühstücks wieder. Sie sah ziemlich zerknautscht aus und hatte offenbar keine gute Nacht hinter sich. Eric hätte gerne etwas Aufmunterndes gesagt, aber erneut fiel ihm nichts ein. Die gängigen abgedroschenen Aufmunterungen halfen niemanden und klangen peinlich. Also unterhielten sie sich über das Wetter, das stets anders als gewünscht ausfiel und daher sowohl als universeller

Gesprächsinhalt, als auch zum Sündenbock für schlechte Stimmung taugte. An diesem Morgen herrschten für Anfang November ungewöhnlich eisige Temperaturen und die kalte Nacht hatte sogar die Fensterscheiben anlaufen und gefrieren lassen. Über den noch dunklen Straßen hingen dichte Nebelschwaden, welche die Möglichkeit eröffneten, über das missliche Wetter und nicht über persönliche Schwierigkeiten zu klagen.

Zwanzig Minuten später rannten Cleo und Eric durch die schneidende Novemberluft zur S-Bahn. Die graue Stadt wirkte noch trister als gewöhnlich. Wie so oft signalisierten die Zeiger der großen Uhr an der Litfaßsäule, dass das Erreichen der Bahn zweifelhaft war und ein verspätetes Erscheinen zum Unterricht drohte. In diesem Punkt reagierte die altehrwürdige Schule nicht ehrwürdig, sondern lediglich alt, genauer gesagt altmodisch. Pünktlichkeit und Disziplin füllten als sogenannte *wichtige Werte* die Jahrbücher und Leitlinien der Anstalt. Die vermittelte Botschaft ließ an Eindeutigkeit nichts zu wünschen übrig. Wer in diesem Land oder auch nur in dieser Schule etwas erreichen wollte, durfte nicht zu spät kommen.

Diesem fundamentalen Glaubenssatz der deutschen Gesellschaft waren auch andere Mitmenschen an diesem unfreundlichen Herbstmorgen unterworfen. Sie alle wollten gerne erfolgreich im Leben sein und durften sich daher nicht verspäten. An dieser Absicht wurden sie jedoch durch blaue Lichtfinger gehindert, welche durch die kalten Nebelfetzen blinkten. Wieder einmal staute sich der Verkehr an einer Polizeikontrolle, was die Autofahrer zu einem ärgerlichem Hupkonzert reizte.

Jemand hatte das Wagenfenster heruntergekurbelt und rief laut:

„Habt ihr nichts Besseres zu tun?“

„Kümmert euch doch mal um ein paar Bankräuber, statt hier die Leute von der Arbeit abzuhalten“, schallte es von noch weiter hinten.

Die Polizisten wurden nervös. Ein Trupp von drei Mann setzte sich sticfeltrappelnd in Bewegung, die Hupen verstummten. Dennoch lag Spannung greifbar in der Luft.

Die Freunde umrundeten die Kontrolle unbehelligt, denn sie waren unmotorisiert und zu jung, um als gefährlich zu gelten. Einer der Polizeischäferhunde schien davon nicht überzeugt, er knurrte unfreundlich und zerrte bedrohlich an seiner Leine, als sie vorbeihasteten.

Sie erwischten die Bahn in letzter Sekunde und erreichten, wie das deutsche Pünktlichkeitsgebot forderte, die Schule vor dem entscheidenden Gong. Sobald sie das hohe eiserne Tor in den Schulpark durchschritten, befanden sie sich in einer anderen Welt. Die Grundstücksmauern hielten die hektische und manchmal bedrohliche Außenwelt wie magisch ab. Der Effekt verstärkte sich, sobald man das Schulgebäude betrat und in den Klassenzimmern konnte der Geist ohne äußere Störung umfassend gebildet werden. Zumindest verkündete es so das lateinische Spruchband, *animum fabricare,* das über der Tafel in den roten Sandstein gemeißelt war. Dessen goldene, wenn auch schon etwas verblasste Farbe, unterstrich den Anspruch, den Geist zu formen.

Interessanterweise waren etwas unterhalb dieses Leitspruchs sehr blass weitere Buchstaben zu lesen: *Mens sana in corpore sano*, also ein gesunder Geist in einem gesunden Körper.

Die bekannte Redewendung stammte wie die meisten schlauen Sprüche von den alten Römern. Aus irgendeinem Grund sollte sie offenbar nicht mehr an der Wand stehen und war mehrfach mit Farbe übermalt worden. Die Buchstaben hatten sich jedoch erfolgreich gegen ihre Auslöschung zur Wehr gesetzt und schienen je nach Lichteinfall immer noch zart durch. Eric hatte sich oft gefragt, warum dieser Spruch nicht mehr lesbar sein sollte, man dieses Ziel jedoch so halbherzig verfolgt hatte.

Frau Reizbar hatte sich gegenüber dem Problem desinteressiert gezeigt und war mit unwilligem Gesichtsausdruck eilig darüber hinweggegangen.

„Warum das übermalt ist? Keine Ahnung, das war schon so, als ich hier angefangen habe. Wenden wir uns wichtigeren Dingen zu. Wie lautet das simple past von forbid?"

Auch an diesen grauen Novembermorgen sorgte die Klassenlehrerin dafür, dass es mit dem stressfreien Bilden des Geistes nichts wurde. Ständig unter Strom und genervt von dem teils lückenhaften Wissen ihrer Schüler, tobte sie wie von der Tarantel gestochen durch das Klassenzimmer.

„Ich kann nicht verstehen, warum nicht einmal die Grundkenntnisse der Gerundivum bekannt sind. Wir haben das doch letzte Woche ausführlich durchgenommen", keifte die Lehrerin.

„Das könnte an der Unterrichtsperson liegen", flüsterte Cleo zu Caissy, die ein Lachen nicht unterdrücken konnte und dann laut losprustete.

Sie fing sich dafür einen tadelnden Blick der im Dreieck springenden Lehrerin ein. Mehr geschah jedoch nicht, denn wenn eine Person in diesem Raum alle abgedrehten Zeitformen des Englischen perfekt beherrschte, dann natürlich Caissy. Oberstudienrätin Reissig kühlte ihr Mütchen daher lieber an Eric.

„Nenne drei Verben, nach denen das Gerundivum verwendet wird!"

„Ähm also…"

„Avoid, discuss, finish", flüstert es von rechts.

„Danke Caissy, dass du die Antwort kennst, war mir bewusst. Eric wird bis zur nächsten Stunde zehn häufige Verben heraussuchen und der Klasse vorstellen", kreischte es von vorne.

Leider verfügte die Lehrerin über ungewöhnlich scharfe Ohren und auch gute Augen, sodass die meisten Schummelversuche bedauerlicherweise nicht erfolgreich waren. Hier hatte aus Schülerperspektive die Natur wirklich schlecht gearbeitet. Lehrerinnen im allgemeinen und speziell Nervpauker wie die Reizbar sollten nicht mit überdurchschnittlichen Sinnesorganen ausgestattet sein.

Nach endlos erscheinenden weiteren dreißig Minuten ging aber auch diese Englischstunde ihrem gnädigen Ende zu und der übrige Schultag nahm einen geruhsameren Verlauf.

In der letzten und sechsten Stunde dieses Donnerstags lauschte Eric mit minütlich schwindendem Interesse den Erläuterungen des Mathematiklehrers. Herr Blümel, ein kleiner runder Mann mit Halbglatze, der aufgrund eines geheimnisvollen religiösen Gelübdes nur in geschmacklosen karierten Hemden unterrichtete, zeichnete zum wiederholten Mal ein Dreieck an die Tafel. Innerhalb seiner Glaubensgemeinschaft hing man der felsenfesten Überzeugung an, dass das Berechnen der jeweiligen Seitenlängen zu den grundlegenden Fertigkeiten der menschlichen Art gehörte. Entsprechend hielt er es für seine heilige Pflicht, die weitgehend uninteressierte Klasse mit diesem Wissen zu beglücken. Einige Zeit hielten sich das Engagement des Lehrers und die Langweile der Klasse die Waage. Endlich erlöste der Schulgong, der nach Art des altehrwürdigen Gemäuers zum Abschluss der sechsten Stunde die ersten Noten eines Schubert-Lieds spielte.

„Dim, dim, dim, dam", summte Cleo mit und packt eilig ihre Sachen zusammen.

„Du weißt, was für ein Lied das ist?", erkundigte sich Caissy.

„Ja, es ist von Schubert, über einen Lindenbaum. Es ist ziemlich berühmt. Wir haben es uns letztes Jahr im Musikunterricht anhören und lernen müssen.

„Verstehe", erwiderte Caissy und summte die vertraute Tonfolge des Schulgongs nun ebenfalls mit.

„Ziemlich übles Wetter", stellte Cleo mit Blick auf den immer noch fallenden Nieselregen fest, der in feinen Bindfäden vor dem Schulfenster niederging.

„Wir könnten ins *Tash* gehen, einen Crêpe essen und warten, ob der Regen aufhört", schlug Eric angesichts des unfreundlich peitschenden Gischt vor.

„Gute Idee", stimmte Cleo zu und checkte ihre Barschaft, die für den allereinfachsten der angebotenen Crêpes gerade noch ausreichte.

„Kommst du mit, Caissy?"

„Ihr wollt ins *Tash*? Ja, dann mitkomme ich. Ich habe um 15:30 Training, aber das passt noch in die Zeit"

Im breitgefächerten Sportangebot der Schule existierte ein kleiner, vernachlässigter Hockey-Club, dem die junge Irin versuchte neues Leben einzuhauchen. Sie haderte zwar noch mit den kontinentaleuropäischen Weicheiern, die in den Wintermonaten in der Halle spielten, war aber dennoch froh, eine von der Insel vertraute Sportart weiterführen zu können.

Die Freunde saßen wenig später in den engen Bänken eines zum Imbiss umgebauten ehemaligen Schreibwarengeschäfts. Das *Tash* war erst einige Monate zuvor eröffnet worden, hatte sich aber mit fantastischen Süßwaren und selbstgemachten Limonaden schon einen festen Platz unter den Schülern der nahegelegenen Lehranstalt erworben. Vor allem die Angehörigen der unteren Klassen konnten den süßen, meist mit farbenfroher Zuckercouleur verzierten Leckereien kaum widerstehen. Die Älteren bevorzugten das eine Straße weiter angesiedelte *Café Einstein*, welches ihnen cooler und erwachsener erschien.

Den drei Freunden waren die orangefarbenen Plastikstühle und quietschbunten Teller cool genug, und sie warteten begierig auf ihre Crêpes.

„Der Unterricht in Deutschland dauert nicht so lang wie in Irland. Man hat Zeit, nach der Schule noch zu essen etwas", stellte Caissy fest und biss genussvoll in ihren Crêpe, aus dem der großzügig verteilte Ahornsirup an der Seite heraustropfte.

„Ihr hattet in Dublin länger Schule?", erkundigt sich Eric.

„Bis 16:00 Uhr, außerdem ich besuchte ein Internat. Ich war da von Montag bis Freitag und nur das Wochenende zu Hause."

„Das ist wirklich ganz anders als hier. Warum ist deine Familie nach Deutschland gekommen?", wollte Cleo wissen.

„Mein Dad ist Physiker, er arbeitet im Nuclear-Zentrum."

„Im Nuclear-Zentrum?", Eric schaute verwirrt.

„Ich glaube, Caissy meint das Kernforschungszentrum beim Fluss außerhalb der Stadt", erläuterte Cleo.

Die Irin nickte zustimmend.

Der Forschungskomplex befand sich in den weitläufigen Wäldern westlich der Stadt. Es war nicht viel über die wegen des Kühlwasserbedarfs an einem Flussarm gelegenen Anlage bekannt, weshalb die Wissenslücken mit zahlreichen Gerüchten gefüllt wurden. Viele Stadtbewohner befürchteten, dort würden gefährliche Experimente durchgeführt und nicht wenige waren besorgt über den Umstand, dass ein Kernreaktor nur etwa 15 Kilometer vom Stadtzentrum entfernt Atome spaltete. Andere sahen darin einen wichtigen Forschungsschwerpunkt, der den internationalen Ruf der bekannten Universität der Stadt weiter aufpolierte.

Eric erinnerte sich an den Ausflug mit der Mutter zur geplanten Atomanlage während der letzten Ferienwoche. Dort waren sehr viele Menschen sehr überzeugt gewesen, dass diese Technologie zu viele Gefahren aufweise und man besser die Finger davon lassen sollte.

„Ist es nicht gefährlich, in einem Atomzentrum zu arbeiten?", erkundigte er sich daher etwas naiv.

„Nein, ich denke nicht. Dad muss manchmal Strahlendosis messen, das ist Routine. Immer alles in Ordnung. Wir haben keine Angst."

„So völlig sicher sind solche Anlagen aber nicht. Immer wieder liest man von Schwierigkeiten und Unfällen."

„Davon hat mein Dad noch nie erzählt. Wenn keine sehr ungünstigen Umstände eintreten, ist alles sehr sicher."

„Hoffen wir, dein Vater hat recht. Aber er wird es sicher beurteilen können, denn er arbeitet ja dort", schaltete sich Cleo diplomatisch ein. Sie befürchtete, Caissy könnte Erics hartnäckige Bedenken hinsichtlich der Atomforschung als Angriff auf ihren Vater erleben.

Mit dieser Sorge hatte sie zweifellos ins Schwarze getroffen, wie Caissys nächste Äußerung unzweifelhaft verdeutlichte:

„Überall die Leute Angst vor dem Atom, vor der Zukunft und dem

Fortschritt. Das gleiche wir hatten auf unserer Insel. Dort sollte eine Atomanlage gebaut werden, aber die Leute hatten zu viel Furcht. Daher beschloss Irland, keine Atomtechnik zu verwenden und das Kraftwerk wurde nicht gebaut. Mein Daddy besaß keine Arbeit mehr und wir leben mussten von welfare checks.“

„Deshalb ist deine Familie also hierhergekommen.“

„Deutschland ist nicht so rückständig. Hier sind die Menschen modern.“

Diese Aussage erstaunte Eric. Er selbst hatte sein Heimatland bislang selten als Paradebeispiel für Fortschritt wahrgenommen, und seine Mutter betonte regelmäßig, wie spießig und reaktionär Deutschland durch die Moderne dümpelte. Offenbar lag diese Einschätzung stark im Auge des Betrachters und hing auch vom Vergleichsmaßstab ab. Westdeutschland wirkte tatsächlich eine Ecke progressiver als Irland, auch wenn Eric von der Insel nicht viel mehr kannte als einige Folksongs und Bilder von irischen Pubs mit bärtigen Biertrinkern.

„Ob die Leute bei uns wirklich so modern ticken, sei mal dahingestellt. Es sind jedenfalls nicht alle für Kernenergie, da gehen die Meinungen ganz schön auseinander. Es soll jetzt sogar eine Partei gegen Atomkraft und für die Umwelt gegründet werden“, dozierte Eric, der immer noch nicht das Minenfeld erkannt hatte, das sich in diesem umstrittenen Thema verbarg.

„Eine Partei gegen Atomkraft? That’s incredible!“, Caissy blitzte Eric mit einer Mischung aus Unglauben und Ärger mit ihren leuchtend grünen Augen an.

„Davon habe ich auch noch nie gehört. Aber mich interessiert dieses Kernforschungszentrum schon länger, meinst du, man kann es besuchen?“, heuchelte Cleo erfolgreich Neugierde, um die Spannung aus der Unterhaltung zu nehmen.

„Normalerweise nicht, aber mit meinem Dad könnten wir machen einen Besuch. Ich werde fragen“, antwortete Caissy wieder mit etwas lockerer Stimme.

Sie zögerte nicht lange mit der Anfrage, denn es war ihr sehr wichtig, dass ihre neuen Freunde nicht etwa zu diesen deutschen Atomgegnern abwanderten.

Ihr Vater unterstützte das Vorhaben engagiert und daher radelten die drei Freunde bereits einige Tage später zu der Kernversuchsanlage. Diese lag in einem weitläufigen Waldgebiet außerhalb der Stadt und wurde durch viel Stacheldraht und kilometerlange Zäune geschützt. Um den eigentlichen Reaktor war eine kleine Siedlung mit Dutzenden von modernen, mehrstöckigen Gebäuden gebaut worden. Diese ganze Anlage wirkte von außen riesig, es mussten über tausend Menschen dort arbeiten.

Leider existierte keine S-Bahnverbindung und deshalb kämpften die Freunde tapfer mit ihren Fahrrädern gegen einen kräftigen Westwind, bis sie endlich vor dem großen, schrankenbewehrten Eingang standen. Sie lehnten ihre Drahtesel an den hohen Zaun, denn es gab keine Stellplätze.

„Hier fährt wohl außer uns niemand mit dem Rad hin", stellte Cleo fest. Sorgfältig schloss sie ihr neues, funkelndes Schmuckstück ab, das sie zum Geburtstag bekommen hatte.

„Nein, fast alle haben ein Auto und es gibt auch Werksbusse, für die Leute, die hier arbeiten", bestätigte Caissy und begab sich zum Wärterhäuschen.

„Ich bin Caissy O'Briain, mein Vater uns erwartet zu einer Besichtigungstour." Der Pförtner begutachtete sorgfältig eine kleine rote Besucherkarte, die ihm Caissy durch den Schlitz in der Scheibe geschoben hatte. Schließlich nickte er zufrieden und griff zum Telefon. Wenige Minuten später erschien Dr. O'Briain am Eingang. Er war von kleiner, schlanker Statur, seine Tochter hatte ihn bereits von der Körpergröße eingeholt. Sein rundes Gesicht, eingerahmt von dunklen kurzen Locken, wirkte freundlich und die blassen Augen funkelten verschmitzt. Er hatte nichts von der weltabgewandten Strenge eines Wissenschaftlers, wie ihn Eric sich vorgestellt hatte. Mit einem kräftigen Handschlag begrüßte er die Besucher.

„Nice to have you here, I am Sean."

Cleo und Eric stellten sich ebenfalls vor. Danach mussten sich alle in ein Besucherbuch beim Pförtner eintragen und Dr. O'Briain unterschrieb, dass er während des Besuchs aufpasste. Eine gelber Anstecker wurde an ihre Jacken geheftet, auf dem mit schwarzer Schrift *Besucher* sowie ihr Name vermerkt war. Ein wenig erinnerte diese Szene Eric an einen Spionagethriller, den er vor einiger Zeit bei den Großeltern gesehen hatte. So völlig ungefährlich konnte das alles hier nicht sein, wenn so viel Aufwand für die Sicherheit betrieben wurde.

Die anschließende Führung gestaltet sich kurzweilig. Sean erklärte in einem lustig klingenden englisch-deutschen Mischmasch, was in einzelnen Gebäuden geforscht oder experimentiert wurde. Er sprach nicht so gut deutsch wie sie seine Tochter, die Verständigung funktionierte aber auch auf Denglisch problemlos. Im Alltag des Forschungszentrums stellten seine noch begrenzten Sprachkenntnisse kein Hindernis dar, denn dort wurde oft Englisch gesprochen, da die Beschäftigten aus vielen Ländern der Welt stammten.

Das Herzstück der Anlage mit den Brennstäben war mit einer hohen Mauer und mehreren Lagen Stacheldrahtzaun nochmals besonders gesichert und durfte von Besuchern nicht betreten werden. Dort wurde mittlerweile, nachdem verschiedene Forschungsphasen weitgehend abgeschlossen waren, Strom produziert. Eigentlich, erklärte Sean, arbeitete die Anlage in vielen Bereichen wie ein normales kleines Kernkraftwerk.

„But better, zu sprechen von Forschungszentrum. Viele Menschen Angst vor Atomkraft", lächelte er.

Wahrscheinlich haben sie Grund dazu, dachte Eric, äußerte seine Überlegungen allerdings nicht. Cleo hatte ihm vor dem Besuch eine Standpauke gehalten und eingebläut, dass er sich mit der Kritik an der Energietechnik gegenüber Caissy und ihrer Familie zurückhalten musste. Eric hielt sich an den verordneten Maulkorb, was ihm durch den Umstand erleichtert wurde, dass er Caissy sehr mochte und sie keinesfalls verärgern wolle.

Weil der eigentliche Atommeiler Sperrzone war, spazierten sie im Wesentlichen an verschiedenen Verwaltungsgebäuden und Lagerhallen vorbei, deren Funktion ihr fachkundiger Führer erläuterte. In einem großen Bürogebäude war ein Besucherraum eingerichtet, in dem die ganze Anlage als Modell wie bei einer Spielzeugeisenbahn aufgebaut war. Daran erklärt Dr. O'Briain ausführlich, wie die namensgebende Wundertechnik des Atomzeitalters funktionierte. Verschiedene Teile des Modells konnte abgehoben werden und so konnten die innen liegenden Aggregate wie der Reaktor oder der Kühlturm genauer betrachtet werden.

„Now, I hope, ich konnte erklären euch die Funktion", schloss der Physiker seinen Vortrag. Die Kinder nickten eifrig. Caissy, die das Ganze sicher schon einige Dutzend Mal gehört hatte, klatschte demonstrativ Beifall. Ihrem Gesichtsausdruck war ohne Schwierigkeiten abzulesen, wie stolz sie auf ihren Vater war.

Eric rauchte ein wenig der Kopf, aber Cleo strahlte den Iren mit leuchtenden Augen an:

„Vielen Dank, Sean. Es war großartig, ich habe erstmals richtig verstanden, wie so eine Kernreaktion funktioniert – na ja zumindest ein bisschen."

„Es ist nicht difficult", behauptete der Wissenschaftler mit breitem Lächeln und ignorierte wie so viele Experten, dass andere Menschen sich nicht Tag und Nacht nur mit diesem einen Thema beschäftigten. Laien hatten sich nicht die Grundlagen der dahinterstehenden Wissenschaft in einem Studium erarbeiten können und besaßen sie eine andere Vorstellung davon, was als *difficult* zu betrachten war.

Zum Abschluss der Besuchsrunde wartete ein Stück Kuchen samt heißer Schokolade in der Cafeteria, dann verabschiedeten sich die Freunde. Sie mussten ihre Besucherschildchen beim Ausgang abgeben und der Pförtner trug penibel die genaue Zeit, zu der sie seine Schranke passierten, in das

Besucherbuch ein.

Die Freunde schlossen gerade ihre Fahrräder auf, als plötzlich laute Sirenen ertönten.

„Was ist jetzt los?", rief Cleo erschrocken.

„No idea", auch Caissy schaute irritiert.

„Es wird doch kein Unfall passiert sein?", wunderte sich Eric und hatte düstere Vorahnungen.

Sie kamen in ihren Überlegungen nicht weit, denn in diesem Moment brausten zwei Lieferwagen des Werksschutzes mit wild blinkendem Blaulicht und lautem Signalhorn aus dem Tor. Einer der beiden Wagen bog in ihre Richtung und bremste spektakulär wenige Meter entfernt ab. Sofort sprangen zwei Männer in dunkelblauer Uniform heraus und rannten mit gezückten Pistolen auf sie zu.

Die drei Freunde blieben wie angewurzelt stehen, Cleo ließ vor Schreck ihren Fahrradschlüssel fallen.

„Hey, what do you want?", fand Caissy als erste ihre Sprache wieder.

Die beiden Wachmänner blickten etwas ratlos auf die drei jungen Radler. Der eine zog ein Funkgerät von seinem mit zahlreichen Utensilien bestückten Gürtel und raunzte hinein.

„Streife 1, wir sind am Tor. Es sind hier nur drei Jugendliche."

Das Funkgerät quäkte eine Antwort, die allerdings nur sein Träger verstehen konnte. Sein Kollege trat näher an die Freunde und brüllte mit herrischer Stimme:

„Was macht ihr hier?"

Während Cleo und Eric nur verdattert und zu keiner Antwort fähig dastanden, hatte Caissy nicht die Absicht, sich weiter anschreien zu lassen.

„Stop shouting. Ich bin Caissy O'Briain und wir haben meinen Vater, Dr. O'Briain besucht", warf sie mit ebenfalls lauter Stimme dem Wachmann entgegen.

Dieser runzelte die Stirn und rief zu seinem Kollegen am Funkgerät:

„Gib das mal durch, Bert!"

Bert tat, wie geheißen und wartete auf eine Antwort, die auch nach einigen Minuten durch das Sprechfunkgerät quäkte.

„Das scheint okay zu sein. Wir sollen sie noch mal ins Wachhaus bringen."

„Also gut, ihr habt es gehört. Los! Gehen wir!", polterte der Wachmann und schubste die Kinder unsanft vor sich her.

„Wir kommen ja schon mit", pampte Cleo, die mittlerweile ebenfalls wieder etwas Selbstsicherheit gefunden hatte und überhaupt nicht einverstanden war, wie eine Schwerverbrecherin behandelt zu werden.

Im Pförtnerhaus herrschte hektische Betriebsamkeit. Mindestens ein Dutzend Wachleute drängten sich in dem Raum zusammen. Einige starrten auf vier Monitore an einer großen Schalttafel, mit der offenbar Kameras auf dem Gelände angesteuert werden konnten. Eric erkannte auf einem der Bildschirme den Bereich vor dem Tor, wo ihre Fahrräder standen. Dann wurde er durch einen Stoß von hinten unsanft weitergetrieben, bis sie vor einen hochgewachsenen Mann in blauer Uniform standen.

„Die Kinder!", meldete der Wachrüpel an einen hageren Mann mit überdimensionierter Hakennase und Bürstenhaarschnitt, der offenbar das Sagen hatte, wie zahlreiche Rangabzeichen am Ärmel an seiner ebenfalls blauen Werkschutzuniform verdeutlichten.

„Ah gut, wir gehen kurz in den Nebenraum, hier ist es zu laut."

„Wir können selbst laufen, Sie brauchen nicht zu schubsen!", giftete Cleo den überengagierten Wachmann an, der sich schon wieder dicht vor Ihnen aufgebaut hatte.

„Es ist gut, Müller, Sie können gehen!", ordnete der Chef der dunkelblauen Truppe an.

Augenblicke später befanden sie sich in einem kleineren Nebenzimmer. Der hagere Mann lehnte sich an einen Schreibtisch und blickte die drei Freunde durch die dunklen Gläser einer Sonnenbrille durchdringend an. Die Brille saß etwas schief auf dem breiten Rücken seiner Hakennase, was dem Wachoffizier die Anmutung eines schlecht ausgeschlafenen Habichts gab.

„Du bist wahrscheinlich Caissy O'Briain?", wandte er sich schließlich an die junge Irin. Diese Vermutung stellte keine besondere detektivische Leistung dar, denn sie hatte sich wegen der roten Locken geradezu aufgedrängt.

Caissy nickte und erkundigte sich erregt:

„Ja, ich bin Caissy O'Briain und ich würde gerne wissen, was Sie von uns wollen?"

„Es gab... ahmm ... sagen wir, einen Zwischenfall und wir müssen die Sicherheit der Anlage garantieren."

„Wir haben sie nicht gefährdet!", warf Cleo wütend ein, die ebenfalls noch auf 180 war.

„Ja, das scheint mir momentan auch so", bestätigte der Mann mit kalter Stimme und fuhr fort:

„Habt ihr etwas Ungewöhnliches bemerkt, während ihr in der Anlage wart?"

„Nein, alles war normal, so wie ich es kannte, auch von früheren Besuchen", erwiderte Caissy.

Der Mann sah die beiden anderen an, diese schüttelten nur stumm den Kopf. Cleo verspürte überhaupt keine Lust, Fragen zu beantworten, nachdem man sie wie eine Kriminelle herumgeschubst hatte. Eric grübelte intensiv, was eigentlich das Problem war. Solange man ihm keine Informationen gab, gab er sich jedenfalls keine Mühe, selbst welche zu liefern.

„Was ist denn überhaupt los? Warum der ganze Aufriss hier?", erkundigte er sich daher.

Der Mann warf einen Blick auf einen Zettel in seiner Hand und nachdem er den gewünschten Namen gefunden hatte, antwortete er mit seiner kalten abweisenden Stimme:

„Das kann und werde ich dir nicht mitteilen, Eric. Für heute wäre das alles, ihr könnt gehen. Ich schreibe euch hier meine Telefonnummer auf und ihr ruft mich an, wenn euch noch etwas einfällt."

Caissy nahm das Blatt und wandte sich zum Gehen.

„Einen Moment noch. Kann ich kurz in deine Handtasche schauen, Cleo?"

Die Angesprochene blickte den hakennasigen Chef der Wachmannschaft entrüstet an. Sie hatte als einzige der drei Freunde eine Tasche dabei, was sich schlicht dadurch erklärte, dass sie eigentlich nie ohne ihre kleine praktische Schultertasche aus dem Haus ging.

Sie wollte erst verärgert protestieren, überlegte es sich aber im letzten Moment anders. Es hatte keinen Zweck. Die waren hier aus irgendeinem Grund total von der Rolle und dieses schmierige lange Elend würde ohnehin in ihren Sachen herumwühlen, egal wie viel Theater sie jetzt veranstaltete. Sie reichte ihm mit steinerner Miene das lederne Täschchen.

„Das Plutonium ist in der Seitentasche!"

Der Sicherheitsmann verfügte, wie in den Einstellungsvoraussetzungen des Berufs festgehalten, über keinerlei Humor und grunzte unwillig:

„Das ist kein Spiel! Solltest du etwas aus der Anlage in der Tasche haben, wird es sehr, sehr unangenehm für euch."

Er unterzog die Tasche einer eingehenden Inspektion, kein Staubkorn blieb unbeachtet. Es fanden sich darin höchst verdächtige Dinge wie ein Geldbeutel, eine Monatskarte, zwei Haarklammern, ein paar Kaugummis, ein kleines Notizbuch, zwei Tempotücher sowie ein Kugelschreiber. Der Mann mit der Habichtsnase blätterte durch das Notizbuch.

„Hey, das ist privat!", rief Cleo entrüstet.

„Im Augenblick nicht!", entgegnete der Büttel mit überlegenem Grinsen und genoss seine Macht. Mit wichtig gerunzelter Stirn versuchte er Cleos Handschrift zu entziffern.

Die Bemühungen führten offenbar nicht zu weiterreichenden Erkenntnissen. Er reichte wenig später die Tasche mit leerem Gesichtsausdruck zurück und rief verärgert über Funk einen Wachmann, der sie hinausgeleiten sollte.

„Vergesst nicht, mich anzurufen, wenn euch noch etwas einfällt!“, rief er ihnen hinterher.

„In tausend Wintern nicht“, knurrte Cleo halblaut vor sich hin.

Als sie endlich wieder bei ihren Fahrrädern ankamen, ließ Caissy ärgerlich Luft ab.

„Puh! Ich habe keine Idee, was das gewesen ist. Ich noch nie habe erlebt so was. I am very sorry.“

„Du brauchst dich doch nicht entschuldigen! Du kannst überhaupt nichts dafür, dass diese Gorillas sich wie die imperialen Truppen bei Starwars aufgeführt haben“, erwiderte Cleo.

„Ich wüsste nur zu gerne, was überhaupt los ist“, ergänzte Eric.

„Lasst uns erst mal hier verschwinden, bevor uns die nächsten Honks festnehmen. Da kommt eine ganze Kohorte Polizei angedüst“, Cleo deutet die lange Zufahrtsstraße runter.

Aus der Ferne brausten tatsächlich rund halbes Dutzend Polizeiwagen unter vielstimmigen Sirenengeheul heran. Die Freunde schwangen sich auf ihre Räder und bogen gerade noch rechtzeitig in den nächsten Waldweg ab, bevor die Polizeikolonne sie erreicht hatte.

„Das war knapp!“

„Zum Glück scheinen sie uns nicht zu gesehen zu haben. Ich verspüre so gar keine Lust auf noch eine bescheuerte Befragung. Meint ihr, wir kommen hier durch den Wald auch zurück?“

„Ich denke schon, wir müssen den nächstmöglichen Weg links nehmen. Der dürfte so grob parallel zur Straße laufen und uns zum Stadtrand führen. Von dort ist es ja dann einfach“, schlug Eric vor, der über einen guten Orientierungssinn verfügte.

„Sounds good to me. Aber wir eilen müssen, es wird schon dunkel“, mahnte Caissy, deren betagtes, von der Mutter geliehenes Rad eine eher widerwillige und tendenziell selten funktionierende Beleuchtung aufwies.

So sausten die drei Freunde eifrig strampelnd durch die immer länger werdenden Schatten der Bäume. Plötzlich kam von hinten ein Auto ohne Licht angeschossen. Als sie den Motor hörten, konnten sie gerade noch zu Seite ausweichen, während das Fahrzeug sie im Vorbeibrausen mit einer Fontäne aus feuchtem Waldschmutz eindeckte.

„Du blöder Idiot!", rief Cleo wütend hinterher.

„What the hell?"

„Habt ihr das Kennzeichen erkannt?", erkundigte sich Eric.

„Nein, es ging zu schnell und der Depp hatte ja auch kein Licht!"

„Denkt ihr, das hat was zu tun mit den Problemen im Nuclear-Center?", überlegte Caissy.

„Klar, das könnte sein! Vielleicht preschen die hier deshalb ohne Licht durch den Wald, um dem Heer an Polizisten auf den Straßen auszuweichen", rief Cleo.

„So wie wir", ergänzte Eric.

„Let's go. Es wird zu dunkel, wir müssen aus dem Wald", forderte Caissy und scharrte ungeduldig mit den Füßen.

Sie machten sich auf den Weg und dank Erics Orientierungssinn sahen sie bald die Lichter der Stadt in der Ferne glitzern. Eine halbe Stunde später standen sie vor einem modernen fünfgeschossigen Wohnblock im sogenannten Internationalen Viertel, in dem viele Wissenschaftler wohnten, die an der Universität oder anderen Instituten forschten.

„Wollt ihr noch mit reinkommen? Wir dann können reden und Kekse essen", bot Caissy an.

Die Freunde stimmten zu. Es gab eine Menge zu besprechen und alle verspürten große Lust auf warmen Kakao und etwas Nervennahrung in Form von leckeren irischen Keksen, die Caissy manchmal auch in der Schule dabei hatte.

Das Appartement der O'Briains hätte der Zeitschrift für Modernes Wohnen entsprungen sein können, für die Erics Mutter vor einiger Zeit Aufnahmen einer Messeveranstaltung angefertigt hatte.

Cleo hatte Vergleichbares noch nie gesehen und staunte voll offener Bewunderung über die ungewöhnlich geformten blauen Plastikmöbel, die auf Gestellen aus Alu und gebürstetem Stahl gebettet waren und sich in runden Formen im Raum verteilten.

„Wow! Das sieht ja schick aus bei euch!", bemerkte sie anerkennend.

„Es gehört nicht uns. Das alles schon war eingebaut in die Wohnung, als wir kamen. Das ist bei den Wohnblocks im Internationalen Viertel üblich, weil viele Leute nur ein Jahr bleiben und nicht ihre Möbel umziehen", erläuterte Caissy.

„Ach so. Bleibt ihr auch nur so kurz?"

„I don't know. Dad gefällt die Arbeit hier. Wenn der Vertrag verlängert wird, bleiben wir bestimmt eine Weile. Es muss sich doch lohnen, eure megaschwere Sprache zu lernen", grinste Caissy.

„Ich hoffe, ihr bleibt noch lange. Wir wollen dich behalten", stellte Eric fest.

„I do my best."

„Das erwarten wir. Aber jetzt zurück zu vorhin. Hat jemand eine Idee, was das ganze Theater bedeutet? Diese Sicherheitsleute benahmen sich ja echt voll daneben", wollte Cleo wissen, während sie am heißen Kakao nippte.

„Vielleicht gab es irgendeinen Störfall im Kraftwerk", überlegte Eric.

„Das glaube ich nicht. Der unmögliche Wachboss wollte meine Tasche durchwühlen. Das wäre überflüssig, wenn das ganze Drama mit Radioaktivität oder so zu tun hätte. Ich trage keine Strahlung in meiner Tasche raus."

Casey nickte zustimmend.

„Okay, überzeugt. Aber was war es dann? Kann man da irgendetwas Wertvolles klauen?", überlegte Eric.

„Sure! Es gibt dort viele wichtige und geheime Unterlagen oder Materialien."

„Vielleicht ging es um so etwas. Sie haben ein enormes Spektakel veranstaltet, mit all den Wachfuzzies und den vielen Polizeiwagen. Wird so ein Aufwand wegen einiger wissenschaftlicher Unterlagen betrieben?", wunderte sich Cleo.

„Ich werde nachher fragen meinen Dad", kündigte Caissy an.

„Wir können auch sehen, was morgen in der Zeitung steht", schlug Eric vor, der als Sohn einer Fotojournalistin dieser Informationsquelle eine hohe

Bedeutung beimaß.

Caissy leitete zum nächsten wichtigen Punkt der Lagebesprechung über:

„Was wir machen mit dem Auto im Wald. Wollen wir das melden?"

Cleo legte ihre Stirn in die für sie typischen Denkfalten über der Nasenwurzel und antwortete mit Bestimmtheit.

„Im Moment melden wir überhaupt nichts. Wir verfügen über keinerlei genauere Angaben und ich verspüre weniger als gar keine Lust, diesem unmöglichen Typen freiwillig Informationen zu überlassen. Dem treten wir erst wieder gegenüber, wenn wir mehr herausgefunden haben und ihn richtig dumm dastehen lassen können!"

„Bei dem Auto handelte es sich um eine Mercedes-Limousine in dunkelgrün oder braun, soweit ich die Farbe in dem Zwielicht erkennen konnte", brachte Eric seine Autokenntnisse ein.

Cleo zog das Notizbuch aus ihrer Handtasche und blickte ihre Freunde an:

„Wir werden versuchen, Licht in diese mysteriöse Angelegenheit zu bringen. Dabei müssen wir systematisch vorgehen. Ich notiere also, was wir wissen:

„Mercedes Limousine, grün oder braun. Es waren zwei Personen drin, soweit ich das in der Eile erkannt habe, oder was meint ihr?"

„Ich habe nichts gesehen, es ging zu schnell", erwiderte Caissy. Diesem Nichtwissen schloss sich Eric an.

„Der unfreundliche Wachboss hat sich so verhalten, als sei etwas gestohlen worden", überlegte Cleo laut, während sie es niederschrieb.

„Wir müssen erfahren, was gestohlen wurde. Ich werde Dad fragen", schlug Caissy vor.

Cleo nickte zustimmend.

„Hoffentlich bekommst du etwas heraus."

„Bestimmt!"

„Ich muss mich jetzt allerdings auf den Weg machen, damit ich rechtzeitig zu Hause bin, sonst bekomme ich Ärger", stellte Cleo mit Blick auf ihre

Armbanduhr fest.

Eric und Cleo verabschiedenden sich und fuhren durch den einsetzen Schneeregen nach Hause.

III

Am nächsten Morgen konnten sie es kaum erwarten, Caissy am Schuleingang abzupassen. Die Irin erschien, ihren Gewohnheiten entsprechend, erst wenige Sekunden bevor der Gong das Lied zur ersten Stunde intonierte. Die skurrilen Schulregeln besagten, dass wer bis zum letzten Ton der relativ langen Folge den Klassenraum betrat, noch als pünktlich galt.

„Was hast du rausbekommen?", erkundigte sich Cleo etwas außer Atem, während sie die Treppen hinaufspurteten.

„Leider nicht viel. Mein Dad sagt, es sei etwas gestohlen worden. Er darf aber nicht sagen was. Selbst der Diebstahl ist geheim, wir sollen niemanden erzählen davon."

„Das klingt ziemlich mysteriös", fand Cleo.

„Bei Kernenergie wird immer alles geheim gehalten", trug Eric seinen Kenntnisstand zur Materie bei.

„Wir müssen uns in der großen Pause weiter besprechen, Frau Reizbar rauscht schon um die Ecke", zischte Cleo.

Die drei Freunde folgten dem Unterricht über die nächsten Stunden nur halbherzig, obwohl es in wahrsten Sinne des Wortes um große Themen ging. Riesige eiszeitlicher Gletscher hatten vor abertausenden von Jahren Mulden in das norddeutsche Tiefland gegraben und dabei gewaltige Erdmassen in Endmoränen unter sich hergeschoben. Die Folgen dieser gewaltigen Vorgänge konnten in der mecklenburgischen Seenplatte betrachtet werden, die Gegenstand der Geografiestunde vor der großen Pause war. Weil das alles so ewig zurücklag und das dazugehörige Eis schon lange geschmolzen war, vermochten die Schüler dennoch diesem bedeutenden erdgeschichtlichen Vorgang nur wenig Interesse entgegenzubringen.

Geografielehrer Brassberg bemerkte es und ließ seine Beinprothese laut auf den

Holzfußboden krachen. Normalerweise bewirkte dieses akustische Signal unmittelbar eine größere Aufmerksamkeit, verpuffte aber an diesem Wintervormittag aus unbekannten Gründen ziemlich wirkungslos. Der Oberstudienrat hatte sein Bein an der Ostfront bei der russischen Stadt Woronesch im Kampf mit der Roten Armee verloren. Kein normaler Mensch wusste, wo diese Woronesch lag, aber der Erdkundelehrer hatte im Laufe der Zeit mindestens ein halbes Dutzend Karten aufgefahren, um die exakte Position seines verlorenen Beines zu demonstrieren.

Weil er an diesem Morgen die Klasse nicht zur Mitarbeit motivieren konnte, verfiel er in einen für ihn typischen Sprachstil, den er sich als junger Oberleutnant angeeignet hatte. Die Lernziele hinsichtlich der geografischen Gestaltung der norddeutschen Tiefebene erreichte die Schüler in scharfem Kommandoton.

Endlich gongte es zur großen Pause und sie konnten sich wichtigeren Themen widmen als der mecklenburgischen Seenplatte.

„Es steht überhaupt nichts über den Vorfall in der Zeitung. Das ist sehr merkwürdig, sonst findet jede vermisste Katze oder verlaufene Oma Erwähnung in dem Käseblatt."

Cleo faltete das ‚Käseblatt‘, es handelte sich um die große städtische Tageszeitung, wieder zusammen und platzierte sie auf der Sitzbank nebenan. Dort hatte der aufsichtführende Studienrat Holbein die Gazette abgelegt, als er zum Schlichten eines Streites in eine andere Ecke des weitläufigen Schulhofs geeilt war.

„Ich hatte doch gesagt, dass nichts über den Diebstahl herauskommen soll. Daher auch nichts steht in der Zeitung", folgerte Caissy.

„Es gab bestimmt eine Nachrichtensperre. Das machen sie immer, wenn die Bevölkerung nicht informiert werden soll", gab Eric seine Einschätzung weiter.

„Mein Dad ist sehr mitgenommen durch die Vorgänge. Er musste gestern bis fast Mitternacht im Nuclear-Zentrum bleiben. Es gab endlose Sitzungen und er wurde unseretwegen dreimal befragt."

„Und, sind wir im Kreis der Verdächtigen?"

„Mein Dad hat alles erklärt und dann nochmal erklärt und weil es manche immer noch kapiert hatten, ein drittes Mal. Dann waren auch die Sicherheitsleute mit weniger Gehirn erst mal zufrieden."

„Ist ja auch zu bescheuert, anzunehmen, wir hätten da etwas geklaut."

„Sie haben alle verdächtigt, auch die Angestellten und die Wissenschaftler. Jeder wurde beim Verlassen des Geländes durchsucht. Aber vor allem haben sie es auf meinen Dad abgesehen. Sie haben ihn mehrere Stunden verhört wie einen Verbrecher. Er war heute Morgen immer noch sehr aufgebracht."

„Das kann ich verstehen. Ich habe mich auch ziemlich geärgert, als der Typ meine Tasche durchwühlt und mich wie eine Diebin behandelt hat. Ich wünschte, wir könnten etwas über die Vorgänge herausbekommen. Dann könnten wir deinen Dad entlasten und es diesen unfähigen Sicherheitsleuten so richtig zeigen!"

Cleo schlug bekräftigend ihre Faust gegen die Holzbank, auf der sie saßen.

„Aber wie wollen das bewerkstelligen? Wir haben ja nur diesen merkwürdigen Wagen im Wald als Anhaltspunkt", überlegte Eric.

„Wir müssen zunächst herausfinden, worum es überhaupt geht. Meinst du, du kannst deinen Dad noch etwas mehr entlocken, Caissy?"

„Ich kann es versuchen."

Es gongte zum Unterricht.

Für diesen Abend hatte sich Eric vorgenommen, mit seiner Mutter über die Ereignisse zu sprechen. Durch ihren Beruf verfügte sie über viel Erfahrung im Umgang mit Geheimnissen, die nicht an die Öffentlichkeit dringen sollten. Leider traf er sie nicht alleine an, denn Ina war mal wieder zu Besuch. Die beiden Kolleginnen fläzten sich im Wohnzimmer auf der Couch und knabberten ein italienisches Gebäck, zu dem man angeblich einen bestimmten Likör trinken musste, den Ina mitgebracht hatte. Zunächst überlegte Eric, sein Gespräch auf einen anderen Zeitpunkt zu verschieben, entschied sich aber dann, Ina einzubeziehen. Als langjährige Journalistin hatte sie vielleicht eine gute Idee, wie an weitere Informationen zu kommen war.

Er ließ sich daher in den Sessel plumpsen und grapschte sich einige der italienischen Mandelkekse, die in der Tat lecker schmeckten, auch ohne den komischen Likör.

„Was gibt es Eric? Was hast du auf dem Herzen?", erkundigte sich die Mutter, die spürte, dass der Sohn sich nicht nur wegen etwas Gebäck das für ihn langweilige Erwachsenengespräch antun würde.

„Ich wollte dir eigentlich was erzählen und hätte ein paar Fragen dazu. Aber wenn das jetzt stört..."

„Überhaupt nicht, wir sind nur so am Reden. Also um was geht es?"

Sie gefiel sich heute offenbar in der Rolle der zugewandten Zuhörerin und am Sohn interessierten Mutter. Ein eher seltenes Ereignis, das Eric auszunutzen gedachte.

Er berichtete daher so präzise wie möglich von den Ereignissen des Vortags.

Als er geendet hatte, rief Ina aufgeregt:

„Das ist ja echt ein Ding! Wie müssen es unbedingt in die Zeitung bringen."

„Aber was willst du denn schreiben, wir wissen doch nichts", wandte Eric ein.

„Wir wissen durchaus eine ganze Menge und mit unserem Wissen kitzeln wir noch mehr heraus. Schau, so funktioniert Journalismus. Du hast einen Hinweis, einen Verdacht, eine Theorie und die publizierst du in der Zeitung. Dann müssen die zuständigen Stellen etwas dazu sagen."

„Meist streiten sie alles ab!", warf die Mutter ein.

„Stimmt, aber aus der Art, wie sie leugnen, kann man schon wieder Informationen ziehen und weiter bohren."

Eric hörte fasziniert zu und erkundigte sich dann bei Ina.

„Aber was wirst du in dem ersten Artikel schreiben?“

„Zunächst einmal das, was wir wissen. Es gab einen ernsthaften Zwischenfall. Ich werde die Vermutung anstellen, dass es sich um einen nuklearen Unfall handelte.“

„Aber sie sagen doch laut Caissys Vater, es war ein Diebstahl!“

„Das *sagen* sie, aber wer weiß, ob es stimmt? Sie werden mit allen Mittel versuchen, mir zu widersprechen und dabei unvermeidlich ein bisschen davon preisgeben, was wirklich passiert ist. Das greife ich dann auf und reize sie mit weiteren Vermutungen.“

Inas hellblaue Augen leuchteten und ihr Gesichtsausdruck zeigte grimmige Entschlossenheit. Sie war mit Leib und Seele Journalistin und so eine Gelegenheit würde sie sich keinesfalls entgehen lassen.

„Ich verfasse einen Artikel in Kurz-, Mittel- und Langform. Gut wäre auch ein Bild der Anlage, kannst du möglichst sofort welche machen, Maren?“

„Es ist bereits dunkel, ich bekomme kein vernünftiges Bild mehr auf den Film. Wir könnten ein Archivbild von irgendwoher verwenden.“

„Nein Maren, ich will ein eigenes Bild, und zwar von dir. So eine dramatische Aufnahme mit diesem unscharfen pixeligen Raster eines Nachtfilms. Graue Mauern und Stacheldraht im grellen Licht der Überwachungsscheinwerfer, maximale Schwarz-Weiß Kontraste, so etwas richtig Bedrohliches, keine nette Werbeaufnahme des Betreibers.“

Ina fuhr sich aufgeregt über ihre kurzen, in aktueller Bubikopf-Mode geschnittenen Haare und funkelte die Freundin aufmunternd an. Es brauchte keine große Anstrengung, um den fotografischen Ehrgeiz der Kollegin zu wecken.

„Also gut, ich düse los. Magst du mitkommen, Eric?“

„Nein, der junge Mann bleibt bei mir, wir müssen die Texte schreiben!“, entschied Ina mit Bestimmtheit.

Eric wäre gerne mit der Mutter gefahren, denn so ein abendliches

Fotoshooting versprach eine spannende Erfahrung zu werden. Aber es war klar, wer hier im Moment das Sagen hatte und Ina wollte ihn zur Unterstützung für den schriftlichen Teil. Also schnappte sich die Mutter ihre Kameratasche sowie einen warmen Mantel und düste alleine los.

Inzwischen hatte Ina ein Blatt in die Schreibmaschine eingespannt und dachte über einen guten einleitenden Satz nach.

„Überschrift und erster Satz sind am wichtigsten. Damit gewinnst oder verlierst du die Aufmerksamkeit. Beides muss hundertprozentig sitzen, damit die Leute weiterlesen wollen."

Eric nickte und erkundigte sich:

„Aber warum willst du drei unterschiedlich lange Artikel schreiben."

Ina lächelte.

„Weil ich freie Journalistin bin. Das klingt toll und bedeutet, ich stehe auf keiner Gehaltsliste und gehöre keiner festen Redaktion an. Also muss ich meine Artikel unterschiedlichen Zeitungen anbieten. Je nach Art der Zeitung werden sie nur wenig, ganz wenig oder überhaupt keinen Platz für mich haben."

„Warum das denn?"

„Weil jede gedruckte Zeile die Zeitung Geld kostet. Sie können nur eine bestimmte Seitenzahl pro Ausgabe drucken. Der verfügbare Platz geht erst mal an die Werbung und die Anzeigenkunden. Was dann noch übrig ist, wird mit Inhalt gefüllt. Es gibt fast immer mehr Inhalte und Artikel, als gedruckt werden können. Für kleine Nachrichten dürfen beispielsweise nur 40 Worte verwendet werden. Bei unserer Story reden wir nicht von einer kleinen Nachricht, wie beispielsweise einem Verkehrsunfall oder einem Wohnungsbrand."

„Unsere Geschichte ist bestimmt wichtig genug!", beschloss Eric im Brustton der Überzeugung.

„Trotzdem werden nicht alle Zeitungen viel Platz dafür aufwenden können oder wollen. Daher brauchen wir die drei Versionen: kurz, mittel und lang. Kurz am schwersten, weil du mit ganz wenigen Worten das wichtigste vermitteln musst. Bei der kurzen Nachricht gibt es leider auch kein Bild, weshalb dabei Marens Talent nicht zum Zug kommen kann."

„Auf Bilder sollte man nie verzichten", warf Eric schon wegen des Berufs seiner Mutter ein.

„Keinesfalls! Mit einem guten Bild hast du die Aufmerksamkeit schon gewonnen. Du kennst sicher die Redensart, ein Bild sagt mehr als tausend Worte? Da ich die Wortkünstlerin bin, stimme ich dem nur zähneknirschend zu. Dennoch steht es außer Frage, Bilder erzielen eine enorme Wirkung."

„Es gibt sogar die Bildzeitung, die besteht fast nur aus Bildern."

Diese Bemerkung hätte sich Eric besser verkniffen, denn die vorher gute Laune der Redakteurin fiel wie die Klassenstimmung bei einem unangekündigten Vokabeltest.

„Die Bildzeitung ist keine Zeitung, sie ist nur ein Hetzblatt. Niemals würde ich für die einen Artikel schreiben und du solltest solchen Schund nicht lesen."

Eric nickte betroffen und biss sich ärgerlich auf die Lippen. Diese Belehrung hätte er sich ersparen können, denn die Mutter hatte ihm bereits erklärt, was von dieser Bildzeitung zu halten war. Sie hatte ihn während einer Autofahrt auf den Kofferraumdeckel eines anderen Autos hingewiesen, das vor ihnen an der Ampel stand. Auf dem Blech der Kofferklappe befand sich neben verschiedenen anderen Aufklebern auch ein viereckiger mit der Aufschrift BLÖD. Die vier Buchstaben wären in der gleichen Schrift auf rotem Hintergrund gehalten wie das Logo der Bildzeitung. Seine Mutter hatte damals erklärt, dass dieser Aufkleber die Sache genau treffe und sie sich ebenfalls einen solchen besorgen wolle. Sie war allerdings seither noch nicht dazu gekommen und hatte das Vorhaben wohl bereits vergessen. Dennoch hätte Eric den Fehltritt mit der Erwähnung dieser schlechten Zeitung vermeiden können.

Ina hatte den Vorfall aber bereits Sekunden später aus ihrem Bewusstsein gelöscht, denn sie war völlig auf das Formulieren ihrer Texte konzentriert. Immer wieder las sie einzelne Sätze vor und Eric sollte beurteilen, was am besten klang. Er verfügte nicht über Cleos Sprachtalent, aber doch über ein gutes Gespür dafür, was gut und fetzig wirkte.

Die beiden waren gerade mit allen Textvarianten fertig geworden, als Schlüssel in der Haustüre klonkerten und die Mutter zurückkehrte. Nach kurzem Hallo verschwand sie sofort in dem kleinen Nebenraum, der ihre häusliche Dunkelkammer beherbergte. Eric schlüpfte direkt hinterher, denn er fand es stets interessant, beim Entwickeln der Filme zuzusehen.

„Schließe bitte die Türe ab, damit niemand hereinkommt", ordnete die Mutter an.

Das Entwickeln musste so geschehen, dass dabei kein Licht auf den Film fiel, weil sonst sich die gesamte Silberschicht schwarz verfärbte und das Foto ruiniert wäre. Daher wurde in der Dunkelkammer mit unschädlichem Rotlicht gearbeitet und die verriegelte Tür stellte sicher, dass niemand hereinplatzte und das eindringende Licht die Arbeit zerstörte.

Zu Beginn musste für einige Zeit auch das Rotlicht ausgeschaltet werden, wenn die Mutter den Film aus der Patrone nahm und in eine sogenannte Entwicklertrommel einspulte. Dort war der Film dann lichtgeschützt und Eric durfte die rote Lampe wieder anknipsen. Danach folgten verschiedene Schritte mit Chemikalien und warmen Wasser. Erics Aufgabe bestand darin, den richtigen Kanister anzureichen und mit einer großen Uhr auf dem Entwicklertisch bestimmte Zeiten zu messen. Da er schon dutzende Male geholfen hatte, bildeten die Fotografin und ihr Sohn ein eingespieltes Team. Bald konnten die Negative vergrößert werden. Die Mutter hatte 24 Bilder gemacht und wählte die drei besten zum Vergrößern aus.

„Wow, die sind echt super! Ich weiß gar nicht, welches ich nehmen soll", strahlte Ina wenig später, als sie die fertigen Abzüge in der Hand hielt.

„Dann schicke sie halt alle drei mit", erwiderte die Mutter geschmeichelt.

„Das ist eine gute Idee. Machst du mir noch von jedem ein paar Abzüge? Insgesamt glaube ich, ist das mittlere hier am eindrucksvollsten. Dieser bedrohlich in den schwarzen Nachthimmel aufragende Kühlturm mit dem von unten fotografierten Stacheldraht wirkt wie das Kinoplakat eines Thrillers. Damit werden wir in die Zeitung kommen."

„Hoffen wir das beste", erwiderte die Mutter und verschwand nochmals im Bad, um die gewünschten Abzüge herzustellen.

Sie wusste aus leidvoller Erfahrung, wie viel Mühe es kosten konnte, bis die eigene Story oder das eigene Bild in einer Zeitung gedruckt erschien. Aber diesmal hatten sie gute Karten. Eine ungeklärte Problemlage in einer Atomanlage alarmierte die Menschen. Das war tatsächlich eine Geschichte, welche die Chefredakteure dieser Republik auf den Seiten ihrer Blätter lesen wollten.

Kaum waren die Abzüge erstellt, schnappte sich Ina auch schon ihre Handtasche und eilte davon.

„Ich werde noch heute Abend beginnen, die Redaktionen abzutelefonieren", kündigte sie beim Verlassen der Wohnung an.

„In die morgige Ausgabe wird der Artikel es unmöglich schaffen", orakelte die Mutter, aber ihre Freundin hörte es nicht mehr.

Tatsächlich erschien die Geschichte erst am übernächsten Tag, dafür aber in der großen Lokalzeitung auf Seite fünf.

„Seite fünf ist schon ziemlich gut und mein Bild hat auch etwas Größe bekommen", strahlte die Mutter bereits beim Frühstück.

„Titelseite wäre natürlich noch toller", befand Eric etwas undeutlich, da sein Mund gleichzeitig mit einem Stück Nutellabrot beschäftigt war.

„Bei allem Ehrgeiz, aber für die Titelseite reicht dieser Artikel noch nicht. Da müssten wir wirklich eine Sensation aufdecken und nicht nur gekonnt im Nebel herumstochern. Aber wir bleiben ja dran. Vielleicht schafft es unser nächster Versuch schon auf Seite drei."

„Bestimmt!", behauptete Optimist Eric, trank seine Milch und eilte zur S-Bahn.

In der großen Pause saßen die Freunde wieder auf der Holzbank unter ihrer Lieblingskastanie. Eric überlegte, ob er vom Zeitungsartikel erzählen sollte. Er entschied sich nach längerem Abwegen dagegen, denn es war zu befürchten, dass Caissy einen kritischen Anwurf gegen die Atomanlage nicht verstehen würde. Es schien sinnvoll, erst einmal abzuwarten, wie die Dinge sich weiter entwickelten.

Wegen der fehlenden Neuigkeiten war auch die selbsternannte Chefermittlerin Cleo unzufrieden.

„Mir fällt einfach nichts ein, wie wir weiterkommen könnten."

„Mein Dad sagt, es herrscht immer noch große Aufregung in der Anlage. Alle sind durcheinander und niemand kann seine Arbeit richtig erledigen, weil es ständig Sitzungen gibt oder er nochmal zu einer Befragung muss."

„Aber worum es genau geht, hat er dir nicht gesagt."

„Nein, er darf es nicht und er denkt auch, dass ich es nicht wissen sollte."

Es gongte zum Unterricht und die drei Freunde quälten sich durch die Schulstunde, bis die Melodie vom Lindenbaum endlich Schulschluss und das Wochenende ankündigte.

IV.

Der Wettergott hatte für diesen Samstag die große Regentaste gedrückt, da passte es gut, dass für Eric die nachmittägliche Aufbewahrung bei den Großeltern mütterlicherseits vorgesehen war. Die Eltern selbst beabsichtigten den Nachmittag mit Shoppen zu verbringen, also stundenlang durch unterschiedliche Geschäfte zu trödeln und langweilige Besorgungen zu erledigen. Ein Sohn würde bei diesen fundamental wichtigen Aktivitäten nur stören. Eine Einschätzung die Eric unbedingt teilte.

Beim Betreten der kleinen Wohnung im vierten Stock des heruntergekommenen Siedlungsblocks im Norden der Stadt empfingen verführerische Gerüche, die auf einen frisch gebackenem Kuchen hindeuten. Eric ließ Großmutters Pias feuchte Küsse über sich ergehen, bevor er zu Großvater Jean eilte, der in einer dicken Zigarrenwolke auf dem Sofa lümmelte. Die immer gleichen und auch schon immer überflüssigen Ermahnungen, sich anständig zu benehmen, erreichten den Adressaten nur von ferne, dann waren die Eltern in ihren Einkaufsnachmittag verschwunden.

Eric plumpste neben dem Großvater in einen Sessel. Auf dem abgewetzten Wohnzimmertisch lag, einer guten großväterlichen Tradition folgend, das neuste Comic. Großvater Jean, aus Frankreich stammend, liebte die Bandes dessinées, wie die bunten Heftchen in seiner Heimat genannt wurden. Eric teilte diese Vorliebe für französische Comics voll und ganz. Sie lasen sich unendlich viel spannender als die langweiligen deutschen Kleinkindergeschichten im Stil von *Fix und Foxi*. Glücklicherweise wurden seit kurzem die realistisch gezeichneten Bildergeschichten aus dem Nachbarland übersetzt und vom einem Magazin namens *Zack* herausgebracht. Bald rief die Großmutter aus der Küche und Eric musste sich mit Mühe von der fesselnden Lektüre losreißen. Wie bei allen Großeltern dieser Welt durfte man am Tisch nicht lesen, eine ebenso unbegreifliche wie störende Vorschrift! Sie wurde durch den himmlisch schmeckenden Kuchen erträglich gemacht. Eric arbeitete mit Genuss an seinem dritten Stück, während der bereits gesättigte Großvater den altmodischen Plattenspieler anstellte. Da es sich um ein uraltes Gerät handelte, dauerte es eine Weile, bis schließlich kratzende Musik erklang. Es handelte sich um einen *chanson*, dessen Text, wie bei Chansons üblich, französisch und daher für Eric weitgehend unverständlich gesungen wurden. In der altehrwürdigen Schule lernten sie als zweite Fremdsprache nicht so eine schöne und nützliche wie Französisch, sondern das vor Jahrhunderten ausgestorbene Latein. Damit sollte man angeblich zwar auch französische Vokabeln herleiten können, aber das funktionierte nur in der Vorstellung der Kultusminister, nicht bei Großvaters Platten. Wiederkehrende Schlagworte, wie *revolte* und *liberté*, also Revolte und Freiheit, verstand Eric dennoch. Auf dem Plattencover stürmte ein Mann mit roter Fahne und nacktem Oberkörper über am Boden liegende, altmodisch gekleidete Soldaten hinweg. Laut Großvaters Erklärungen veranschaulichte das Bild den Kampf der Pariser Kommune. Kommune, der Opa sprach es *Kommün* aus, bedeutete in etwa: alles gehört allen zusammen und alle erledigen auch alles zusammen.

Diese Kommune existierte für kurze Zeit nach einem der Kriege, die Deutschland und Frankreich gegen einander geführt hatten. Während der letzten dieser Auseinandersetzungen war Opa Jean mit den französischen Streitkräften nach Deutschland gekommen. Bei dieser Gelegenheit hatte er Oma Pia kennen und lieben gelernt. Den französischen Soldaten war es allerdings verboten, sich in die Besiegten zu verlieben, denn die Oma und alle anderen Deutschen galten als Feinde, die über sechs Jahre ganz Europa verwüstet und Millionen von Menschen umgebracht hatten. Mit solchen Leute konnte und durfte man sich nicht einlassen, zumindest hatte es die Militärführung so befohlen.

„Aber natürlich lässt sich Liebe nicht verbieten, das hat noch nie funktioniert, zu keiner Zeit", erläuterte die Oma stets mit einem Lächeln, wenn die häufig und gerne erzählte Geschichte ihres Kennenlernens an diesen Punkt gekommen war.

„Also habt ihr euch trotz Verbot getroffen?", wollte Eric wissen.

„Ganz einfach war das nicht. Solange Jean noch bei der Besatzungsarmee war, durften wir uns nicht erwischen lassen. Er hätte sonst großen Ärger bekommen."

„Ich bin nach meiner Entlassung aus dem Militärdienst dann hier geblieben und habe als Metallarbeiter eine Arbeit gesucht. Das gestaltete sich schwierig, denn von den Fabriken waren nur noch Ruinen und Schuttberge übrig geblieben und es gab auch zunächst kein Metall, das ich hätte bearbeiten können. Als Zivilist unterstand ich nicht mehr dem Militärkommando, war jedoch als französischer Staatsbürger immer noch vielen Bestimmungen unterworfen. Um hier überhaupt eine Arbeitserlaubnis zu bekommen, musste ich Dutzende von Erklärungen unterschreiben und dann auch noch für die Militärverwaltung monatliche einen Bericht schreiben."

„Was für einen Bericht?"

„Sie wollten natürlich wissen, was unter der Bevölkerung vorging, vor allem unter den Arbeitern. Der zuständige Offizier hatte inzwischen schon durchschaut, dass ich wegen einer Frau in dieser zerbombten Ruinenstadt bleiben wollte und eine Arbeit brauchte, denn ich musste ja von irgendetwas leben. Also bekam ich die Aufenthalts- und Arbeitserlaubnis unter der Bedingung, dass ich über ungewöhnliche Vorgänge Bericht erstatte. Da ich aus Lothringen komme und daher recht gut Deutsch sprach, war ich in den Augen der französischen Militäradministration perfekt geeignet, um Informationen für sie zu sammeln."

„Du warst also eine Art Spion?", erkundigte sich der erstaunte Enkel.

„Das wäre eine überzogene Bezeichnung und sicher zu viel der Ehre, eher ein billiger Spitzel, und der wollte ich nicht sein. Ich schrieb also immer am Monatsende auf zwei Seiten irgendwelche Belanglosigkeiten zusammen. Das genügte ihnen. Mein Offizier heftete die Blätter fein säuberlich in einen schwarzen Ordner mit einer bedeutsam aussehenden roten Zahlenkombination auf dem Seitendeckel. Wahrscheinlich hat das Zeug später nie wieder jemand gelesen", schmunzelte der Großvater.

„Mit der Zeit erkannten die Besatzungsmächte, dass nicht alle Deutschen Monster waren und die Bestimmungen wurden gelockert."

„Dann konntet ihr heiraten?"

„Bis dahin war es dann schon noch ein Weg. Die Angelegenheit war auch für mich nicht einfach. Es galt bei vielen Deutschen als unpatriotisch, wenn man sich mit einem feindlichen Besatzungssoldaten einließ. Einige meiner Arbeitskolleginnen warfen mir vor, nur deshalb mit Jean zu gehen, weil er als Franzose mehr Lebensmittelmarken erhielt."

„Da haben es euch aber auch alle Seiten schwer gemacht", stellte Eric fest.

„Die Zeiten waren damals nicht einfach. Dennoch waren die meisten Menschen froh, diesen schrecklichen Krieg überstanden zu haben. Wir wollten danach nur noch leben, frei sein, mit unserer geschenkten Lebenszeit tun, was wir wollten. Aber was war die Realität? Wir mussten sogar unsere Liebe verstecken!"

Die Oma stand auf und nahm eine alte, ziemlich vergilbte und ramponierte Schwarz-Weiß Fotografie vom Sideboard.

„Das ist das einzige Bild von uns aus dieser Zeit. Es ist in dem schrecklich kalten Winter 1946 aufgenommen und ich hatte am Anfang fürchterliche Angst, es könnte öffentlich werden und Jean würde Ärger bekommen."

Eric betrachtete das Bild. Es war seltsam, er konnte sich die Großeltern nie jung vorstellen, obwohl doch klar war, dass sie natürlich auch einmal vierzehn oder zweiundzwanzig Jahren alt gewesen sein mussten. Der Großvater, der damals noch nicht einmal Vater war, schaute sehr verliebt auf die junge Pia.

Aber das alte Foto baute eine gute Brücke von der zum x-ten Mal erzählten alten Liebesgeschichte zu den aktuellen Ereignissen.

Eric ergriff die Gelegenheit:

„Apropos Bilder, die öffentlich werden: Habt ihr schon das Bild von Maren in der Zeitung gesehen?"

Die Großeltern schüttelten den Kopf, das Werk ihrer Tochter in der großen Regionalzeitung war ihnen entgangen.

Begierig griff der Opa nach der gestrigen Zeitung und blätterte. Er entdeckte und überflog den Artikel, dem Ina die fragende Überschrift *Strahlende Zukunft?* gegeben hatte. Schließlich brummte er:

„Dann bin ich mal gespannt, ob da heute schon eine Stellungnahme der Nuklearanlage folgt."

Er durchsuchte die Wochenendausgabe und rief triumphierend:

„Ha, da!"

„Was steht da?", wollte Eric aufgeregt wissen.

„Ein Sprecher des Kernforschungszentrums widerspricht dem Verdacht eines nuklearen Zwischenfalls. Es sei am letzten Mittwoch zu einem Polizeieinsatz und internen Sicherheitsmaßnahmen gekommen, da offenbar unbefugte Personen in die Anlage eingedrungen waren. Was die Eindringlinge vorgehabt hätten, sei nicht bekannt. Der sichere Betrieb der Anlage sei nie gefährdet gewesen. Die Leitung des Forschungszentrums habe bis jetzt eine Information der Öffentlichkeit aufgeschoben, um polizeiliche Ermittlungen nicht zu gefährden", las der Opa mit gekünstelter Nachrichtenstimme vor.

Eric erzählte den Großeltern von den Ereignissen und was sie selbst dabei erlebt hatten. Er endete mit der Feststellung:

„Die Angaben des Sprechers sind also gelogen, denn wir wissen von Caissys Vater, dass irgendwas gestohlen wurde."

„Das wisst ihr, weil der Vater sich nicht an die Nachrichtensperre gehalten hat. Die Öffentlichkeit soll das nicht erfahren."

„Hast du eine Idee, was wir jetzt unternehmen können?"

„Das würde ich von der journalistischen Seite Ina und Maren überlassen."

„Ja schon, aber wir wollen Caissys Vater helfen, er wird unschuldig verdächtigt!"

Der Großvater nahm einen Schluck Kaffee und blickte dann den Enkel an:

„Du versprichst dir ein Abenteuer, das ist auch in Ordnung. Aber das ist kein Räuber und Gendarm Spiel wie in einem der Comics. Bei Atomanlagen verstehen die Behörden keinen Spaß und haben etwas gegen Jugendliche, die ihre Nasen da reinstecken. Ich glaube, ihr könnt da nichts tun."

Eric nickte wenig zustimmend und aß etwas enttäuscht ein weiteres Stück der fantastischen großmütterlichen Linzertorte.

Normalerweise gab sich Großvater Jean gerne revolutionär. Er war in seiner Jugend ein glühendes Mitglied der französischen Sozialisten gewesen und verstand sich immer noch als Kämpfer für Freiheit und Gleichheit, wie er dem Enkel mehr als einmal erklärt hatte. Oft und gerne erzählte er von seinen früheren Heldentaten gegen die Ungerechtigkeiten der Welt.

Irgendwann musste die kämpferische Haltung nachgelassen haben und konzentrierte sich jetzt hauptsächlich auf das Abspielen von revolutionären Platten und die Lektüre entsprechender Bücher. Eric hatte von ihm mehr als den Ratschlag erwartet, die Polizei ungestört ihre Arbeit stümpern zu lassen, egal wie unfähig die sich dabei anstellte. Derartige Empfehlungen passten viel eher zum anderen Großvater, der dem weitverbreiteten Glauben anhing, die Obrigkeit regle schon alles richtig, obwohl bereits ein Minimum an Lebenserfahrung gegen die Richtigkeit dieser Annahme sprach.

Am Abend sammelten die Eltern ihren Sprössling wieder ein. Eric kletterte auf die Rücksitzbank und schob einige Tüten der umfangreichen Einkaufsbeute beiseite, um seinen Stammplatz in der Mitte freizuräumen. Dadurch konnte er den Kopf zwischen den Vordersitzen durchstecken und sich an der Unterhaltung beteiligen. Es konnte losgehen, aber der Wagen tat keinen Mucks. Der Vater fluchte und trommelte ärgerlich auf das Lenkrad, was den alten Renault gänzlich unbeeindruckt ließ. Das verlebte Gefährt zickte gerne und dachte sich im Wochenabstand neuen Ärger aus, wobei es in der Art der Defekte eine erstaunliche Kreativität entwickelte. Die Eltern wollten sich daher demnächst einen neuen, weniger kreativen Wagen kaufen, wobei dieses ‚demnächst' sich beständig verzögerte. Es fehlte immer im entscheidenden

Moment am nötigen Geld.

Endlich sprang die Rostlaube an und pöttelte sich langsam in Fahrt, um prompt an der nächsten roten Ampel den Dienst wieder einzustellen. Es dauerte einige Zeit, den Motor wieder zur Mitarbeit zu überreden, während von hinten laut und ungeduldig gehupt wurde. Schließlich fanden Zündfunke und Benzin doch zusammen und der Motor heulte auf. Mit unsteten Gehoppel setzte sich der Wagen in Bewegung.

Die nächsten Minuten schimpfte der Vater laut vor sich hin und klopfte die Gänge mit lautem Krachen ins Getriebe. Die Mutter legte beruhigend ihre Hand auf seinen Arm, um dem betagten Automobil eine Überlebenschance zu geben.

V.

Am nächsten Montag trafen sich die Freunde in der großen Pause unter ihrer Kastanie.

„Ihr habt schon gelesen diese Zeitung?", erkundigte sich Caissy aufgeregt.

„Nein, ich schaue nie in die Zeitung, ich habe morgens einfach keine Sekunde Zeit dafür übrig", erwiderte Cleo mit Schulterzucken.

„Sie haben erst geschrieben, dass es gab einen Zwischenfall in der Atomanlage. Daraufhin hat der Sprecher gesagt, dass der Alarm wegen Eindringlingen ausgelöst wurde. Heute morgen...", sie wedelte aufgeregt mit einem Teil der Montagsausgabe in ihrer Hand, „... stand in einem Artikel, es seien vielleicht geheime Unterlagen und möglicherweise auch Nuklearmaterial von Terroristen gestohlen worden. Mein Dad ist in die Luft gegangen, wie gebissen von der Spinne. Er ist dann sehr aufgeregt zur Arbeit gefahren."

„Meinst du, er war so erregt, weil wirklich Unterlagen gestohlen wurden?", überlegte Eric, der den Vorteil hatte, dass er Inas Taktik kannte. Sie hatte wahrscheinlich mit ihren Vermutungen ins Schwarze getroffen.

„Das könnte sein", überlegte Cleo.

„Ich weiß nicht, auf jeden Fall bereitet diese blöde Zeitung ständig Ärger!", schimpfte Caissy.

Voller Wut zerknüllte sie die Zeitungsblätter und warf sie mit Wucht gegen den Stamm einer Kastanie, obwohl diese mit hoher Wahrscheinlichkeit als unschuldig an dem Geschehen zu betrachten war.

Eric beschloss angesichts dieses Ausbruchs, seine Beteiligung an der ganzen Entwicklung besser weiterhin nicht öffentlich werden zu lassen.

Ihm war zudem klar, dass die Presse nicht so schnell Ruhe geben würde. Die Medien liebten Aufreger und genau das lieferte diese Geschichte. Viele Menschen in der Stadt und im ganzen Land waren nicht so begeistert von

Kernenergie wie Caissy und ihr Vater. Zudem lebte die halbe Republik in Angst vor Terroristen. Die Kombination dieser beiden Ängste steigerte die Aufregung der Leserschaft ins Hysterische. Wenn gefährliche Leute möglicherweise an radioaktives Material gekommen waren, schlug das sehr hohe Wellen. Ob dieses journalistische Wellenschlagen den eigenen Nachforschungen half, konnte im Moment niemand sagen. An ehesten würde es helfen, wenn sie mehr zu dem Auto im Wald herausfinden könnten.

Cleos detektivische Überlegungen gingen ebenfalls in diese Richtung.

„Wir sollten nach der Schule noch mal in den Wald.“

„Warum denn?“

„Dieses Auto. Wenn es der Fluchtwagen war, dann muss er irgendwo in der Nähe der Anlage geparkt gewesen sein, während die Täter eingedrungen sind.“

Die Freunde nickten zustimmend, aber die fragenden Blicke zeigten, dass ihnen noch nicht klar war, worauf Cleo hinaus wollte.

„Ich habe mir eine detaillierte Flurkarte aus der Bibliothek geliehen und darauf den kleinen Weg gefunden, den wir entlang geradelt sind.“

„Und?“

Cleo holte die Karte aus ihrer Umhängetasche und faltete sie auf.

„Wenn man ihn zur Anlage zurückverfolgt, dann kommt man genau hier an die Südostecke des umzäunten Gebiets.“

Sie legte ihren Zeigefinger auf die Karte und der rosarot lackierte Fingernagel fuhr die feine gestrichelte Linie entlang, bis sie an dem schraffierten Sperrgebiet endete.

„Ihr seht, das ist so ziemlich die Stelle, die am weitesten von irgendwelchen Häusern der Anlage entfernt ist. Genau die hätte ich auch gewählt, wenn ich da ungesehen hinein gewollt hätte.“

„Das könnte stimmen, aber was sollen wir da untersuchen?“

„Sie müssen den Wagen irgendwo geparkt haben. Vielleicht finden wir die Stelle.“

„Und dann?"

„Möglicherweise musste der Fahrer warten und hat die Zeit mit Rauchen überbrückt. Dann finden wir vielleicht den Stummel."

Cleos Überlegungen fußten auf den vielen gelesenen Abenteuerbüchern, in denen stets wichtige Hinweise durch solche Methoden gefunden wurden.

„Könnte gut sein, dass wir dadurch weiter kommen. Wir sollten es zumindest versuchen. Bist du dabei Caissy?"

Die Gefragte nickte zustimmend und erkundigte sich allerdings mit deutlichem Zweifel in der Stimme:

„Meint ihr nicht, die Polizei hat gesucht auch schon überall?"

„Kann sein, aber vielleicht haben sie etwas übersehen", stellte Cleo selbstsicher fest.

Am späten Nachmittag strampelten die drei Freunde von Ermittlungseifer motiviert in Richtung der Nuklearanlage.

„Wir müssen uns beeilen, wenn wir dort sein wollen, bevor es dämmert", trieb Cleo zur Eile an.

„Wir treten ja schon, aber wir haben nun mal kein so tolles 10 Gang Rad wie du", protestierte Eric.

„Ich bekomme auch bald besseres Rad. Ihr hier in Deutschland viel mehr radfahrt als wir in Irland. Da ich brauche auch schnelleres als das alte Teil", japste Caissy, die sich mit ihrem schweren Stahlrad im abgenudelten schwarzen Omastyle abkämpfte.

Bald hatten sie den Waldweg und schließlich das Nuklearareal erreicht. Cleo bremste rund 200 Meter vorher ab.

„Lasst uns hier die Räder abstellen und anfangen zu suchen. Bestimmt sind sie mit dem Auto nicht ganz bis zum Zaun gefahren und außerdem wollen wir ja nicht vorzeitig von den Wachen entdeckt werden."

Die Suche begann und ziemlich schnell hatte Eric eine kleine Ausbuchtung im Weg entdeckt.

„Hier haben sie geparkt. Schaut, da sind noch die Büsche runtergedrückt und geknickt!“

Die beiden Mädchen stimmten der Vermutung zu und begannen, das Areal intensiv abzusuchen.

„Das ist ein bisschen wie eine Foxhunt bei uns!“

„Foxhunt?“

„Man muss einen Schatz finden, irgendwo auf den Wiesen, denn wir haben fast keinen Wald in Irland. Es sind Hinweise versteckt und mit denen findet man dann den Hauptschatz.“

„Ah, das heißt bei uns Schnitzeljagd.“

„Man bekommt am Ende ein Schnitzel?“

„Nein, ich glaube, das ist nur eine Abwandlung von Schnipsel“, erläuterte die belesene Cleo.

„Schnipsel?“

„Ein Teil, ein Bruchstück oder so.“

„Puh, ich glaube, eure Sprache ist die komplizierteste der ganzen Welt“, stöhnte Caissy.

„Du sprichst absolut super Deutsch. Und warum es Schnitzeljagd heißt, hätte ich auch nicht gewusst. Dafür haben wir unser Superhirn dabei“, lächelte Eric.

„Ob jetzt Foxhunt oder Schnipseljagd, wir sollten etwas finden, bevor es dunkel wird“, trieb das ‚Superhirn‘ seine Mitstreiter an.

„Hier gibt es eine Reifenspur in einer Schlammkuhle!“, rief Eric wenig später.

„Sehr gut. Ich werde sie ausmessen, dann kannst du als Autokenner überprüfen, zu welchen Modellen die passen könnte.“

Cleo zog ein Maßband hervor, das sie aus dem Nähkästchen der Mutter entliehen hatte und maß die Breite.

„Einundzwanzig Zentimeter“, notierte sie in ihr Notizbuch.

Nun kam Eric zum Zug. Als Sohn einer Fotografin hatte er eine abgelegte Kamera geerbt, die er bei dieser Gelegenheit mit professionellem Gehabe zur

Beweissicherung einsetzte. Er überlegte wie der den Reifenabdruck im bereits dunkel werdenden Wald am besten ablichtete und fertigte mehrere Aufnahmen aus unterschiedlichen Blickwinkeln, wie er es bei der Mutter abgeschaut hatte.

„Mehr gibt es hier nicht zu tun. Lasst uns zum Zaun gehen", schlug Cleo vor.

Der Waldweg führte zur Einzäunung der Anlage und bog dort nach rechts ab.

„Wahrscheinlich kommt man da schließlich zur Pforte vor", vermutete Eric, während er dem Wegverlauf nachblickte.

Cleo nickte und untersuchte den Zaun, was durch hohe Brennnesseln schmerzhaft erschwert wurde.

„Seht mal, hier sind die Brennbüsche runter getreten!", rief Caissy.

Tatsächlich war eine kleine Schneise ins Gebüsch getrampelt und die Pflanzen hatten sich noch nicht wieder ganz aufgerichtet. Cleo hatte sich Handschuhe angezogen und untersuchte unbeeindruckt von den Brennsesseln die Stelle.

Deutsche Zäune waren nicht wie die laxen, hüfthohen Drahtgeflechte, die sich in anderen Weltregionen zwischen Grundstücken spannten. Ein Deutscher Zaun kannte seine Bestimmung. Dieser, dessen Maschen Cleo gerade abtastete, erhob sich in 2,50 Meter Höhe und war zusätzlich mit zwei Reihen Stacheldraht gesichert.

„Impossible to climb", befand Caissy

Sie wurde durch wütendes Hundegebell unterbrochen, das sich rasch näherte.

„Schnell, weg!", rief Eric.

Die Freunde rannten in den Wald. Keine Sekunde zu früh, denn kaum hatten sie die schützenden Bäume verschluckt, ertönten neben dem Gebell auch laute Männerstimmen.

Aus sicherem Versteck beobachteten die Freunde drei Wachleute mit zwei Hunden, die den Zaun innen entlang rannten und immer wieder etwas in ihr Funkgerät sprachen. Da sie offenbar die Stelle nicht kannten, an denen die Freunde wenige Augenblicke zuvor noch ihre Untersuchungen betrieben hatten, liefen sie auf ihrem hastigen Kontrollgang vorbei und waren bald außer Sichtweite.

„Das war knapp!"

„Wahrscheinlich ist der Zaun irgendwie gesichert und weil wir ihn berührt haben, hat es einen Alarm gegeben", vermutete Eric.

„Das könnte hinkommen. Immerhin wissen wir jetzt dadurch einiges mehr."

„Was wir wissen mehr?", wunderte sich Caissy, die sich inzwischen bei der ganzen Aktion unwohl fühlte, weil sie befürchtete, bei einer Entdeckung noch mehr Ärger für den Vater zu verursachen.

„Wir wissen, dass die Sicherheitsleute diese Stelle am Zaun nicht kennen, sonst wären sie nicht so stumpf daran vorbeigetrabt. Wichtiger aber noch: Wir wissen, dass es einen internen Helfer gab!"

„Wie kommst du darauf?"

„Schaut euch diesen Zaun mit dem abgewinkelten oberen Drittel und der dicken, zweifachen Stacheldrahtrolle an. So ohne weiteres kommt man da nicht drüber, nicht einmal mit einer Leiter. Aber selbst wenn es irgendwie gelingt, löst man dabei mit Sicherheit Alarm aus, so wie wir gerade. Daher denke ich, ein Mitarbeiter aus der Anlage hat den Diebstahl verübt und die Beute hier über den Zaun geworfen, damit sie nicht bei ihm gefunden wird."

„Wow! Du bist wirklich clever!", staunte Caissy mit ehrlicher Bewunderung.

„Wir sind damit einen ersten Schritt weiter. Als Nächstes müssen wir herausbekommen, was gestohlen wurde, damit wir Ermittlungen anstellen können, wer als Täter infrage kommt. Also Caissy, das wäre dann wieder mal dein Job."

„Ich soll also Dad weiter löchern? Er wird nicht sein begeistert. Er wird zu dem Diebstahl schon befragt den ganzen Tag."

„Wenn wir Licht in die Angelegenheit bringen, hören die Verdächtigungen gegen ihn auf", motivierte Cleo.

Als Caissy am Abend mit einigen geschickten Fragen den Vater auf den Diebstahl ansprach, merkte sie rasch, dass Cleo mit ihren Vermutungen richtig lag. Der Vater war von der aktuellen Situation bei seiner Arbeit zwar ziemlich genervt, hatte allerdings auch das Bedürfnis, darüber zu sprechen.

„Es herrscht immer noch totales Chaos in der Anlage. Man kann unmöglich vernünftig arbeiten. Seit die Presse auf der Sache herumreitet, sind die Sicherheitsleute noch viel unausstehlicher geworden und ich bin als Neuling und Ausländer stets ihr Hauptverdächtiger", klagte der Wissenschaftler.

„Das ist unglaublich! Aber was ist so Schwerwiegendes passiert? Wurde radioaktives Material gestohlen, wie die Zeitungen behaupten?", startete Caissy einen Versuchsballon.

„Nein, nein! So dramatisch ist es glücklicherweise nicht. Es fehlen Forschungsunterlagen, sogar aus meiner…", er brach ab, weil er realisierte, dass er gerade als Top-Secret eingestufte Geheimnisse ausplauderte. Aber es was schon zu spät.

„Aus deiner Abteilung?", vollendete Caissy den Satz.

„Yes, damn it! Aus meiner Abteilung. Der Diebstahl geschah ausgerechnet zu der Zeit, als ich mit euch die Führung gemacht habe."

„Was ein Mist! Waren es wertvolle Unterlagen?"

„Im Zentrum wird viel Forschung betrieben, um die Energiegewinnung zu verbessern. In meiner Abteilung arbeiten wir an einem neuen Verfahren zur Anreicherung der Brennstäbe. In dem gestohlenen Ordner waren technische Anleitungen für diesen Prozess. Du kannst dir das wie eine technische Bedienungsanweisung vorstellen, die immer wieder verändert und verfeinert wird, je nachdem was die Versuche ergeben."

„Diese Anleitungen wurden also gestohlen?"

„Ja und damit betraf es ausgerechnet meine Abteilung. Als wäre das noch nicht schlimm genug, war ich auch noch zur Tatzeit mit euch auf dem Gelände."

„Diese Idioten, das ist doch kein Grund, dich zu verdächtigen."

Caissy eilte zu ihrem Vater, um ihn zu umarmen.

„Sie verdächtigen alle, aber mich tatsächlich mit besonderem Eifer."

„Diese Schufte! Ich werde..."

„Beruhige dich, ich bin in guter Gesellschaft. Euch verdächtigen sie ebenfalls, mir bei dem Diebstahl geholfen zu haben. Du als meine Tochter bist natürlich besonders im Visier."

„So eine Unverschämtheit!"

Caissy stampft wütend auf.

„Hey, hey! Die Security tut nur ihre Pflicht. Du darfst das nicht persönlich nehmen."

„Nicht persönlich nehmen? Wenn mein Vater und ich verdächtigt werden, wichtige Unterlagen zu stehlen? Cleo hat recht, offenbar sind das alles Idioten in dieser Sicherheitsabteilung! Aber die werden schon noch sehen..."

Dr. O'Briain gelang es nur mit Mühe, die Tochter einigermaßen zu beruhigen. Diese durchlebte dennoch eine weitgehend schlaflose Nacht und konnte es kaum erwarten, am nächsten Tag den Freunden vom negativen Stand der Dinge zu berichten.

„Diese Sicherheitsleute scheinen ziemliche Trottel zu sein", bestätigte Cleo in überheblichen Ton.

„Wieso?"

„Nur weil der Diebstahl zu der Zeit bemerkt wurde, als wir da zu Besuch waren, bedeutet das doch nicht zwangsläufig, dass er auch in diesem Zeitfenster durchgeführt wurde. Er könnte genauso gut zuvor passiert sein."

„Was hilft das weiter?"

„Es hilft, den Kreis der Verdächtigen zu erweitern. Aktuell denken sie, Caissys Vater hätte diesen Ordner geklaut und wir hätten geholfen, ihn irgendwie rauszuschaffen."

„Complete nonsense!", ereiferte sich Caissy

„Klar, aber wir können das am besten beweisen, indem wir den eigentlichen

Täter ermitteln. Wir brauchen noch mehr Informationen. Bislang vermuten wir, dass jemand diesen Ordner geklaut hat, zu der Stelle am Zaun geschlichen ist, ihn rüber geworden hat. Die Typen im Mercedes haben ihn aufgelesen und sind damit davon gebraust."

„Meinst du, der Dieb hat gewartet extra, bis mein Dad aus dem Weg war, während er uns die Anlage zeigte?"

Cleo schüttelte den Kopf.

„Nicht unbedingt. Unser Besuch hat den Gaunern sicher in die Hände gespielt, aber das war wahrscheinlich Zufall. Die Übergabe der Beute am Zaun mussten sie ja vorher organisiert und abgesprochen haben. Wie gesagt, wir brauchen mehr Informationen. War dieser Ordner unter Verschluss, wer hatte Zugang und so weiter. Es hilft nichts, Caissy, du musst deinen Vater weiter löchern."

„Ich werde es versuchen."

„Wir müssen auch überlegen, was man eigentlich mit solchen Unterlagen anfangen kann."

„Wie meinst du das?", Erics Gesicht bildete ein großes Fragezeichen.

„Wenn du Bargeld, Juwelen oder Gold klaust, dann kannst du direkt einen Nutzen daraus ziehen, am einfachsten beim Bargeld. Aber eine Anleitung zu, was war das noch…?"

„Anreicherung von Brennstäben. Die Brennelemente müssen aufbereitet werden, damit die Kernreaktion gut funktioniert und dann Energie gewonnen werden kann. So hat es mir mein Dad erklärt", sprang Caissy in die Wissenslücke.

„Mit einer Anleitung für Brennstäbe kann doch erst mal niemand etwas anfangen. Keiner hat ein Kernkraftwerk zu Hause rumstehen, dass dann besser funktioniert, wenn er diese Anleitung besitzt."

„Vielleicht haben andere Kernanlagen daran Interesse?"

„Bestimmt, nur deutsche Kraftwerke würden die Ergebnisse nach Abschluss der Forschungen sicher auf Anfrage mitgeteilt bekommen. Die müssen das nicht stehlen", folgerte Cleo.

„Wahrscheinlich würde das auch für befreundete Staaten wie Frankreich, Belgien oder England gelten", ergänzte Eric.

„England ist kein befreundeter Staat!", protestierte Caissy energisch.

„Für euch Iren nicht, das habe ich schon verstanden. Von Deutschland aus gesehen, ist England befreundet, zumindest aktuell. Aber das ist auch nicht so wichtig. Worauf ich hinaus will: Solche Forschungsunterlagen zu stehlen lohnt sich für den herkömmlichen Dieb nicht wirklich. Dies war ein ganz gezielter Diebstahl und wenn wir wissen, wer von solchen Unterlagen profitiert, kommen wir den Tätern näher", erläuterte Cleo.

„Verstehe. Diese schreckliche Journalistin hier, Ina Traslein, schreibt in der Zeitung so was Ähnliches."

Caissy kramte eine zerknüllte Seite der aktuellen Zeitungsausgabe aus ihrer Schultasche, strich sie glatt und las:

„Das Kernforschungszentrum gibt nach langem Herumreden endlich preis, dass Unterlagen abhandengekommen sind. Warum erfährt die Öffentlichkeit erst jetzt davon? Was sind das für Unterlagen? Könnten gefährliche Spinner damit eine Atombombe bauen? Wie lange will sich diese Gesellschaft noch so eine hochgefährliche Forschung leisten?"

Caissy stach ärgerlich mit ihrem Kugelschreiber auf das unschuldige Zeitungsblatt ein.

„So eine blöde Kuh. Sie ständig greift die Nuklear-Anlage an!"

„Sie versucht ebenfalls herauszubekommen, was passiert ist", verteidigte Eric die Freundin der Mutter. Es war ihm inzwischen beängstigend klar geworden, dass Caissy ihn in der Luft zerreißen würde, wenn sie erfuhr, dass er die Journalistin auf die Spur gesetzt hatte.

„Eric hat recht. Wenn die Presse durch penetrante Artikel die Verantwortlichen dazu bringt, ein paar mehr Fakten herauszurücken, hilft uns das ebenfalls.

Aber dank dir, Caissy, sitzen wir ja ohnehin an einer Quelle. Bitte quetsche deinen Vater weiter aus."

Allerdings erhielten die drei Freunde noch deutlich früher Informationen aus einer ganz unerwarteten Richtung. Der Unterricht war für diesen Tag zu Ende gegangen und das Trio auf dem Weg zur S-Bahn. Sie passierten gerade das hohe eiserne Tor, das die Welt des Wissens vom schnöden Alltag der deutschen Republik außerhalb trennte, als sie von einem Mann in dunklem Wollmantel angesprochen wurden.

„Cleo, Caissy und Eric, wenn ich nicht irre."

Cleo schaute in misstrauisch in ein blasses, mit Aknenarben überzogenes Gesicht, an dem ein Doppelkinn schlaff herunter hing.

„Wer will das wissen?"

„Meine Namen ist Schmidt, Abteilung Innere Sicherheit."

„So, so! Herr Schmidt, also. Ich bin Tick, das ist Trick und er ist Track, und wenn sie nicht in drei Sekunden verschwunden sind, fangen wir ganz laut an zu schreien."

„Kein Grund zur Aufregung. Ich will euch nur ein paar Fragen stellen."

„IHHHHHH Hilfe!", begann Cleo zu kreischen und ihre beiden Freunde fielen ein.

Sofort kamen mehrere Schüler aus den höheren Klassen angelaufen. Kurz darauf spurtete auch ein Lehrer mit spektakulärem Einsatz heftig schnaufend zum Tor.

„Schon gut, ihr könnt aufhören", knurrte Herr Schmidt und zog sich seinen breitkrempigen Schlapphut tiefer ins Gesicht, weil ihm die Szene sichtlich peinlich war.

Die Freunde schrien dennoch noch einige Momente weiter, denn sie hatten unheimlich Spaß dabei.

Zehn Minuten später saßen sie in dem mit schweren dunklen Eichenmöbeln eingerichteten Büro des Rektors. Dieser stand vor dem großen Fenster des hohen Raums, auf dem in zwölf Abschnitten die mystische Reise des Parzival dargestellt war. Parzival, ein sagenhafter Ritter des Mittelalters auf der Suche nach dem heiligen Gral, war in Personalunion der Namensgeber der altehrwürdigen Lehranstalt. Seine verschlungene Lebensreise und Suche nach Erkenntnis sollten die Schülergenerationen für ihren eigenen geistigen und persönlichen Weg inspirieren.

„Die Schüler haben vorbildlich gehandelt!", stellte der Rektor mit Nachdruck fest und reckte sein markantes Kinn nach vorne. Der über ein Meter neunzig große Mann wippte unwillig auf seinen Zehenspitzen auf und ab, was ihn in seinem sehr korrekten grauen Flanellanzug noch imposanter erscheinen ließ. Sein Gesicht war scharf geschnitten, über die linke Wange lief eine lange Narbe, die er bei einem studentischen Degenduell erworben hatte. Solche Duelle gehörten in den konservativen Korps der Studentenschaft zu altmodischen Ritualen, die Mut und Männlichkeit beweisen sollten. Erics Mutter hielt das für ausgemachten reaktionären Blödsinn, den sie scharf ablehnte. Aber jenseits der mütterlichen Kritik wirkte das prägnante Gesicht des Rektors mit dieser Narbe noch bedrohlicher und unterstrich, dass man mit diesem Mann definitiv keinen Ärger bekommen wollte.

Das galt nicht nur für Schüler der Anstalt, sondern uneingeschränkt auch für Erwachsene wie Herrn Schmidt, der mehr als einen Kopf kleiner neben dem mächtigen Schreibtisch des Schulleiters stand und ergeben nickte. Sein Gesichtsausdruck verriet unterdrückten Ärger, sein linkes Augenlid flackerte nervös und das Weiß der Knöchel seiner geballten Fäuste zeigte, dass er mehreren Anwesenden im Raum am liebsten die Gurgel umgedreht hätte.

Rektor Friedhelm Albert von Eisleben gab ihm dazu keine Gelegenheit. Mit ruhiger, jedoch kalt klingender Stimme stellte er fest:

„Da unsere Schülerschaft zu nicht unerheblichen Anteil aus Familien stammt, bei denen ein Gefährdungspotential angenommen werden kann, bringen wir allen vom ersten Tag entsprechende Verhaltensregeln bei", die Stimme des Schulleiters hallte schneidend durch den hohen Raum.

„Ich habe verstanden, ich hätte einen anderen Weg wählen sollen. Ich dachte, eine informelle Befragung wäre den Schülern angenehmer, als aus der Klasse heraus ins Zimmer des Rektors zitiert zu werden."

Der Schulvorsteher atmete hörbar ein und seine stahlblauen Augen richteten sich unfreundlich auf den Sicherheitsbeamten.

„Herr Schmidt, in dieser Lehranstalt werden keine Schüler zum Rektor zitiert, wie Sie sich auszudrücken belieben. Wir bilden hier junge Menschen zu selbstbewussten Persönlichkeiten aus, die später Verantwortung übernehmen können, nicht zu Laufburschen, die herbeizitiert werden. Zudem besteht zwischen Lehrerschaft und Schülerschaft eine vertrauensvolle Gemeinschaft, innerhalb deren die Fähigkeiten und Kompetenzen weitergegeben werden. Hier arbeiten keine Lehrer Hempel."

Ich will keine Gemeinschaft mit Frau Reizbar, dachte Eric und Cleo lehnte im selben Moment gedanklich jede Verbindung zu Oberstudienrat Brassberg ab.

„Ja sicher, keine Frage, Herr Direktor. Nur jetzt wo die Dinge geklärt sind, würde ich gerne einige Fragen an die drei Stellen", stieß Herr Schmidt mit flehender Stimme hervor.

„Bitte, tun Sie, was Sie nicht lassen können."

Die Verachtung des Gelehrten traf den Polizeibüttel mit voller Stimmmacht.

„Ich würde bevorzugen, es unter...", er musste kurz rechnen und fand die Lösung, „... acht Augen zu besprechen."

„Herr Schmidt, Sie werden wohl wissen, dass Sie ohne das Einverständnis der Sorgeberechtigten hier gar niemanden befragen. Innerhalb der Lehranstalt nimmt die Lehrerschaft und in letzter Verantwortung meine Person die Fürsorge wahr. Wenn Sie etwas zu fragen haben, dann in meiner Anwesenheit!"

Erneut triefte die Tonlage von kaum zu überbietender Herablassung.

Herr Schmidt verdrehte verzweifelt die Augen und starrte auf seine Schuhspitzen, die ihm allerdings keine Lösung für seine Probleme anboten.

An dieser Stelle bekam er Hilfe von unerwarteter Seite.

„Wir können schon mit Herrn Schmidt alleine sprechen, wenn er verspricht, sich höflich zu verhalten", schlug Cleo vor.

Sie hatte sofort verstanden, dass der Sicherheitsmann aus Geheimhaltungsgründen ohne den Schulleiter mit ihnen reden wollte. Da sie beabsichtigte, ebenfalls Informationen aus dem Gespräch zu ziehen, schien es ihr günstiger, wenn dies in offener Atmosphäre stattfand, soweit dies unter den gegebenen Umständen möglich schien.

„Nun gut. Sie sehen Herr Schmidt, unser Schüler werden so ausgebildet, dass sie sich auch ungewöhnlichen Situationen selbstbewusst stellen. Sie können das Blaue Zimmer verwenden."

Das Blaue Zimmer war ein Raum in der Direktionsetage, dessen Wände, wie der Name bereits andeutete, mit blauen Mustern tapeziert waren, die nach oben in einen Sternenhimmel ausliefen. Die Sterne waren mit goldenen Punkten und Strichen ausgeführt und vermittelten einen sehr realistischen Eindruck. Dies entsprach durchaus der Absicht des Künstlers, denn an der kunstvollen Decke spannte sich der Sternenhimmel, wie er exakt zur Sommersonnenwende 1848 zu sehen gewesen war. Der noble Raum war normalerweise Aktivitäten der Lehrerschaft vorbehalten, allenfalls die gewählten Vertreter der oberen Klassen und ihrer Clubs konnten dort Treffen abhalten.

An diesem Tag galt dieses Privileg auch für die drei Freunde und den Herrn von den Sicherheitsbehörden. Nachdem alle Platz genommen hatten, begann Herr Schmidt.

„Ihr habt vor einigen Tagen die Kernforschungsanlage besichtigt."

Daran konnte kein Zweifel bestehen und Eric bestätigte mit einem Nicken, damit es weiterging.

„An diesem Tag ist ein Diebstahl verübt worden."

„Wir es nicht waren!", warf Caissy mit Vehemenz ein.

„Davon geht die Polizei mittlerweile auch aus."

„Mittlerweile", zischte Caissy und Cleo legt beruhigend ihre Hand auf die Schulter der Freundin. Sie wollte, dass der Sicherheitsmann möglichst viel plauderte und damit vielleicht auch etwas Nützliches preisgab. Eine tobende Caissy erhöhte die Wahrscheinlichkeit dazu nicht.

„Für die Ermittlungen ist es wichtig, ob ihr bei eurem Besuch irgendetwas Ungewöhnliches gesehen habt."

„Was wurde denn gestohlen?", frage Cleo.

„Das ist doch im Moment unerheblich."

Cleos penible gezupfte Augenbraue zuckte ärgerlich nach oben.

„Unerheblich? Wie sollen wir uns an etwas erinnern, wenn wir gar nicht wissen können, woran wir uns erinnern sollen?"

Ein Blick anerkennendes Erstaunens traf die Jugendliche. Der Argumentation konnte kaum widersprochen werden.

„Es sind Unterlagen abhandengekommen", lautete die unwillig geknurrte Antwort.

„Wir haben keine Unterlagen gesehen. Vielleicht waren sie auf Microfilmen, wie beim letzten James-Bond-Film?", warf Eric fröhlich ein, der inzwischen verstanden hatte, dass es darum ging, den Polizisten zum Reden zu bringen, ohne selbst etwas zu verraten.

„Nein, es waren keine Mikrofilme, ganz normale Ordner."

„Ordner? Also so wie die Aktenordner im Büro des Rektors? Waren die in einem Safe verschlossen?", wollte Cleo wissen.

„Also gut, wenn das eurer Erinnerung weiterhilft: Es handelt sich um einen dunkelroten DinA4 Ordner. Er ist eher schmaler als die Leitzordner des Rektors, aber im Stil ähnlich. Und ja, Fräulein Naseweis, die Unterlagen waren sicher verschlossen.“

„Sie hatten versprochen, höflich zu sein“, ermahnte Eric mit ernster Stimme nach der wenig freundlichen Anrede und Cleo ergänzte:

„Ich wollte das wissen, weil Diebe, die zufällig an einem Ordner vorbeilaufen und diesen mitnehmen, wahrscheinlich dafür kein Behältnis dabei haben. Wer aber einen Safe oder einen verschlossenen Schrank knackt, um einen Ordner zu stehlen, hat auch eine Tasche oder einen Beutel dabei, um sein Diebesgut nicht offen herumtragen zu müssen.“

Jetzt waren Herrn Schmidts Augenbrauen an der Reihe, sich ruckartig nach oben zu bewegen, allerdings eher Erstaunen als Ärger ausdrückend.

„Da scheint ja jemand wirklich mitzudenken. Bemerkenswert! Also gehen wir davon aus, dass es wahrscheinlich ein Behältnis für das Diebesgut gab. Fällt euch dazu etwas Auffälliges ein?“

Alle Befragten setzten einen zutiefst nachdenklichen Gesichtsausdruck auf, der allerdings trotz beeindruckender Denkerfalten zu keinem mitteilungswürdigen Ergebnis führte.

„Schade, dann kommen wir leider nicht weiter. Eine letzte Frage: Hatte Dr. O’Briain bei eurem Besuch eine Tasche dabei?“

„Warum Sie immer verdächtigen meinen Vater? Er hat gestohlen nichts, Sie, unmöglicher Polizist… Sie…“

Caissy wollte aufspringen und wäre wahrscheinlich dem Sicherheitsmann an die Gurgel, aber Cleo drückte sie auf den Stuhl zurück und antwortete in ruhigen Ton:

„Nein, Dr. O’Briain trug keine Tasche während unseres Besuchs.“

Eric bekräftigt Cleos Aussage mit heftigen Nicken.

„Also gut. Dann beenden wir das jetzt. Die Inhalte des Gesprächs sind vertraulich, ihr dürft sie nicht herumerzählen. Ich gebe euch hier meine Karte, falls euch noch was einfällt. Jedes Detail kann wichtig sein!“

Der Polizist drückte Cleo eine Visitenkarte in die Hand, die er für die

Anführerin dieser unsäglichen Schülerbande hielt und verabschiedete sich mit einem kurzen Nicken des Kopfes.

Er war noch nicht ganz aus der Tür verschwunden, als Caissy, die sich die letzten Minuten nur äußerster Anstrengung hatte beherrschen können, herausplatzte:

„Warum die Polizei-Idioten immer verdächtigen meinen Vater? Er ist Wissenschaftler und hilft die ganzen Sachen zu entwickeln. Wissenschaftler - kein Dieb! Damn them all!"

Cleo legte tröstend den Arm um sie.

„Beruhige dich. Solche Polizisten sind einfach gestrickt und verdächtigen eben denjenigen, der sich gerade anbietet. Wenn diese Unterlagen unter Verschluss waren, was wir jetzt immerhin wissen, dann muss jemand mit Schlüssel sie gestohlen haben. Wahrscheinlich gibt es nicht so viele Leute, die den entsprechenden Schlüssel besitzen. Dein Vater gehört dazu und weil er auch noch zeitgleich mit uns durch die Anlage spaziert ist, richten sie ihr Fadenkreuz auf ihn."

„So ist es. Aber was können wir tun?", schniefte Caissy.

„Die beste Form den Verdacht abzuwehren bleibt weiterhin, die Sache aufzuklären!"

„Woher wissen wir eigentlich, dass das Schloss nicht geknackt wurde oder die Schlüssel irgendwo in diesem Labor aufbewahrt wurden. Dann könnte fast jeder dieser tausend Angestellten der Dieb sein", überlegte Eric, der sich inzwischen auf Cleos Detektivmodus eingeschossen hatte.

„Du hast recht. Allerdings glaube ich nicht, dass der Safe geknackt wurde. Sonst hätte dieser angebliche Herr Schmidt anders reagiert. Es gibt wahrscheinlich schon gute Hinweise, dass jemand mit Schlüssel oder Zugang zum Schlüssel die Unterlagen gestohlen hat."

„Wie bekommen wir heraus, wer alles Schlüssel hatte? Meinst du, du kannst dazu ebenfalls deinen Dad löchern?", wandte sich Eric an Caissy.

Diese nickte und stellte fest:

„Ich brauche jetzt eine von Herrn Rudolphs fantastic Puddingtaschen."

Die Freunde begaben sich zum Kiosk, welches um diese Uhrzeit allerdings geschlossen war.

Eric klingelte und kurze Zeit später erschien der Hausmeister. Nachdem Eric die Notwendigkeit beruhigender Nervennahrung erklärt hatte, wurden sie sofort hilfsbereit mit Limonade und Süßwaren versorgt.

„Lasst euch nicht von diesen Polizisten verunsichern", munterte er die Mannschaft auf.

„Danke, wir versuchen es", erwiderte Eric.

Kurze Zeit später erhielten sie auch von anderer Seite Zuspruch.

Ein ungewöhnlicher, aber wichtiger Bestandteil der Lehranstalt waren sogenannte Clubs, in denen sich die Schüler nach Interessensgebieten organisierten. Cleo war entsprechend ihrer Leseleidenschaft Mitglied des Literaturkreises, während Caissy sich im English-Speaker-Club tummelte. Eric hatte sich in Nachfolge seiner Mutter den Fotofreunden angeschlossen.

Die Vereinigungen boten die Möglichkeit, eigene Interessen zu verfolgen und verbanden unterschiedliche Klassenstufen. Dadurch wurden unter den Schülern Netzwerke geschaffen, die nicht selten weit über die Schulzeit hinausreichten. Zudem offerierte die Schule darüber ein freiwilliges Ganztagsangebot, damit die mehrheitlich viel beschäftigten Eltern sich erst am Abend an ihre Kinder erinnern mussten. Rund zwanzig Clubs boten ein breites Freizeitprogramm, sodass die meisten Schüler etwas fanden, was ihren Neigungen entsprach. Die mehrheitlich selbstorganisierten Zusammenschlüsse waren für die Schulleitung insofern praktisch war, als vielfach keine Lehrkräfte dafür abgestellt werden mussten.

Einige Clubs gaben sich sehr elitär und es war eine Aufnahmeprüfung zu absolvieren, andere waren nur ab einer bestimmten Klassenstufe zugänglich. Zwei große Sport- und Spielgemeinschaften richteten sich speziell an die

Jüngsten und wurden daher oft despektierlich Kindergartenclubs genannt.

Robert, ein Zehntklässler, war mit Caissy im English-Speaker-Club und hatte zu denjenigen gehört, die bei der Schreiaktion am Tor zu Hilfe geeilt waren. Nun traf er die drei Freunde am Kiosk beim Verspeisen der berühmten Parcival Puddingtaschen.

„Alles klar bei euch?", erkundigte es sich und warf vor allem seiner Clubgenossin Caissy einen fürsorglichen Blick zu.

„Ja, alles roger! Der blöde Polizist ist weg."

„Was wollte er denn?"

Caissy zögerte mit der Antwort, da sie nichts von der Atomanlage und ihrem Vater sowie den ganzen Schwierigkeiten erzählen wollte.

Eric bemerkte ihr Zögern und sprang in die Bresche. Er hatte von Ina gelernt, dass es stets unterschiedliche Informationstiefen gab. Je nachdem wer eine Auskunft wollte, war es sinnvoll, Sachverhalte mit unterschiedlich vielen Details und Zusammenhängen zu erklären. Aktuell schien Eric eine sehr an der Oberfläche angesiedelte Darstellung sinnvoll, auch wenn Robert sich aus freundlicher Fürsorge erkundigte.

„Wir waren zufällig so etwas wie Zeugen eines Diebstahls und die Polizei hatte noch Fragen."

„Das hätte man aber wirklich besser anstellen können. Einfach so vor der Schule aufkreuzen und für Aufregung sorgen, das ist doch echt kein Stil. Wenn ihr mal Schwierigkeiten mit der Polizei habt, sagt Bescheid. Mein Vater ist Anwalt, der hilft euch gerne."

„Danke, das ist nett. Aktuell ist aber alles im Lot", log Cleo überzeugend.

Robert verabschiedete sich mit einem freundlichen Winken.

„Now I feel better", seufzte Caissy und verputzte den letzten Rest ihrer dritten Puddingtasche.

Die Freunde bedankten sich bei Herrn Rudolph und begaben sich auf den Weg nach Hause.

VI.

Am folgenden Wochenende stand bei Eric der Besuch bei den Eltern des Vaters auf dem Familienprogramm. Die Oma feierte ihren Geburtstag und der altersschwache Renault röhrte über die viel befahrene Autobahn nach Süden. Die Großeltern väterlicherseits wohnten in einem alten Haus am Altrhein, das umgeben von einem weitläufigen Garten Platz für Hühner, Gänse, Hasen und Truthähne bot. Eric freute sich besonders auf die Tiere. Früher hatten die Großeltern sogar Pferden besessen, denn sie hatten auf einem Gutshof weit im Osten gelebt.

Sehr zu Erics Leidwesen betrieben die Großeltern jetzt keine große Landwirtschaft mehr, sondern bearbeiteten lediglich ihren weitläufigen Garten. Der bot nicht genug Raum für Pferde, weshalb der lange gehegte Traum, auf dem Rücken eines der edlen Tiere über weite, leere Landschaften zu galoppieren, unerfüllt bleiben würde.

Die Mutter wirkte während der Fahrt gereizt, was nur zum Teil auf den dichten Verkehr und den ständig zickenden Renault zurückzuführen war. Sie kam mit ihrer Schwiegermutter, vorsichtig formuliert, nicht besonders gut zurecht.

„Ich weiß jetzt schon nicht, was ich mit ihr reden soll. Ich werde mir wieder stundenlang anhören, wie toll eure galizische Küche ist und wie ich diesen oder jenen Auflauf machen soll, damit er dir schmeckt. Die Frau kann sich nicht vorstellen, dass ich was anderes im Kopf habe, als den ganzen Tag in der Küche zu stehen."

„Sie ist in einer ganz anderen Welt aufgewachsen, sie kann sich nicht auf das moderne Leben hier in der Bundesrepublik einstellen", verteidigte der Vater seine Mutter.

„Schlimm genug, aber ihr Problem, sie soll mich mit ihren rückständigen

Ansichten einfach in Ruhe lassen."

Die Mutter demonstrierte mit Augenrollen und einem deutlich genervten Gesichtsausdruck, dass sie von dem bevorstehenden Wochenende im Allgemeinen und von ihrer Schwiegermutter im Besonderen nichts Positives erwartete.

Dieser Pessimismus beruhte auf langjähriger Erfahrung, denn wenn die beiden Familienlinien zusammentrafen, dauerte es selten lange, bis ein handfester Krach zwischen den beiden Frauen die eigentlich gewünschte Harmonie zerstörte.

Die Großeltern stammten aus einem weit im Osten gelegenen, fast vergessenen Landstrich namens Galizien und pflegten ihre weit in der Vergangenheit liegende Traditionen. Sie trauerten einer verlorenen Welt hinterher und hatten in ihrem Standesdünkel dem jüngeren Sohn nie verziehen, dass er mit Erreichen der Volljährigkeit den Schoß der Familie verlassen hatte, um sich dem modernen Leben in der Stadt und der aus ihrer Sicht falschen Frau zuzuwenden.

Eric hatte die ständigen Meinungsverschiedenheiten häufig genug erlebt, dabei empfand er die Großeltern gerade wegen ihrer Fremdartigkeit durchaus interessant. Galizien war im modernen Schulatlas nicht auffindbar gewesen, aber Cleo hatte eine alte Kartensammlung von 1912 aus der Stadtbibliothek besorgt, in dem es als sogenanntes Österreichisches Kronland eingezeichnet war. Das Gut der Großeltern, die beiden Schüler hatten die dazugehörige Ortschaft tatsächlich als winzigen Punkt auf einer der alten Karten entdeckt, lag in der nordöstlichen Ecke des heutigen Rumäniens. Zu dieser exotischen Herkunft passte der völlig andere Lebensstil, der mit dem modernen Leben in Westdeutschland kaum etwas gemeinsam hatte. Beeinflusst durch die Erzählungen der Großeltern hatte sich Eric in jüngeren Jahren diesen fernen Landstrich als eine heile Welt vorgestellt, belebt mit vielen Tieren und durchzogen von endlosen Feldern und saftigen Wiesen, auf denen

Beerensträuchern und zahllose Obstbäumen wuchsen.

Die Großeltern hatten diese Heimat verloren und versuchten, Teile davon durch ihren großen Garten und die Kleintierhaltung wieder aufleben zu lassen. Eric fühlte sich in dieser Umgebung wohl, die ganz andere Aktivitäten als das Leben in der Stadt erlaubte. Gerne half er der Oma bei der Zubereitung der aufwendigen Gerichte, welche die Mutter offensichtlich nicht leiden mochte. Oft wurden dafür Eier benötigt, die Eric aus dem Hühnerstall besorgen musste. Die Hühner von den Nestern zu schubsen, um an die Eier zu kommen, erforderte einige Geschicklichkeit. Die Vögel waren mit dem Raub ihrer Nachkommen nicht einverstanden und versuchten den Dieb zu picken.

Mit den erbeuteten Eiern bereiteten Großmutter und Enkel Teigwaren oder Kuchen zu. So hatten sie im Frühjahr zusammen ein Osterlamm gebacken, von dem Eric zuvor noch nie gehört hatte. Obwohl es super gelungen war und sehr nett aussah, mochte die Mutter es nicht leiden. Sie hielt das hübsche Tier für blöden religiösen Quatsch.

Die Religion erwies sich als ein beständiges Minenfeld und bot häufig Anlass für Streitigkeiten in der Familie. Es war die unverzeihliche Schuld der Mutter, dass Eric nicht Mitglied einer Kirche war und ungetauft durchs Leben gehen musste. Was genau daran den großen Skandal verursachte, war Eric unverständlich geblieben. Denn selbstverständlich hatte er seinen Namen bekommen und das hatte auch ohne Pfarrer und Taufbecken zügig und fehlerfrei geklappt. Faktisch passierte bei so einer Taufe nicht viel, wie Eric nachgelesen hatte. Ein schwarzgekleideter Mann murmelte irgendwelche altmodischen Formeln und verspritzte etwas heiliges Wasser. Aus Erics Sicht eine gänzlich überflüssige aber ungefährliche Aktion. Spannend schien dabei höchstens die Frage, worin sich heiliges Wasser denn von herkömmlichen Wasser unterschied. Welche Vorteile die durch die Wasserspritzer erworbene Mitgliedschaft in einer Kirche dem bespritzten Erdenbürger bot, erschloss sich aus den vorliegenden Informationen nicht wirklich.

In seiner Klasse wurden einige Mitschüler dieses Jahr konfirmiert. Das war ebenfalls eine religiöse Zeremonie, welche allerdings, soweit Eric informiert war, ohne heiliges Wasser auskam. Entscheidend schien aus Sicht der Klassenkameraden zu sein, dass es teure Geschenke oder wahlweise viel Bargeld für die Konfirmanden gab. Auch Cleo hatte an diesem Ritual dieses Jahr teilgenommen und dabei von ihrer Verwandtschaft das Geld für ihr schickes rotes Fahrrad eingesammelt.

Anscheinend gab es für die Teilnahme an solchen Zeremonien häufig großzügige Gegenleistungen. Vor einiger Zeit hatte er ein spannendes Buch gelesen, in dem ein amerikanischer Wanderarbeiter von seinen Abenteuern erzählte. Immer wenn der Held in eine neue Kleinstadt irgendwo im mittleren Westen kam, suchte er sich die größte Kirche des Ortes aus und ließ sich dort taufen. Dafür erhielt von den Gemeindemitgliedern in der Regel eine Wohnmöglichkeit, eine Arbeit und Essen. Es konnte also je nach Lebensumständen ganz lohnend sein, sich in religiöse Register eintragen zu lassen, das konnte Eric sich bei entsprechendem Bedarf noch überlegen.

Nach langer Fahrt rumpelte der betagte Renault schließlich in die Hofeinfahrt. Sanor, der große schwarze Hund des Großvaters, sprang aufgeregt bellend um den Wagen. Seine Pfoten fügten dem ohnehin bemitleidenswerten Lack einige weitere Striemen zu, ohne das Erscheinungsbild entscheidend weiter zu verschlechtern.

Bei dem Hofhund handelte es sich um einen Hovawart, vor dem die meisten Leute aus gutem Grund richtig Respekt, oft sogar Angst hatten. Bei Menschen, die er kannte, benahm er sich jedoch freundlich. Er tollte nach der stürmischen Begrüßung mit Eric ausgiebig durch den Garten. Viel zu rasch wurde das wilde Spiel durch die anstehende Mahlzeit unterbrochen. Auf dem großen Eichentisch mit nobler Spitzendecke dampften in altmodischen Porzellanschüssel Knödel, Rotkraut und Fleisch. Bereits durch die

Menüzusammenstellung war der erste Ärger vorprogrammiert, denn die Mutter reichte als Vegetarierin die goldrandverzierte Fleischplatte mit demonstrativ ablehnender Geste weiter. Dies trug ihr einen ärgerlichen Blick ihrer Schwiegermutter ein. Um den drohenden Streit zu vermeiden oder zumindest hinauszuschieben, nahm Eric sich ein großes Stück in der Hoffnung, dass der Vater beim Aufessen half.

„Iss mein Junge, es ist gutes deutsches Weiderind, das gibt Kraft", forderte die Oma mit motivierendem Lächeln auf.

„Deutsches Weiderind, wenn ich das schon höre", zischte die Mama und zog das Adjektiv *deutsches* missbilligend in die Länge.

Die anderen wechseln schnell das Thema. Ob deutsche Rinder schlechter als andere waren? War es für das Rind eine zweifelhafte Auszeichnung, als *Deutsches Weiderind* verkauft zu werden? Wahrscheinlich spielte das für dieses ganz spezielle Rind keine Rolle mehr, denn es war ja bereits in die ewigen Weidegründe eingegangen.

Es gelang, das Essen ohne größere Streitigkeiten über die Bühne zu bringen und die Familienglieder entspannten sich bei einem Verdauungsspaziergang am Fluss. Eric blieb mit Sanor und der Oma im weitläufigen Garten, der in viele unterschiedliche Beete unterteilt war. Er überlegte, was in den einzelnen Parzellen angebaut worden war, denn jetzt, im späten Herbst, war fast alles geerntet und es wuchsen nur noch einige Mangoldblätter in einem Feld. Die Großmutter erteilte gerne Nachhilfe, während Sanor einige Enten jagte, die sich vom Fluss auf das Grundstück verirrt hatten. Die Grenze wurde durch lange Hecken markiert, an denen man im Sommer Beeren sammeln konnte. Auch Äpfel und Kirschen gab es und sie schmeckten nirgendwo auf der Welt so lecker wie bei Oma.

„So viele tolle Sachen baust du in deinem Garten an", staunte Eric nach dem Rundgang voll ehrlicher Anerkennung.

„Das ist aber kein Vergleich zu früher. Da haben wir, was wir brauchten, von eigenen Feldern geerntet. Nur selten sind wir auf den Markt gefahren, um etwas zu kaufen.“

Die Augen der Oma schimmerten wehmütig, als sie sich an ihre alte Heimat zurückerinnerte.

Der Enkel bemerkte es und erkundigte sich:

„Woran denkst du?“

„Ach nichts“, wehrte die Gefragte ab.

„Das glaube ich nicht.“

„Du hast den Garten hier gelobt und ich habe an unseren alten Gemüsegarten gedacht. Er war bestimmt viermal so groß.“

„Puh, der war dann ja riesig!“

„Die Fläche war notwendig, denn auf dem Gut lebten rund zwanzig Menschen, die davon satt werden mussten. Riesig konnten dagegen in der Tat die Felder genannt werden, sie erstreckten sich endlos über die umliegenden Hügel, zumindest habe ich das als junges Mädchen so empfunden.“

„Das stelle ich mir toll vor, so aufzuwachsen.“

„Es war sehr schön. Allerdings starb unser Vater früh und es widersprach den damaligen Sitten, dass meine Mutter solch ein Gut alleine führte. Daher übernahm ein Onkel die Verwaltung und die schöne Zeit war vorbei.“

Die Oma schaute erneut traurig.

„Wieso hat dieser Onkel denn alles verdorben?“

„Ich will dich nicht mit alten Geschichten belasten.“

„Es interessiert mich aber.“

„Also gut. Der Onkel, er war ein Cousin meines Vaters, besaß einen schwierigen Charakter. Er handelte herrschsüchtig und erwies sich als trinkfreudig und ungehobelt.“

„Also ein richtiges Aas!“, übersetzte Eric in die aktuelle Jugendsprache.

Die Großmutter runzelte tadelnd die Stirn, widersprach aber nicht und führte ihre Erzählung fort:

„Deshalb habe ich dann pünktlich zu meinem achtzehnten Geburtstag deinen Großvater Karl geheiratet. Er stammte aus einer alten Familie der Gegend, die allerdings verarmt war. Durch die Heirat konnte er das Gut übernehmen und weiter verwalten.“

„Ihr wurdet also den blöden Onkel los!“

„Genau! Der wurde mit einer weit entfernten und nicht besonders ergiebigen Fischzucht abgefunden und hat uns aus Wut nie wieder besucht“, lächelte die Oma.

„Du warst aber noch total jung, als du geheiratet hast, vier Jahre älter als ich jetzt!“, rechnet Eric nach.

„Stimmt. Es war aber auch eine ganz andere Zeit und eine andere Gesellschaft. So ungewöhnlich war das damals nicht.“

Eric nickte, die früheren Lebensumstände schienen sehr verschieden von den gegenwärtigen zu sein. Die Zeit und ihre Sitten wirkten so weit weg wie in einem alten Historienfilm. Er erkundigte sich:

„Hattest du auch ein Pferd zum Reiten?“

Die Oma lächelte.

„Das mit den Pferden hat es dir angetan, nicht wahr? Ja, es gab mehrere Pferde, die dienten allerdings zum Arbeiten auf dem Feld oder zum Ziehen von Wagen. Damals besaß außer dem ganz großen Rittergut flussabwärts niemand einen Traktor. Zwei der Pferde im Stall waren auch gut zu reiten, sie hatten meinen Eltern gehört. Manchmal bin ich damit ebenfalls geritten. Aber du solltest dir keine falschen Vorstellungen machen. Ich hatte eine Menge zu arbeiten, ich konnte meine Tage nicht wie eine englische Lady mit Ausreiten verbringen, wie du dir das vielleicht ausmalst.“

„Aber es klingt trotzdem super. Bestimmt würdest du gerne zurückgehen und wieder Pferde haben zum Reiten oder zum Wagen ziehen?“

„Nein, es ist jetzt nicht mehr so wie damals. Alles hat sich geändert und das Gut existiert nicht mehr“, der Blick der Großmutter wurde wieder traurig.

Eric seufzte. Natürlich war ihm bewusst, dass die Zeiten und Bedingungen sich geändert hatten und heute selbstverständlich mit Traktoren und Erntemaschinen gearbeitet wurde, die sich wesentlich unromantischer präsentierten, als die alten Pferdefuhrwerke. Dennoch stellte er sich das Gut mit vielen Tiere, endlosen Feldern und intakter Natur sehr idealisiert vor. Die Oma widersprach mit deutlichem Nachdruck.

„Nein, Eric, vergiss das, es wird nie wieder so werden. Der Krieg und die Kommunisten haben alles kaputtgemacht."

Sie drehte sich weg, damit der Enkel die Träne nicht sah, die ihre Wangen herunterkullerte.

Eric stand verdattert daneben und wusste nicht, was er tun sollte. Mit einer so heftigen Reaktion hatte er nicht gerechnet. Er hatte schon mehrmals mit dem Großvater über das Gut im weit entfernten Osten gesprochen und dieser hatte ebenfalls durchblicken lassen, dass eine Rückkehr unwahrscheinlicher als eine Marsreise war. Es war bereits über dreißig Jahre her, dass die Großeltern alles aufgeben mussten und Eric hatte nicht erwartet, dass die Erinnerungen die Oma so aufwühlen würden. Er musste demnächst vorsichtiger sein, wenn er sich in die fremde unbekannte Welt hineinträumte.

Um sie auf andere Gedanken zu bringen, erkundigte sich der Enkel:

„Was gibt es denn für einen Geburtskuchen?"

Seine Frage erzielte den gewünschten Erfolg, denn die Großmutter schaltete innerhalb von Millisekunden zurück in den Küchenmodus der perfekten Gastgeberin:

„Es gibt mehrere, auch deinen Lieblingsschokokuchen. Wir können ihn noch ein wenig mit Sahnehäubchen verzieren. Hast du Lust?"

Eric nickte froh, dass sein Ablenkungsmanöver so gut funktioniert hatte, wahrscheinlich weil die Oma sich auch nur allzu gerne von ihren schmerzlichen Erinnerungen hatte ablenken lassen.

Am Abend saßen dann alle im Garten und die Erwachsenen tranken roten

Wein. Die beruhigende und heiter stimmende Wirkung des Getränks sorgte dafür, dass sie tatsächlich einmal nicht stritten. Statt gegenseitiger Vorwürfe und Sticheleien erfüllte eine ausgelassene und harmonische Stimmung die Gartenlaube. Eric durfte vom Zaubertrank ebenfalls kosten, fand ihn aber unangenehm bitter und blieb bei Omas leckerer Holunderlimonade.

Am nächsten Morgen hielt der Vater als Ausgleich zum weinseligen Abend einen morgendlichen Dauerlauf für angebracht. Auf dieses neue Hobby war er durch einen Artikel in einer Zeitschrift gestoßen. Die Idee kam, wie viele Neuerungen aus Amerika, wo die Menschen in großen Scharen durch die

Vorstädte rannten, um ihre Fitness zu trainieren. Der Vater ging daher *joggen* und machte keinen altmodischen Dauerlauf, wie ihn Eric im Sportunterricht seiner Schule zu absolvieren hatte. Von den grundsätzlichen Abläufen war ein Unterschied zu der seit Turnvater Jahn bewährten altdeutschen Variante eigentlich nicht feststellbar. Die amerikanische Form zeichnete sich durch spezielle bunte Schuhe und Trainingsanzüge aus dunkelblauer Ballonseide aus. Der Vater hatte sich diese unverzichtbaren Gegenstände für die amerikanische Variante der Fitness bei einem der samstäglichen Einkaufsmarathons besorgt.

Angemessen ausgerüstet konnte er sein Training beginnen, an diesem Sonntagmorgen begleitet vom Sohn. Eric war unvorbereitet und verfügte nicht über die so wichtige Joggingausrüstung, weshalb fraglich blieb, ob das Training bei ihm wie gewünscht wirken würde. Immerhin trug er ohnehin zu nahezu jeder Gelegenheit Turnschuhe, weshalb er nur noch eine kurze Hose organisieren musste. Das bereitete im gut sortierten Haushalt der Großeltern keine unüberwindlichen Schwierigkeiten, erwies sich allerdings aber an dem kühlen Spätherbstmorgen als unangenehm erfrischend an den Beinen.

Sie liefen zehn Minuten den Fluss entlang, über den noch vereinzelte Nebelschwaden waberten, die von Entenfamilien unter lauten Gequake durchkreuzt wurden. Das alte Strandbad markierte den vom Vater definierten Wendepunkt. Eric konnte den Reiz dieser morgendlichen Anstrengung nur begrenzt nachvollziehen, aber es ergaben sich so selten gemeinsame Aktivitäten, dass man die Chance nutzen musste. Die letzten hundert Meter gestalteten Vater und Sohn als Endspurt im Wettbewerbsmodus. Trotz Anstrengung erreichte Eric nur als zweiter Sieger das Gartentor. Sein Kontrahent verfügte nicht nur über die längeren Beine, sondern auch über den unbedingten Ehrgeiz, sich nicht vom eigenen Stammhalter abhängen zu lassen. Mit dunkelrotem Kopf und laut keuchend hielt sich der Gewinner am Pfosten der Grundstücksbegrenzung fest und japste:

„Das war doch jetzt eine gute Sache, das sollten wir zu Hause wiederholen."

Eric signalisierte Zustimmung. Zwar war er nicht überzeugt, dass das Konzept des Dauerlaufs viel an Attraktivität gewann, wenn man ihm einen amerikanischen Namen gab und glänzende Ballonseide anzog, aber eine Revanche in naher Zukunft reizte ihn dennoch.

Als sie ins Haus zurückkehrten, lag in einer Schüssel ein frisch geschlachteter Hase, der sie mit leeren glasigen Auge anstarrte. Eric stockte angesichts des blutigen, leblosen Körpers der Atem. Der Vater bemerkte es und erklärte:

„Opa hat einen Hasen geschlachtet. Den soll es heute Mittag zum Festessen geben."

„Aber… aber das ist doch kein Festessen, wenn der arme Hase dafür sterben muss."

„Es müssen immer Tiere sterben, auch wenn du Schnitzel oder deine geliebten Königsberger Klopse isst."

Eric schwieg. Der Vater hatte recht. Bei den meisten Gerichten war Fleisch dabei und das bedeutete, dass zuvor ein Tier dafür gestorben war. Bei dem Hasen empfand er das deshalb als schlimm, weil er diesmal das getötete Lebewesen noch warm auf einer großen Platte liegen sah. Außerdem war es einer der netten Hasen aus dem Stall im Garten, den er vielleicht gestern Abend noch gestreichelt hatte. Es war unbegreiflich, wie der Großvater das übers Herz bringen konnte, er kannte die Hasen doch noch viel besser, hatte ihnen sogar Namen gegeben. Die Tiere waren freundlich, meist saßen sie in dem großen Holzverschlag im Garten und freuten sich, wenn sie Futter bekamen. Wenn man den Finger hineinsteckte, mümmelten sie daran und es kitzelte.

Beim Blick auf den Kadaver mit dem leeren Blick wurde Eric übel und er musste kämpfen, sich nicht zu übergeben. Der Vater war schon in die Dusche entschwunden und so flüchtete Eric nach draußen an den Altrhein. Er setzte sich auf die Wurzelknolle einer der großen Weiden und beobachtete die Schwäne, welche majestätisch vorbeidrifteten. Schwäne wirkten unglaublich schön und elegant, deswegen aß sie wahrscheinlich keiner. Hasen waren ebenfalls hübsch und besaßen ein ganz weiches Fell. Der in der Schüssel hatte keines mehr, der Großvater hatte es ihm sprichwörtlich über die Ohren gezogen und es hing an einer Leine im Hof.

Eine Zeit lang warf Eric gedankenverloren Steine ins Wasser und beobachtete, wie sie beim Eintauchen Ringe erzeugten. Dann kam die Mutter, um ihn zum Frühstück zu holen. Sie bemerkte, dass ihn etwas bedrückte, setzte sich daher mit ans Ufer und warf auch ein paar Steine.

Schweigend spielten sie einige Zeit, wer mehr Ringe erzielte. Eric gewann ohne Mühe, denn die Mama strengte sich nicht richtig an. Sie war sehr hübsch mit ihren blonden Locken, die sich wirr zerzaust um ihren Kopf kringelten – der Sohn lehnte sich an sie.

Eine Weile saßen sie aneinandergeschmiegt, dann erklärte Eric mit feierlicher Stimme:

„Ich esse ab heute auch kein Fleisch mehr. Der arme Hase und die ganzen anderen Tiere sollen nicht sterben!"

Die Mama nickte, blicke über das Wasser und lächelte. Es war unbeschreiblich schön, wenn sie lächelte. Sie tat es selten.

Zum Geburtstagsessen kam der ältere Bruder des Vaters zu Besuch. Die beiden Geschwister waren sich seit ihrer Kindheit in herzlicher Feindschaft zugetan. Selten dauerte es länger als eine Viertelstunde, bevor ihr Bruderzwist wieder aufflackerte.

Solange es noch friedlich war, nahm Eric den Onkel in Beschlag. Dieser hatte gute Laune und konnte sich, obwohl selbst kinderlos, leicht auf die Bedürfnisse seines Neffen einstellen. Von besonderem Interesse am Onkel war sein toller roter Wagen mit schwarzen Ledersitzen. Wann immer möglich, versuchte Eric eine Spritztour herauszuschlagen. Dabei durfte er vorne sitzen und auf Kommando die Gänge einlegen.

Der Onkel hatte sich zum feierlichen Anlass besonders schick gemacht und trug eine krasse grüne Krawatte mit großen orangefarbenen Punkten. Nachdem er sich mit Eric in den Motorraum gebeugt hat, um den besonders wichtigen italienischen Doppelvergaser zu erklären, hatte die Krawatte noch zusätzliche braune Punkte gewonnen. Eric fand, das tat ihrer Wirkung keinen Abbruch. Der Onkel schien von Erics Einschätzung der modischen Krawattensituation nicht überzeugt, konnte gegen die Ölflecke jedoch nichts ausrichten. Das galt auch für Erics schmutzige Fingernägel, die sich aus Zeitmangel nicht mehr auf ein dem Festtag angemessenes Hochglanzniveau säubern ließen. So blieb beiden nichts anderes übrig, als leicht verdreckt zum Feiermahl zu erscheinen. Dem peniblen Großvater fiel das sofort auf, sein großer Schnauzbart zuckte unwillig nach oben. Er verkniff sich das Meckern allerdings, denn er spürte, dass es wahrscheinlich noch früh genug Ärger geben würde.

Im Wohnzimmer hatte die Großmutter alles aufgetischt, was Hof und Keller hergaben. Eric zermarterte sich das Gehirn, wie er vermeiden konnte, den ermordeten Hasen zu verspeisen. Dieser bildete den Hauptgang und damit den Höhepunkt des Festessens. Ohne Zweifel waren die Großeltern bei einer Verweigerung verärgert. Sie waren ja sowieso sauer, dass die Schwiegertochter kein Fleisch aß und nicht in die Kirche ging. Wenn jetzt der Enkel auch noch anfing, beim Essen zu zicken, dann waren unzweifelhaft Probleme zu erwarten. Bald war die Suppe verspeist und kleine gefüllte Teigtaschen, Pirogi genannt, hatten als weiterer wohlschmeckender Vorgang die Runde gemacht. Nun begann der Großvater mit der Zerlegung des ermordeten Hasen.

Wie konnte Eric nur dessen Fleisch ablehnen, ohne Omas Geburtstagsessen zu ruinieren? Schließlich kam in letzter Sekunde eine rettende Idee. Er hielt so lange die Luft an, bis sein Gesicht, das er im Spiegel des Sideboards gegenüber beobachten konnte, rot angelaufen war. Dann begann er wild zu keuchen und zu husten.

„Was hast du Eric?“, erkundigte sich die Mutter besorgt.

Statt einer Antwort war nur weiteres Husten vom Sohn zu vernehmen. Die Mutter beugte sich zu ihm.

„Ich, habe... mich verschluckt“, röchelte Eric und begann sich lautstark zu räuspern.

„Komm, wir gehen ins Bad“, forderte die Mutter auf.

„Danke, es geht schon. Ich trinke nur mal einige Schlucke Wasser.“

Als er nach Minuten mit immer noch leidender Miene zum Tisch zurückkehrte, verkündete Eric, dass er wegen der Reizung seines Rachens nur weiche Speisen, wie einige Knödel mit Sauce und natürlich den Pudding zum Nachtisch essen könne. Die Unpässlichkeit wurde akzeptiert, der Hase ging an ihm vorüber.

Onkel Harald kaute genüsslich ein großes Stück Fleisch. Wusste er nicht, dass Hasen ein ganz weiches Fell haben und beim Mümmeln lustig am Finger kitzeln, wenn sie nicht tot in einer Schüssel lagen und ihr Fell über einer Leine im Hof hing?

Eric fand es unbegreiflich, dass alle bis auf die Mutter den Kadaver des armen Tieres so ungerührt verspeisten. Zugegeben, bis vor wenigen Stunden hatte er selbst Fleisch gegessen. Bislang hatte er allerdings das zu verzehrende Tier nie gekannt und daher nicht genügend darüber nachgedacht. Aber die Ereignisse hatten zweifelsfrei vor Augen geführt, dass für Fleischgerichte stets Tiere getötet wurden, obwohl sie wie alle Lebewesen weiterleben wollten.

Onkel Harald schien das nicht zu kümmern. Er verschwendete keine Gedanken an getötete Hasen, sondern erzählte gutgelaunt von seiner Truppe. Er war Oberleutnant bei der Bundeswehr. Schon dieser Umstand lieferte zuverlässig Brennstoff für geschwisterliche Unstimmigkeiten. Erics Eltern vertraten der Ansicht, dass das deutsche Militär in diesem Jahrhundert fürs Erste genug Unheil angerichtet hatte und keine weitere Unterstützung durch

Familienmitglieder verdiente.

Der Vater hatte entsprechend vor Jahren den Wehrdienst verweigert und achtzehn Monate Zivildienst in einem Altenheim abgeleistet. Daher war es wenig verwunderlich, dass der Onkel mit seinen Geschichten aus der Kaserne nicht alle am Tisch begeistern konnte. Erics Mutter rollte schon nach den ersten und Sätzen mit den Augen. Der Chefunterhalter dieses Mittagstisches ignorierte die Ablehnung gekonnt und brüstete sich mit immer neuen olivgrünen Heldentaten. Einige launige Sätze später war er bei einer Offizierskameradschaft angekommen, die alte Militärtraditionen pflegen wollte. Damit war die Lunte zur Eskalation des Geburtsessens endgültig angezündet und alle ahnte, dass die Explosion nicht lange auf sich warten lassen würde. Sie sollten recht behalten. Als der Leutnant endlich eine Redepause einlegte, um seine Stimme mit einem Schluck Wein zu ölen, nutzte der Vater dies, um einen erneuten Themenwechsel zu fordern.

„Jetzt hör mal auf von deinem reaktionären Schützenverein zu erzählen, wo nur die Ewiggestrigen ihre Bestimmung finden. Das interessiert niemanden."

„Thorsten!", der Opa blickte seinen jüngeren Sohn streng an.

Der machte eine abwiegelnde Handbewegung und wollte sich wieder dem toten Hasen widmen, aber es war bereits zu spät. Onkel Harald stellte mit lautem Klonk das Glas ab und antwortete mit hochrotem Kopf und lauter Stimme.

„So, reaktionär also? In den Augen von Möchtegern-Weltverbesserern ist wahrscheinlich jeder reaktionär, der ordentliche Arbeit, Disziplin und andere traditionelle Werte schätzt."

„Disziplin und traditionelle Werte? Thorsten hat völlig recht: Du bist ein Vollidiot!"

Die Stimme der Mutter schnitt eisig durch den Raum und ergänzend warf sie ärgerlich ihre Serviette in den halbvollen Teller.

Die unfreundlichen Worte hingen in der Luft und bildeten den perfekten

Startschuss für einen veritablen Familienkrach. Laut und wild redeten alle durcheinander. Schließlich schlug der Opa mit der Faust fest auf den Tisch, was das Geschirr zum Hüpfen und einige Weingläser zum Überschwappen brachte und das enorme Stimmengetöse tatsächlich verstummen ließ.

„RUHE – wenn ihr nicht alle sofort aufhört, werfe ich euch eigenhändig raus!"

Die Oma packte Eric an der Hand und zerrte ihn in die Küche. Unsicher, ob er froh oder ärgerlich darüber sein sollte, fügte er sich der erstaunlich energischen großmütterlichen Kraft. Trotz Opas Machtwort schallten noch minutenlang aufgeregte Stimmen aus dem Wohnzimmer herüber, die nur sehr allmählich ruhiger wurden.

Während in der Stube noch die Fetzen flogen, beseitigten Oma und Enkel das Chaos in der Küche. Es tat Eric leid, dass das Geburtstagsessen so ausgeartet war. Als Ausgleich versuchte er besonders nett zu sein und interessierte sich für die vielen alten Küchenutensilien, die Jahrhunderte von der Weltraumküche der O'Briains entfernt schienen. Besonders beeindruckend stand ein großer, gusseiserner Ofen in der Mitte der Küche, der zahlreiche geheimnisvolle Riegel und Klappen besaß. An verschiedenen Stellen konnten Holzscheite nachgelegt werden und das Feuer in den unterschiedlichen Bereichen knisterte laut und spuckte manchmal große Flammen, während sie Wasser zum Spülen darauf erwärmten. Es gab mehrere Wärmebereiche für unterschiedliche Speisen, hinter einer großen Klappe war der Hase gebraten worden, sie roch noch danach. Eric schloss sie fest.

Der altertümliche Ofen wurde mit Holz gefeuert und Eric liebte es, die dafür notwendigen Scheite zu spalten. Aktuell war die Vorratskiste neben dem Ofen zwar noch gut gefüllt, aber es baute Frust ab, das Beil so richtig mit Schwung auf den Klotz niedersausen zu lassen. Oma und Enkel hackten einiges an Holz klein.

Es war wirklich zu blöd, warum musste es in dieser Familie ständig Zoff geben? Eric konnte sich an kein Familientreffen in dem alten Haus erinnern, das nicht in einem Streit geendet hatte.

Eigentlich hatten die Eltern beabsichtigt, bis zum Kaffee zu bleiben, zu dem auch die erweiterte Verwandtschaft und Freunde der Oma erwartet wurden. Nach dem heftigen Eklat war das Bedürfnis nach familiärer Gemeinschaft jedoch unter den Nullpunkt abgekühlt und es schien angeraten, die feindlichen Lager zu trennen.

So wurde der Aufbruch vorverlegt und diese Eile brachte Eric um die ersehnte Spritztour mit Onkel Haralds Wagen.

„Puh, das hätten wir mal wieder geschafft! Ich brauche das nicht so bald wieder", stellte Erics Mutter fest, als sie sich wieder auf die Autobahn einfädelten und sie die Musik von *The Who* lauter drehte, um sich abzureagieren.

„In zwei Wochen ist Weihnachten", wies der Vater mit Sorgenfalten auf einen unvermeidbaren Pflichttermin im bürgerlichen Elternbesuchskalender hin.

„Ich weiß und ich hasse es jetzt schon! Ich werde mir etwas einfallen lassen", erwiderte die Mutter und drückte das Gaspedal ganz runter.

Der Tacho ruckelt sich langsam auf fast 110 km/h und die alte Rostlaube dröhnte aus Protest so laut, als ob sie jeden Moment auseinanderbrechen wollte. Nur mit viel Anstrengung konnte der Schutzheilige aller französischen Autos verhindern, dass dem unschuldigen Vehikel der Todesstoß versetzt wurde.

Eric saß im Fond und schwieg. Angestrengt blätterte er in einem Comic und fühlte sich, nicht zum ersten Mal, unglücklich mit seiner Familie. Er wäre trotz aller Streitigkeiten gerne länger bei den Großeltern geblieben, den vielen Tieren, dem großen Garten und dem Fluss hinter dem Haus. Wirklich schade, dass die einfachsten Dinge wie eine Geburtstagsfeier stets unerfreulich ausarteten in einer Familie, in der sich die Erwachsenen ständig bekriegten, weil sie so unterschiedliche Ansichten über die Vergangenheit und Gegenwart besaßen.

VII.

Am folgenden Montag saßen die drei Freunde nach überstandenem Unterricht zusammen im *Tash* und genossen leckere Crêpes.

„Hast du etwas von deinem Vater herausbekommen?", nuschelte Cleo mit vollem Mund.

„Nicht viel. Das Forschungsbuch wurde unter Verschluss gehalten, aber alle in der Abteilung hatten Zugang."

„Alle?", Eric schaute verwundert.

„Nicht unbedingt die Leute vom Reinigungsdienst oder der neuste Praktikant, aber sonst die meisten Leute."

„Mist, das erschwert unsere Ermittlungen, weil wir dadurch die Gruppe der Verdächtigen nicht wesentlich einschränken können."

„Die Polizei macht das trotzdem und bleibt immer an meinem Dad hängen. Er hat mir erzählt, dass sie sogar Auskünfte bei seinem früheren Institut in Dublin eingeholt haben."

Caissy lief, während sie den Umstand berichtete, vor Wut rot an. Der Farbwechsel wirkte bei ihrem sonst so blassen Hautton sehr beunruhigend.

„Das ist wirklich unverschämt. Woher weiß dein Vater das?"

„Wir Iren halten zusammen. Der Institutsdirektor hat meinen Vater angerufen, obwohl es ihm streng verboten wurde, etwas über das Auskunftsersuchen zu sagen."

„Demnächst werden sie hier in der Schule nachfragen, wie oft wir Brezeln oder Schulkakao stehlen", maulte Cleo.

„Dr. von Eisleben hat diesen Herrn Schmidt letztes Mal ganz schön abserviert. So schnell kommt der nicht noch mal", erwiderte Eric.

„Unser Direx verhält sich in dem Punkt super und würde diesen Sicherheitsmann das nächste Mal wahrscheinlich wegen Beleidigung der

Schule zu einem Degenduell herausfordern. Das ändert aber nichts an der Unverschämtheit, dass diese Hornochsen uns verdächtigen, obwohl wir nichts verbrochen haben."

„But what can we do?"

„Im Moment sind wir echt in einer Sackgasse. Wir kommen mit dem, was wir herausgefunden haben, nicht wirklich weiter. Vielleicht können wir noch mal zusammen mit deinem Vater sprechen?", überlegte Cleo.

„Wir können gerne fahren zu mir. Gegen 17:00 Uhr ist mein Dad momentan meist schon zu Hause. Es macht ihm keinen Spaß im Forschungszentrum mit all den Verdächtigungen, weshalb er immer sehr pünktlich geht."

Eine halbe Stunde später liefen die Freunde von der Haltestelle des Internationalen Viertels in Richtung der Wohnung der O'Briains. Das sauber in rechtwinklige Straßen eingeteilte Areal umfasste ein Quadrat mit vier mal vier Wohnblöcken. Alle Bauten waren exakt gleich gestaltet und zwecks optischer Abwechslung in unterschiedlichen Farben bemalt. Die O'Briains wohnten in einem orangenen Block mit dunkelblauen Fenstern. Das sah im Vergleich zum eintönigen Betonstil der hastig wiederaufgebauten Nachkriegsstadt ziemlich verwegen aus. Allerdings schien damit der Vorrat an Verwegenheit auch ausgeschöpft, denn alles andere wirkte so spießig und tröge wie überall. Auf dem Rasen vor dem Haus Nummer 12, in dem Caissy wohnte, prangte groß ein Schild:

Rasenbetreten und Fußballspielen verboten!

Entsprechend der Mehrsprachigkeit des Internationalen Viertels brachten weitere Schilder dieses Verbot auf Englisch, Französisch und Italienisch zum Ausdruck. Die Schilderflut setzte sich im Hausgang fort, wo zahlreiche Untersagungen in vielsprachiger Aufbereitung die Wände tapezierten.

„Hier wird einem genau gesagt, was man zu tun hat", grinste Eric, der sich durch den freilassenden elterlichen Erziehungsstil an einer solchen Regelwut störte.

„Ja, das ist eine der ersten deutschen Eigenheiten, die wir gelernt und in Briefen an irische Freunde weitergegeben haben, the holy Hausordnung!", grinste Caissy.

Kurze Zeit später saßen sie mit Dr. O'Briain in den modernen Wohnzimmersesseln aus buntem Plastik und tranken, den Traditionen der Inseln folgend, Tee. Das Heißgetränk selbst vermochte zumindest die deutschen Jugendlichen nicht vollends zu überzeugen, aber die berühmten irischen Kekse waren wieder unübertroffen.

Nach etwas Smalltalk fand Cleo die Zeit gekommen, um zur Sache zu kommen.

„Gibt es denn schon Fortschritte bei den Ermittlungen in der Nuklearanlage?", kam sie ohne Umschweife zum Punkt.

„Not really! Sie führen jeden Tag Sicherheitschecks durch und wir müssen unsere Aktentaschen beim Verlassen des Geländes durchsuchen lassen. Manchmal müssen wir wie Ladendiebe selbst die Hosentaschen leeren, aber trotz aller Unverschämtheiten gibt es bisher keine Ergebnisse."

„Die Polizei vermutet den Dieb also immer noch unter den Mitarbeitern und sie haben vor allem dich im Visier."

„Ja leider! Man möchte nicht arbeiten, wo man verdächtigt wird rund um die Uhr", erwiderte der Wissenschaftler.

Sie sprachen noch einige Zeit über die aktuellen Vorkommnisse, aber Cleo wurde bald klar, dass Caissys Vater bedauerlicherweise über keine weiteren hilfreichen Informationen verfügte oder sie zumindest nicht preisgab. Immerhin konnte sie aus dem Gesagten ableiten, dass die Sicherheitsbehörden noch weitere Diebstähle befürchteten. Offenbar war der gestohlene Ordner nicht die einzig wertvolle und geheim zu haltende Information in dieser Anlage. Sie äußerte diese Überlegungen allerdings nicht, da sie Dr. O'Briain nicht noch mehr verunsichern wollte.

Man ging also wieder zu neutralen Gesprächsthemen über und schließlich verabschiedeten sich die Gäste.

„Puh, ich habe so viele von diesen Keksen gegessen, ich glaube mir ist schlecht", stellte Eric fest, während sie zur Haltestelle liefen.

„Die schmecken aber auch verdammt lecker."

„Caissy hat erzählt, dass sie sich regelmäßig welche aus Irland schicken lassen, weil man sie hier nicht bekommt."

„Am allerbesten sind natürlich die von ihrer Mutter selbst geback... hey, schau mal! Ist das nicht der Wagen aus dem Wald?"

„Der Benz, der eben vorbei gebraust ist? Ja das könnte hinkommen. Hast du die Nummer erkannt."

„Leider nein. Komm wir rennen hinterher, vielleicht muss er noch an der Ampel warten."

Aber die Freunde hatten kein Glück. Die abendlich leeren Straßen ließen den Autofahrer ungestört in die Nacht verschwinden.

„Das hat keinen Wert mehr, wir holen sie nicht ein. Also was hast du gesehen?", japste Cleo nach 200 Meter vergeblichem Spurt.

Sie zog ihr Notizbuch aus der Handtasche.

Eric kratze sich am Kopf und stellte fest:

„Es ging wieder viel zu schnell und das Nummernschild war verdreckt. Ich habe in Dunkelheit nur die Zahlen hinten erkennen können. Ich denke es war 35."

Die Chefermittlerin nickte.

„So ging es mir leider auch. Ob hinten eine 35 oder 38 war, kann ich nicht genau sagen. Die beiden Zahlen sehen auf die Entfernung und bei dem Licht sehr ähnlich aus."

„Blöd, dass der schon wieder in der Dunkelheit unvorbereitet an uns vorbeigeprescht ist."

„Was hat er hier gewollt?"

„Wir sind im Internationalen Viertel. Wahrscheinlich leben da nicht nur

Caissys Familie, sondern auch andere ausländische Wissenschaftler", überlegte Eric.

„Mensch klar! Du hast vollkommen recht. Hier wohnen bestimmt auch andere Mitarbeiter der Kernanlage und damit möglicherweise auch der Dieb oder seine Helfer!"

„Wenn es so ist, müssen wir uns hier auf die Lauer legen und warten, bis der Wagen wieder vorbeifährt. Dann bekommen wir die Nummer des Kennzeichens."

„Oder er ist irgendwo geparkt."

Die abendliche Entdeckung führte dazu, dass die drei Freunde die nächsten Nachmittage ausgiebige Streifzüge durch das Internationale Viertel unternahmen.

Leider war ihnen kein Erfolg vergönnt.

„Puh, mir ist jetzt echt kalt!", bibberte Caissy.

„Ich habe auch schon eine Triefnase. Besser wir geben für den Moment auf. Was meinst du Cleo?", erwiderte Eric.

„Also gut. Dürfen wir uns zu dir noch auf einen warmen Tee einladen, Caissy?"

„Sure. Meine Mom hat sich schon gefreut, dass ihr soviel zu Besuch seid. Sie ist zufrieden, dass ich schon schnell gute Freunde gefunden habe. Ihr wisst, wie Eltern sind..."

„Ja, wir wissen, wie die sind", lachte Eric und musste dann husten.

Am nächsten Morgen war klar, dass er sich durch das stundenlange Herumtreiben an kalten Dezemberabenden eine Erkältung eingefangen hatte.

Auch die beiden Mädchen verspüren keine Lust mehr, die Suchaktion fortzusetzen.

Es waren nur noch wenige Tage bis zum Beginn der Weihnachtsferien. Das Theaterstück *Sternenschlacht* sollte in der letzten Schulwoche aufgeführt werden, am Freitag zuvor war die Generalprobe angesetzt. Um eine realistische

Kulisse zu schaffen, waren die Schüler der Unterstufe bereits als Zuschauer eingeladen. Alle Mitglieder des Theaterclubs schwirren in sichtlicher Aufregung durch die sogenannte Aula, wo sich die Schulbühne befand.

„Ich glaube, ich habe meinen Text vergessen", flüsterte Eric aufgeregt im Wartebereich hinter der Bühne, kurz bevor sein erster Auftritt vorgesehen war.

„Du hast doch kaum was zu sagen. Das kann ja sogar ich auswendig: Piep piiieep piep, ich würde nicht empfehlen zu drücken diesen Knopf! Pieep Piiiiieep!!", lachte Cleo.

„Danke, jetzt weiß ich es wieder", erwiderte Eric und bekam einen roten Kopf. Wenig später stand er auf der Bühne. Der Schweiß lief ihm in Strömen herunter, was durch das enge Roboterkostüm in Verbindung mit den Bühnenscheinwerfern und dem Lampenfieber leicht zu erklären war.

Eric stolperte und stotterte sich mehr schlecht als recht durch die Szene. Da seine Rolle der eines witzigen Side-Kicks entsprach, fiel den Zuschauern sein Gehaspel nicht negativ auf. Im Gegenteil, das Publikum lachte vergnügt und dachte, die Fehltritte seien Bestandteil des Skripts.

Als Eric ein paar Szenen später wieder auf die Bühne musste, agierte er schon wesentlich souveräner. Nachdem er bemerkt hatte, dass bei seiner Rolle Slapstick gut ankam, modifizierte er spontan den Auftritt in diese Richtung.

Cleo und Caissy spielten ihre Rollen als böse Soldaten des Imperators ohne Schwierigkeiten. Auch sie hatten keine großen Textpassagen zu bewältigen, dafür sausten sie wie Derwische auf der Bühne hin und her um Prinzessin Leia zu fangen und lieferten sich Duelle mit Laserpistolen mit Luke Skywalker und seinen Freunden.

Die Generalprobe wurde ein großer Erfolg, der ehrlich und ausgiebig gespendete Applaus donnerte einige Minuten durch die alte Aula.

Die Leiterin des Theaterclubs, Frau Amselfeld, wirkte sehr zufrieden. Nachdem alle abgeschminkt und umgezogen waren, lud sie die gesamte Crew zu Häppchen und Punsch in den großen Pausenraum ein, der von

Hausmeister Rudolphs nobel hergerichtet worden war.

Offiziell gab es nur für die Akteure aus der Oberstufe die Punsch-Variante mit etwas Alkohol, aber kaum jemand hielt sich an diese Regel.

Caissy, die aus ihrer irischen Heimat einen lockeren Umgang mit alkoholischen Getränken gewohnt war, forderte die beiden Freunde auf:

„Kommt, einen richtigen Punsch wir haben uns jetzt zweifellos verdient."

Nachdem alle gestärkt waren und der durch die überdrehte Theater-Crew enorme Lärmpegel sich etwas normalisiert hatte, ging Frau Amselfeld zur Manöverkritik über.

Sie war eine freundliche junge Lehrerin, die Deutsch und Kunst unterrichtete und dauerhaft einen Spitzenplatz in der inoffiziellen Beliebtheitsskala besetzte. Leider unterrichtete sie erst ab der neunten Klasse, weshalb die drei Freunde erst im kommenden Schuljahr in den Genuss ihrer geschätzten Stunden kommen konnten.

Frau Amselfeld verschaffte sich Ruhe, in dem sie mit einem Löffel gegen ihr Glas klopfte. Es dauerte einige Zeit, bis das dezente Signal überall durchgedrungen war, dann begann die Lehrerin mit ihrer Rückmeldung.

Sie hatte für alle und jeden freundliche und lobende Worte und verpackte darin fast unmerklich jene Dinge, die bei der nächsten Aufführung noch besser gemacht werden könnten.

Zu Eric Auftritt stellte sie fest:

„Dein Roboter war hervorragend gespielt. Die komische Seite kam sehr gut an. Eine solche situationsbezogene Kreativität und Eigenständigkeit macht das Besondere einer Darstellung aus. Allerdings solltest du weiterreichende Änderungen im Schauspiel normalerweise vorher besprechen. Theater ist eine Gemeinschaftsleistung aller, von der Bühnentechnik über die Skriptschreiber, den Leute an der Kasse bis hin zu den Hauptdarstellern. Das Theater kann als ein Musterbeispiel für kollektive Arbeit angesehen werden und es ist daher entgegen den Klischeevorstellungen kein Ort für eigenmächtige Egotrips. Aber keine Sorge, so etwas hast du nicht gemacht, du hast deine Rolle zwar frei aber auch sehr gut interpretiert. Behalte das für die Hauptaufführung am letzten Schultag bei."

Eric strahlte über das Lob und nahm einen kräftigen Schluck des Oberstufenpunchs.

An diesem Abend fuhren die drei Freunde gut gelaunt nach Hause.

Der Hauptvorstellung war ein so überwältigender Erfolg beschieden, dass der Rektor spontan beschloss, für Eltern und Verwandte eine Extraaufführung am Abend vor Weihnachten zu veranstalten. Eine solche Gelegenheit, die Qualität seiner Lehranstalt unter Beweis zu stellen und gleichzeitig zusätzliche Einnahmen zu generieren, wollte er sich keinesfalls entgehen lassen. Die bekannte Schule litt, obwohl es unbedarfte Außenstehende kaum erwartet hätten, unter chronischer Geldnot. Die Instandhaltung des alten Gemäuers verschlang Unsummen und auch das vielfältige Angebot über den regulären Unterricht hinaus war immer schwerer zu finanzieren. Vom Kultusministerium waren keine Zuschüsse zu erwarten. Dort betrachtete man den Sonderstatus des *alten Kastens*, wie die Schule abfällig in der Landeshauptstadt genannt wurde, mit Missgunst und zeigte sich überhaupt nicht bereit, irgendwelche Extravaganzen zu finanzieren. Daher war Dr. von Eisleben auf Spenden und Gelder der Elternschaft dringend angewiesen. Seine Noblesse und Haltung verbaten ihm die herkömmlichen Bettelbriefe anderer Schulleiter, weshalb er ehrenhafte Möglichkeiten zu Sondereinnahmen dankbar und kreativ aufgriff. Eine derart gelungene Vorstellung von Teilen der Schülerschaft zusammen mit dem Umstand, dass am nächsten Tag Weihnachten gefeiert wurde, sollte die Börsen der meist betuchten Eltern auch ohne direkte Aufforderung öffnen.

Für die Theatercrew bedeutete die Aufführung für den Geldadel zusätzliche Arbeit.

„Erfolg ist schön, aber warum muss er gleich in Überstunden ausarten? Unsere Ferien beginnen jetzt einen Tag später", stöhnte Cleo.

„Don't worry! Das bekommen wir auch noch hin. Es ist gut, dass mein Daddy mal Ablenkung und Unterhaltung hat. Er ist so gestresst von der Situation in der Nuklearanlage", erwiderte Caissy.

„Dann muntern wir ihn auf. Ist doch Ehrensache!", tönte Eric.

„Sicher, du bist ja zum Hauptlacher der ganzen Vorstellung mutiert", flaxte Cleo.

Die Tage bis zum Weihnachtsfest waren also gut gefüllt und unsere Freunde eilten von Applaus zu Applaus. Außerhalb der Schulmauern war die allgemeine Stimmung allerdings ziemlich gedrückt und graue Menschen huschten verunsichert durch den seit Tagen andauernden Nieselregen. Das Land war in eine schwere wirtschaftliche Krise geraten, viele Menschen fürchten um ihren Arbeitsplatz und ihre Zukunft.

Mit bewegungsloser Miene verkündeten allabendlich akkurat gescheitelte Nachrichtensprecher die steigenden Arbeitslosenzahlen, immer neue Firmenpleiten und weitere wirtschaftliche Schwierigkeiten. Passend dazu malten die Zeitungen am nächsten Morgen die Zukunft in düsteren Farben. Furchterregende Überschriften zogen sich fett über die Titelblätter der Bildzeitung und heizten das negative gesellschaftliche Klima weiter an. Eine diffuse Angst kroch aus allen Ritzen und packte die unsicher gewordenen Bürger, wobei die wochenlang unfreundliche Witterung dazu beitrug, die Welt in ein depressives Grau zu tauchen. Kaum jemand konnte sich den negativen Schwingungen entziehen und die Freunde waren froh, durch die dicken Mauern der Schule von dem schlimmsten Ungemach geschützt zu sein.

Am letzten Schultag dieses Kalenderjahres wurde die Klasse in der vierten Stunde passend zu bevorstehenden Festen über Götter und deren in Ställen geborenen Söhne unterrichtet. Unterdessen streifte Eric unerleuchtet durch das alte Gemäuer. Nachdem er zweimal halblaut seine minimalen Textpassagen für die Reiche-Eltern-Vorstellung rekapituliert hatte, besuchte er Hausmeister Rudolph.

Dessen Gesicht leuchtete wieder einmal rot wie eine Verkehrsampel und Schweiß rann in Sturzbächen über seine hohe Stirn.

„Prima, dass du vorbeikommst! Wir haben jede Menge Arbeit", begrüßte der Hausmeister seinen jungen Gehilfen.

Es waren zusätzliche Stühle für die Aufführung in die Aula zu tragen. Diese befand sich ungeschickterweise im zweithöchsten Stock, weshalb mehrere Treppen zu überwinden waren. Für diesen letzten Abend vor der Weihnachtspause wurde alles besonders fein hergerichtet, ein Umstand, der Eric ärgerte. Wieso genossen die Eltern in einer Schule einen größeren Stellenwert als die Schüler, die dort das ganze Jahr über lernten? Er ahnte nicht, wie dringend die zusätzlichen Einnahmen dieses Abends benötigt wurden. So hoffte der Schulleiter endlich einen neuen Satz Mikroskope für den altertümlichen Biologiesaal zu finanzieren, dessen Ausstattung teilweise noch aus der Vorkriegszeit datierte.

Eric bemühte sich, den Löwenanteil des Mobiliars und der Dekoration zu schleppen, denn schließlich sollte der Kopf des alten Hausmeisters nicht noch röter werden und womöglich platzen.

Sie ächzten schwer beladen das Treppenhaus hinauf und mussten wegen Herrn Rudolphs schweißnassem Kopf an jedem Treppenabsatz eine kleine Pause einlegen. Dabei fiel Erics Blick durch die großen kunstvollen Glasfenster, die das Treppenhaus erhellten. Von hier oben konnte man über die Schulauffahrt bis zur Hauptstraße blicken. An deren Kreuzung blinkten drei Polizeiwagen blau durch den Nieselregen. Sie bildeten die Spitze eines Demonstrationszugs, der sich gegen die schlechte aktuelle Lage und das Nichthandeln der Regierung richtete.

Eric stupste Herrn Rudolph an und deutete auf die Blaulichter.

„Was ist?", wollte der Hausmeister wissen und fuhr sich mit dem triefnassen Taschentuch über den Nacken.

Erics Zeigefinger richtete sich auf die Demonstration und die blinkende Polizeispitze.

„Ach so. Die Spinner demonstrieren mal wieder."

Er zuckt mit den Schultern und verstaut sein ziemlich unappetitliches Taschentuch in den Tiefen seiner Arbeitshose.

„Welche Spinner?"

„Die Langhaarigen, Terroristen und Aufwiegler, die überall nur Ärger bereiten."

Eric wunderte sich, woher der Hausmeister denn so genau wusste, wer dort demonstrierte. Aus der Entfernung waren jedenfalls Haarlänge oder politische Einstellung selbst für die jugendlichen Adleraugen nicht zu erkennen.

„Vielleicht wollen sie nur für bessere Verhältnisse demonstrieren?"

„Was weiß ich? Wahrscheinlich wollen sie eine bessere Welt herbei demonstrieren oder auch herbei bomben. Besser wäre, sie würden anständig arbeiten, so wie wir beide!", brummelte der Hausmeister und wuchtete seinen Stühlestapel in die Höhe.

Er schien von der allgemein angespannten Lage unbeeindruckt und hielt wie die meisten Angehörigen seiner Generation von Demonstrationen nicht viel. Sie hatten aus den Trümmern des Krieges eines der reichsten Länder dieser Erde aufgebaut und glaubten fest daran, alle Schwierigkeiten würden sich lösen, wenn jeder nur genügend malochte. Dummerweise entzündete sich genau an diesem Punkt die aktuelle Problemlage: Es gab nicht genug Arbeit für alle, weshalb noch mehr schuften keine hilfreiche Lösung schien. Das Land befand sich in einer tiefen Krise, aber der Hausmeister lebte schon so lange hinter den Schutzmauern der Schule, dass er es nicht mitbekam und seine Muster aus der Vergangenheit nicht erschüttert wurden.

Beim Stichwort Vergangenheit fiel Eric ein, dass er sich nach dem Spruch im

Klassenzimmer erkundigen wollte. In der Historie der Schule kannte sich kaum jemand besser aus als dieser alte Hausmeister.

„In unserem Klassenraum, dem der 8. Klasse, steht ein übermalter Spruch *Mens sana in corpore sano.*"

„Ja und? Mit Latein darfst du mich nichts fragen, das habe ich nie gelernt", brummte der Hausmeister.

„Ich weiß, was es heißt, aber ich wollte wissen, warum es überpinselt wurde."

„Warum es übermalt wurde? Hmmhhh", Herr Rudolph kratzte sich ausgiebig an der Kopfhaut seiner Halbglatze.

Eric wartete geduldig. Wenn der alte Mann etwas wusste, dann würde er es auch loswerden wollen, auch wenn anscheinend unbekannte Gründe dagegen sprachen, die Frage direkt zu beantworten.

„Also...", antwortete Herr Rudolph schließlich mit für ihn ungewöhnlicher Langsamkeit, „... dieser Spruch wurde in der Hitlerzeit angebracht. Die Nazis wollten keine schlauen Bücherwürmer, die Latein und Griechisch faselten, sie wollten Krieger. Sie brauchten kräftige, belastbare Männer für die Front und daher wurde viel auf Sport und Fitness Wert gelegt."

„Verstehe, und der Spruch zielt ja auf einen trainierten Körper."

„Genau! Als dann 1945 die Besatzungstruppen die Herrschaft übernahmen, ließen sie alle Naziparolen entfernen. Jemand muss ihnen gesagt haben, dass der Spruch in eurem Klassenzimmer ebenfalls auf Befehl der Hitlerleute dort angebracht worden war. Daher musste ich ihn mit Wandfarbe übermalen."

„Hat aber nicht so ganz geklappt."

„Ich habe es die ersten Jahre einige Male versucht, weil die Schrift immer wieder durchkam. Später, so ab 1950, interessierte es niemand mehr und ich habe es so gelassen."

Eric nickte nachdenklich. Soweit er im Lateinunterricht gelernt hatte, war diese Redewendung 2000 Jahre alt und besagte sinngemäß, dass es auch einen gesunden Körper brauchte, wenn man ein schlauer Geist sein wollte. Das klang vernünftig, obgleich es nicht grundsätzlich stimmte. Sie hatten Ende des letzten Schuljahres, als die üblichen Ausflüge und Exkursionen anstanden, einen Professor im nahegelegenen Biologieinstitut der Universität besucht. Dieser Professor Thann war ein berühmter Gelehrter und sicher ein richtig kluger Mensch, obwohl er als Folge einer Kinderlähmung im Rollstuhl saß und über keinen gesunden Körper verfügte.

„Los Eric, es sind noch 10 Stühle, dann haben wir es geschafft und uns eine Pause mit Puddingtaschen verdient!“, unterbrach der Hausmeister die Gedankengänge.
Sie packten also wieder an und eine schweißtreibende halbe Stunde später waren alle benötigten Utensilien in die Aula geräumt und diese festlich geschmückt. Es stand sogar ein fast drei Meter hoher, edel herausgeputzter Tannenbaum rechts der Bühne.

Eric hatte über all der Arbeit die Uhrzeit vergessen und damit die nachfolgende Geschichtsstunde verpasst. Daher war er nicht mit Wissen über das Hochmittelalter und die Kreuzzüge beglückt worden.

Herrn Rudolph war es sichtlich peinlich, dass er ihn so lange beansprucht und dadurch vom Wissenserwerb abgehalten hatte. Er begleitete und entschuldigte Eric daher höchstpersönlich bei Geschichtslehrerin Frau Trümmer.

Die Historikerin mit dem so treffenden Namen unterrichtete seit Jahrzehnten an der Lehranstalt und nicht wenige Schüler witzelten, dass sie wahrscheinlich über den Dreißigjährigen Krieg so genau Bescheid wusste, weil sie selbst noch mit dabei gewesen war. Jedenfalls kannte und schätzte sie den Hausmeister bereits seit Ewigkeiten und obwohl sie profunde Kenntnisse über das Hochmittelalter für einen unverzichtbaren Bestandteil einer gymnasialen Bildung erachtete, war sie ihm nicht böse.

„Es ist schon in Ordnung, Herr Rudolph. Eric tut sich mit Geschichte nicht schwer, er wird das Versäumte problemlos aufholen und nächste Stunde ein kleines aber hervorragendes Referat über den ersten Kreuzzug halten."

Der Hausmeister sah seinen jungen Helfer zerknirscht an. Er hatte nicht gewollt, dass Eric für seine wertvolle Unterstützung auch noch zusätzlich Aufgaben bekam.

Der Betroffene selbst wirkte unbeeindruckt. Die nächste Geschichtsstunde würde im neuen Jahr sein. Bis dahin hatte Frau Trümmer die Angelegenheit mit hoher Wahrscheinlichkeit vergessen, denn sie wusste zwar hervorragend über die zurückliegenden Jahrhunderte Bescheid, neuere Daten gingen ihr jedoch häufig verloren. Falls nicht, er würde etwas zu diesem Kreuzzug erzählen können, denn Geschichte bereitete ihm wirklich besonderes Vergnügen und er las oft freiwillig im Geschichtsbuch oder unterhielt sich mit seinen Großvätern darüber.

Das gestaltete sich auch deshalb spannend, weil beide Opas sich ebenfalls gut in Geschichte auskannten, dabei allerdings sehr unterschiedlich auf die historischen Abläufe blickten. Das Fach war erst seit der siebten Klasse hinzukommen, aber Eric hatte bereits verstanden, dass es sich um keine objektive Wissenschaft handelte. Je nachdem, wen man fragte, sah die Vergangenheit sehr verschieden aus. Auch die Version von Frau Trümmer oder des Lehrbuchs waren jeweils nur eine, von vielen möglichen Sichtweisen. Eric fand es spannend, diese unterschiedlichen Versionen zu hören und zu versuchen, sich selbst ein Bild zu machen.

Die letzten Stunden in der Schule für dieses Kalenderjahr galten dann dem

Theater. Die Aufführungen an den letzten Abenden waren so fulminant eingeschlagen, dass zur Abschlussvorstellung weit über Hundert Eltern ihre noblen Kleidungsstücke hervorgekramt und sich in Schale geworfen hatten. Die Aula war bis auf den letzten Platz mit Damen in Pelz und Herren im Anzug gefüllt. Es hätten noch mehr Karten verkauft werden können, aber Herr Rudolph bestand darauf, dass die Obergrenze wegen der Brandschutzauflagen und der eingeschränkten Traglast des alten Holzfußbodens eingehalten wurde.

Der Abend wurde zu einem rauschenden Erfolg und als Eric mit seinen Eltern drei Stunden später im alten Renault nach Hause pöttelte, bemerkte der Vater:

„Ich wusste überhaupt nicht, dass du so ein schauspielerisches Talent besitzt."

„Ich auch nicht", erwiderte der Sohn bescheiden, aber mit Stolz in der Brust.

„Manche Gabe entdeckt man erst, wenn man sie braucht", philosophierte die Mutter.

Bei Eric zu Hause erinnerte nichts an die bevorstehenden weihnachtlichen Feierlichkeiten. Es gab keinen Christbaum, auf dem Rauschgoldengel hätten landen können und auch der auf die Geschenkorgie herunterzählende Weihnachtskalender fehlte. Daran war Eric gewöhnt und obwohl er nichts gegen Plätzchen oder andere Süßigkeiten einzuwenden hatte, vermisste er das unvermeidlich dazugehörige Kitschdekor mit trötenden Engeln und dicken Weihnachtsmännern auf rentiergezogenen Schlitten überhaupt nicht. Eher schon seine Freunde. Denn Caissy flog bereits am ersten Ferientag mit ihrer Familie nach Irland und würde erst im neuen Jahr wiederkommen. Auch Cleo war über die Feiertage auf Verwandtenbesuch, eine Tätigkeit, die auch in Erics Familie den weihnachtlichen Rhythmus bestimmte.

Am 1. Weihnachtstag stand der Besuch bei den Eltern des Vaters auf den Plan. Die Mutter hatte ihr Vorhaben wahrgemacht und sich eine Entschuldigung für ihr Fernbleiben konstruiert. Sie hatte einen Auftrag an Land gezogen, über ein bedeutendes Treffen fortschrittlicher Menschen in Berlin Bilder zu liefern. Zwar begann das internationale Meeting erst im Januar, denn auch fortschrittliche Leute feierten, zumindest im Geheimen, Weihnachten. Vorbereitende Aktivitäten liefen allerdings schon zuvor und verschafften der Mutter die erwünschte Ausrede.

Also fuhren Eric und sein Vater alleine Richtung Süden. Der Weihnachtsboykott der Eltern hatte für Eric den praktischen Nachteil eines bedauerlich reduzierten Geschenkniveaus. Glücklicherweise sprangen die Großeltern engagiert in die Lücke und fuhren das volle Programm. Hier fehlte weder die aufwändig geschnitzte Holzkrippe, noch ein vielversprechender Berg bunter Päckchen. Die Holzkrippe war mit detailreich geschnitzten Figuren ausstaffiert, welche Esel, Ochsen und Hirten darstellten. In der Mitte lag in einer Futterkrippe der frisch geborene Gott. Dieses auf den ersten Blick recht ungewöhnliche Ensemble ergab sich, soweit Eric es verstanden hatte, aus der Geburtslegende des höheren Wesens. Seine die Eltern fanden wegen Geldmangel und allgemein angespannter Situation keine passenden Unterkünfte. Verschärft wurde ihre Lage, weil der damalige lokale Herrscher den zu gebärenden Gott umbringen lassen wollte, um keine Konkurrenz bei der Herrschaftsausübung zu erleiden. In dieser verfahrenen Lage fanden die werdenden Eltern Zuflucht in einem Stall. Beim Geburtsvorgang schien die in Ställen nicht unübliche Anwesenheit von Eseln und Ochsen von unklarer, doch besonderer Bedeutung. Weitere bedeutsame Figuren des noblen, großelterlichen Krippenensembles, das gemäß einer früheren Bemerkung des Vaters so viel ein Kleinwagen wert sein musste, bildeten Hirten, die von Neugierde und Lichterscheinungen angelockt den Stall besuchten.

Zu der eindrucksvollen Weihnachtsdekoration gehörte auch eine riesige Silbertanne, deren mit einer Engelsfigur versehene Spitze gerade so unter die Zimmerdecke passte.

Jedes Jahr wurden tausende kleine Tannen aus dem Wald gefällt und nachdem sie zwei Wochen mit allerlei glitzernden Schmuck behangen im Wohnzimmer vor sich hingestorben waren, landeten sie mit welken Nadeln auf dem Abfall. Das schien nicht mehr allen Bürgern ein sinnvolles Verhalten in einer Zeit, in der die Sorge um das Waldsterben in allen Zeitungen thematisiert wurde. Auch die Mutter hatte schon einige sehr bedrückende Bilder von abgestorbenen Bäumen zu diesem Thema publiziert. Der deutsche Wald wurde mehr und mehr durch die Umweltverschmutzung dezimiert, was viele Menschen sehr beunruhigte.

Die Deutschen liebten ihren Wald und Eric verstand das völlig, denn im dunklen Grün vieler Bäume fühlte er sich ebenfalls sehr wohl. Aber wenn alle die Bäume mochten und sich um das Waldsterben sorgten, warum hackte man Millionen von Tannen jedes Jahr für eine kurzzeitige Deko ab? Eric erkundigte sich bei der Großmutter nach dem symbolträchtigen Baum im Wohnzimmer.

„Früher fuhr mein Vater mit mir in den Wald und wir wählten sorgfältig eine Tanne aus, die wir fällten, putzten und dann nach Hause zogen", erwiderte die Großmutter auf Erics Anregung, die Bäume doch besser im Wald zu belassen.

„Zogen?"

„Ja, wir waren mit dem Schlitten unterwegs. In unserer Gegend lag im Winter viel Schnee, die Fuhrwerke kamen nicht durch."

„Vielleicht kommt daher diese Legende mit dem Weihnachtsmann, seinem Schlitten und den Rentieren?", überlegte Eric.

„Also Rentiere hatten wir keine", lachte die Oma.

„Und die Pferde zogen den Schlitten durch den Schnee?"

„Es war nur ein Pferd. So ein Schlitten ist schwer im Schnee zu steuern, wenn mehrere Zugtiere vorgespannt sind", erläuterte die Großmutter.

Eric nickte und träumte sich in die vergangene Welt der Oma zurück. Es musste toll sein, auf einem einsam gelegenen Hof zu leben, die Welt drumherum meterhoch mit Schnee bedeckt, alles still und verzaubert.

„Hattet ihr auch Schlittenhunde?", wollte Eric wissen.

Das Gespräch hatte ihn an eine Geschichte von Jack London mit einem Schlittenhund in Alaska erinnert, die er sehr liebte und bereits mehrfach verschlungen hatte.

„Nein, unser Hund Troger begleitete uns zwar mit großem Eifer, denn er liebte es, im Schnee herumzutollen. Aber den Schlitten hätte er nicht gezogen. Ein Pferd hat mehr Kraft und auch viel längere Beine, was bei hohem Schnee sehr hilfreich ist. Damals waren die Wege ja nicht geräumt, es lag bis zu einem Meter Schnee."

Auch wenn die Großeltern Weihnachten nicht mehr so spektakulär wie früher feiern konnten, versuchten sie doch ihre Gewohnheiten aufrechterhalten.

Dazu gehörte neben dem Baum in jedem Fall ein mehrgängiges

Weihnachtsmenü, das als Höhepunkt die sogenannte Weihnachtsgans enthielt.
Schon auf der Fahrt hatte Eric über dieses Problem nachgegrübelt. Die Gans
bildete einen unverzichtbaren Bestandteil des traditionellen Weihnachtsessens,
aber er würde sich an ihrem Verzehr keinesfalls beteiligen. Aber wie konnte das
großelterntauglich vermittelt werden?

Er zermarterte sich das Gehirn und kurz vor der Autobahnausfahrt kam ihm
die rettende Idee.

„Papa, du erinnerst dich doch an den Allergietest, den ich wegen meines
Ausschlags letztes Jahr machen musste?"

Der Vater nickte.

„Ich glaube auf dem Bericht, den wir damals bekommen haben, stand auch
Geflügel als Allergen drauf."

„Und? Soweit ich weiß, hattest du doch damit nie Probleme, oder?"

„Doch, ich denke, ich kann die Gans nicht essen. Kannst du das der Oma
erklären?"

Der Vater blickte seinen Sohn prüfend an und nickte schließlich. Er hatte das
Konzept durchschaut, aber da dies eine gangbare Strategie erschien, um Streit
zu vermeiden, spielte er mit.

Zum großen Festessen erschien natürlich auch Onkel Harald. Er trug lustige
grüne Hosen, die unten weit ausgeschnitten waren, wie bei einem
altmodischen Zimmermann. Aus dem riesigen Schlag ragten ein paar modische
schwarz-weiße Stiefel mit hohen Hacken hervor. Vielleicht sollten die
merkwürdigen grünen Hosen mit der Farbe des Tannenbaums harmonieren.
Onkel Harald legte viel Wert auf seine Kleidung und kam stets topmodisch
gestylt, vielleicht weil er im Alltag vorgeschriebene Uniformen tragen musste.
Erics Eltern machten sich dagegen nichts aus Mode. Vor allem die Mutter
verwandte einige Mühe darauf, sich so zu kleiden, dass alle merkte, dass ihr die
Kleidung egal war. Das nannte man alternativen Stil und der war seit einigen

Jahren sehr in Mode. Eric fand die ausgefallenen Outfits des Onkels ziemlich witzig.

Der Bruder des Vaters inszenierte sein Kommen als besonderen Auftritt. Er balancierte riesige Geschenke ins Wohnzimmer und war hinter den glitzernden gigantischen Schachteln selbst kaum zu sehen. Theatralisch platzierte er seine spektakulären Präsente so am Fuße des Tannenbaums, dass die anderen Sachen fast keinen Platz mehr fanden.

„Er muss es immer übertreiben", knurrte der Vater halblaut.

Seine Laune war schon wieder im Keller, denn er selbst hatte in Ablehnung des alljährlichen Kaufrausches nur zwei kleine Geschenke für die Eltern mitgebracht. Bei jeder sich bietenden Gelegenheit trugen die beiden Brüder einen Wettstreit aus, wer der bessere Sohn war. Diesmal lag, wenn man Geschenkgröße als Kriterium anlegte, Onkel Harald uneinholbar in Führung und das wurmte den Vater sichtlich. Mit schmollendem Gesichtsausdruck meckerte er über Belanglosigkeiten, nur um den Bruder zu ärgern. Der Großvater, der den nächsten veritablen Familienkrach schon um die Ecke kommen sah, blickte seine Söhne streng an, erzielte aber kaum die erwünschte Wirkung.

Als es ans Auspacken der Gaben ging, erhielten allerdings nicht Onkel Haralds teure Präsente die größte Aufmerksamkeit. Eric hatte dieses Jahr etwas Besonderes für die Großeltern angefertigt und im Kunstunterricht ein Bild gestaltet, das mit Unterstützung des Kunstlehrers wirklich außergewöhnlich gut gelungen war. Es zeigte ein Gut auf einem sanften Hügel in Galizien, über das sich ein schwerer dunkelblauer Sommerhimmel spannte. Endlose goldgelbe Getreidefelder zogen sich rings um das Gebäudeensemble bis an den Horizont.

Als Vorlage hatte Eric sich vom Vater ein Foto des alten Gutshofes besorgt. Seine Versuche, diesen möglichst getreu abzuzeichnen, hatten allerdings zu keinen überzeugenden Ergebnissen geführt. Der Kunstlehrer hatte geraten, zunächst zu überlegen, was ihm an dem Motiv besonders wichtig erschien. Im nächsten Schritt hatten sie erörtert, wie sich diese bedeutsamen Bestandteile am besten zeichnerisch umsetzten ließen. Eric hatte allmählich verstanden, dass es nicht darauf ankam, ein vergilbtes Foto zu kopieren, sondern seine inneren Ideen in ein konkretes Bild zu formen, das er auch zu zeichnen vermochte. Das hatte sich schwierig erwiesen und erst der vierte Anlauf hatte den eigenen Ansprüchen genügt. Die größte Herausforderung war die Darstellung der Personen gewesen, denn Eric wollte die Großeltern mit auf das Bild bringen. Das Geschenk verkörperte die künstlerische Umsetzung einer verlorenen Welt. Die Oma bekam feuchte Augen und drückte Eric einen feuchten Kuss auf die Wange, was dieser mit eiserner Miene über sich ergehen ließ.

Eric merkte an den Reaktionen, dass sein Bild neben Freude auch eine Menge Schmerz auslöste. Die wehmütigen Schwingungen im Raum gingen so weit, dass er selbst den Verlust von etwas spürte, das er selbst niemals gesehen hatte.

Das Werk hatte die Absicht des Künstlers gut transportiert, fast ein wenig zu gut. Denn die Sehnsucht, die es auslöste, war nicht einzulösen. Das ursprüngliche Gebäude existierte nicht mehr, die Gesellschaft hatte sich verändert und die dortige Regierung wurde von Leuten gebildet, die keine Gutshöfe mehr duldeten. Erics Bild zeigte die Vergangenheit, eine Wirklichkeit, die im Wortsinn vergangen war. Man konnte sich hinträumen oder wie die Großeltern wehmütig zurückerinnern, aber diese Welt war endgültig zerstört.

Onkel Harald gelang es schließlich, über seine humorvolle Art, die Stimmung wieder zu heben. Er erzählte witzige Anekdoten und obwohl die meisten Pointen nicht wirklich brillant waren, stiegen die anderen nur allzu gerne darauf ein. Tatsächlich gaben sich diesmal alle Beteiligten Mühe und so verging dieses Weihnachtsessen ausnahmsweise konfliktfrei.

Später am Nachmittag wurden die leckeren Kuchen in Angriff genommen, das Highlight bildete mal wieder Omas berühmter Apfelkuchen. Die Früchte stammen von Obstbäumen aus dem Garten und schmecken auch gebacken unvergleichlich. Für einige Minuten kauten alle zufrieden vor sich hin, nur ein paar dicke Stubenfliegen brummten störend umher und wollten auch Kuchen. Nach dem alle, einschließlich der Fliegen, mehr als satt waren, begannen die Gespräche wieder. Der Onkel erzählte von seinem neuen Auto, einem Ford Capri mit 6 Zylindermotor, den er im neuen Jahr bekommen würde. Eric lauschte sehr interessiert, aber das Thema passte dem Vater nicht, denn er fühlte sich mit seiner alten Rostlaube wieder einmal zurückgesetzt. Es dauerte daher nur wenige Minuten, bis sich die beiden wieder in den Haaren hatten.
Eric schnappte sich genervt ein Stück Marmorkuchen sowie die warme Jacke und begab sich zum Altrhein.

Gedankenverloren und mit vollem Bauch knabberte er den weißen Kuchenteil ab, um sich den besser schmeckenden dunklen aufzusparen. Die Existenz von

Marmorkuchen erschien mysteriös. Jeder mochte den Schokoanteil lieber und es blieb ein Rätsel, warum man dann nicht gleich nur dunklen Teig verwendete. Andererseits schmeckte beim Marmorkuchen das Dunkle vielleicht deswegen so gut, weil man zuerst den anderen Teil essen musste.

Am frühen Abend stand bei leichtem Schneegestöber und entsprechend zähem Verkehrsfluss die Rückfahrt an. Millionen von Deutschen besuchten am ersten Weihnachtstag den dafür vorgesehenen Teil der Verwandtschaft, weshalb die Staus auf den überlasteten und glitschigen Autobahnen ziemlich lang ausfielen aus.

Sie tuckerten durch die zahllosen Stockungen gemächlich vor sich hin. Auf dieser beschwerlichen Heimfahrt wurde das Reisetempp einmal nicht durch die mangelhafte Leistung des Renaults verlangsamt. Eric überlegte, dass es doch viel geschickter wäre, dieses weihnachtliche Verkehrsaufkommen besser zu steuern. Beispielsweise könnten alle mit gerader Autonummer am ersten Weihnachtstag fahren, die anderen am zweiten. Aber wahrscheinlich wäre das nicht durchsetzbar. Auch wenn die Deutschen normalerweise folgsam den Vorgaben von Oben gehorchten, ließen sie sich hinsichtlich Auto nichts verbieten.

So ruckelte und hustete sich der altersschwachen Wagen, der die nasskalte Witterung nicht mochte, tapfer von Stau zu Stau.

Der Vater gab sich schweigsam und Eric beschäftigte sich mit dem weihnachtlichen Geschenkgutschein der Großeltern. Dieser war in eines der kleinen christlichen Heftchen eingelegt, das ihm die Oma bei jedem Besuch zusteckte, ‚weil er ja zuhause nichts mitbekam‘.

Eric hatte sich beim letzten Besuch geklagt, dass sein Fahrrad zu klein geworden sei und über keine vernünftige Gangschaltung verfüge. Da die Eltern bislang weder Zeit noch Geld gefunden hatten, das Problem zu lösen, waren die Großeltern mit einem großzügigen Betrag in die Bresche gesprungen, der ein sportliches Rad ohne Schwierigkeiten finanzierte.

Eric es konnte kaum erwarten, den Gutschein in ein Fahrrad umzuwandeln und stattete mit Cleo bereits am nächsten Werktag Zweirad Meier einen Besuch ab. Der bekannte Fahrradhändler bot eine gute Auswahl an zweirädrigen Flitzern aller Art und hatte einen besonderen Bereich für die Jugend eingerichtet. Dieser war mit Werbepostern an die junge Zielgruppe tapeziert und aus Lautsprechern an der Decke tönten leise die neusten Lieder der Hitparade. Das ungewöhnliche Geschäftskalkül schien aufzugehen: Wenn Jugendliche mit zwölf oder dreizehn bei Meier ein Fahrrad kauften und damit zufrieden waren, kamen sie zwei Jahre später wieder, wenn es um ein Mofa ging. An diesen motorisierten Fahrrädern und erst recht an den Motorrädern für die Sechzehnjährigen ließ sich deutlich mehr verdienen, als an den simplen Drahteseln. Es lohnte, die Jugend durch ein entsprechendes Ambiente und Angebot zu umwerben und durch guten Service zu binden. Fahrräder für Erwachsene waren bei Meier nur noch ein Nischenprodukt, sie verkauften sich in der Autonation Deutschland ähnlich erfolgreich wie Kühlschränke am Nordpol.

Daher wurden Eric und Cleo nicht wie üblich als Kunden dritter Klasse schief angesehen, als sie ohne erwachsene Begleitung mindestens eine Stunde lang verschiedene Räder ausprobierten. Sorgfältig begutachteten sie die Ausstellungsstücke in trendigen Farben, wobei sich rasch ein Favorit herauskristallisierte. Ein Rad in edlem Grünmetallic und Zehngangschaltung hatte sich erfolgreich in Erics ‚Willhaben-Bewusstsein‘ geschlichen.

„Besonders schick finde ich die gegabelte Stange aus zwei dünnen Streben als oberes Rohr.“

„Stimmt! Das sieht klasse aus und ich habe es noch nie an einem anderen Rad gesehen“

„Es hat außerdem eine gute Gangschaltung, damit haben wir dann endlich Gleichstand. Du saust mir nicht mehr davon!“

„Das wollen wir erst mal sehen“, lachte Cleo.

Dank des großzügigen Geschenks konnte dieses schicke Zweirad nach einer längeren Probefahrt den Besitzer wechseln.

Wie immer waren die Ferien viel zu rasch zu Ende und die Schule begann mit weiterhin ziemlich unfreundlicher Witterung. Der Wind wehte leichten Niesel über den Schulhof und die Kastanien hatten ihre restlichen Blätter verloren und boten keinen Schutz mehr vor der Witterung. Die traurigen Blattreste lagen als schmieriger Matsch auf den Sitzplattformen und sorgten dafür, dass niemand Lust verspürte, sich zu setzen. Daher verzehrten Cleo, Caissy und Eric ihre Pausenbrezeln unter dem Dach des Fahrradschuppens.

„Wie war es denn in Irland?"

„Soweit schön, das Wetter war besser als hier. Ich war froh, die Großeltern und alte Freunde zu sehen. Aber es gibt viele Probleme auf unserer Insel. Die Leute sind sehr arm und viele haben keine Arbeit oder Hoffnung. Das dann macht selbst Weihnachten traurig."

„Hierzulande gibt es auch viele Arbeitslose", erwiderte Eric, der sich an einen jüngst erschienenen Zeitungsartikel zum Thema erinnerte.

„Es ist nicht vergleichbar mit Irland. Die Insel und die Menschen sind wirklich arm, das kennt ihr hier nicht. Deshalb wir sind froh, dass wir nach Deutschland gekommen sind, auch wenn uns die Freunde und das Meer fehlen."

„Wir sind auch froh, dass du da bist!", bestätigte Cleo und legte ihren Arm um die Freundin.

„Wir müssen aber noch finden den Dieb. Mein Vater ist immer noch unter Verdacht. Wenn wir nicht ihn entlasten können, er verliert vielleicht Arbeit im Nuklearzentrum", teilte Caissy ihre Befürchtungen mit. Ihr Gesichtsausdruck spiegelte die existentiellen Sorgen, die in ihr rumorten.

„Wir nehmen unsere Nachforschungen wieder auf. Wir, die C-E-C Agentur werden den Dieb finden!", Cleo hob theatralisch die Hand, um diesen Vorsatz zu bekräftigen.

„C-E-C Agentur?", wunderte sich Caissy.

„Die Caissy, Eric und Cleo Agentur zu Aufklärung mysteriöser Sachverhalte.";
erläuterte die Chefdetektivin, die sich dieses Idee aus ihren zahllosen
Detektivromanen abgeschauft hatte.

„Wenn wir nur diesen Mercedes finden könnten. Sollen wir heute noch mal im
Internationalen Viertel auf Streife gehen?", schlug Eric vor.

„Let's do it", befand Caissy, die alles unternehmen würde, um die drohende
Gefahr von ihrem Vater abwenden.

Entsprechend befanden sich die Freunde am späten Nachmittag wiederum auf
Patrouille und trotzten bibbernd dem Nieselregen und Temperaturen knapp
über dem Gefrierpunkt.

Als sie mit klammen Händen und Füßen die sechzehnte Runde drehten und
bereits aufgeben wollten, hörten sie das Heranbrummen eines schweren
Wagens.

Diesmal reagierten alle blitzschnell. Als der dunkelgrüne Mercedes
vorbeischoss, rief Cleo:

„B-AT 35!"

„Exactly!", bestätigte Caissy.

Cleo kritzelte das Kennzeichnen schnell in ihr Notizbuch und erkundigte sich:

„Hat jemand mehr vom Fahrer erkannt?"

„Nicht wirklich, ich glaube, es war ein eher dicker Mann. Aber ich habe mich
hauptsächlich auf das Nummernschild konzentriert", erklärte Eric.

Das war den beiden anderen ähnlich ergangen, weshalb Cleo zum Fahrer nur
‚vielleicht dicker Mann' notierte.

„Immerhin wir haben nun das Kennzeichen", stellte Caissy mit Genugtuung
fest.

Kurze Zeit später saßen sie beim Aufwärmtee auf den modernen
Plastikstühlen der O'Briainschen Wohnung.

„Wir könnten geben der Polizei die Nummer“, überlegte Caissy, während sie zur Belohnung ihres Erfolgs eines der berühmten Spezial-Plätzchen ihrer Großmutter knabberte, von denen zwei große Blechdosen die Reise von der Insel nach Deutschland mit angetreten hatten.

„Ich weiß nicht. Eigentlich will ich diesen Polizisten nicht den Triumph lassen. Wenn wir ihnen das Kennzeichen weitergeben, dann sacken sie den ganzen Erfolg für sich ein“, befürchtete Chefermittlerin Cleo.

„Wenn sie es überhaupt richtig auf die Reihe bekommen. Bislang haben sie ja ziemlich stümperhaft ermittelt“, ergänzte Eric.

„Aber wie wir können herausfinden die Identität?“

„Das ist wirklich schwierig“, bestätigte Cleo.

„Ich könnte meine Mutter und ihre Reporterfreundin fragen. Die kennen Methoden, um so etwas zu recherchieren“, schlug Eric vor.

„Aber was werden sie sagen, wenn du ihnen die ganze Geschichte erzählst?“

„Das wird eher unkompliziert. Journalisten finden es normal, das man in irgendetwas herumstochert und ein bisschen trickst, um zu Erkenntnissen zu kommen“, behauptete Eric.

Er sollte recht behalten. Die Mutter und Ina zeigten sich höchst interessiert und verschwendeten keine Zeit mit Nachfragen, wie und warum die drei Jugendlichen die Nachforschungen angestellt hatten.

„Das sind wirklich interessante Informationen, danke schön Eric. Ich kenne jemanden, der uns behilflich sein wird, den Halter des Wagens herauszufinden. Es ist ein Berliner Kennzeichen, also nicht aus unserer Stadt“, stellte Ina fest, während sie sich eifrig Notizen machte.

„Wir haben das Auto im Wald am Tag des Diebstahls gesehen und dann später wieder im Internationalen Viertel.“

„Ich schlage dir ein gutes journalistisches Geschäft vor: Ich finde raus, wem der Wagen gehört und dafür darf ich die Informationen ebenfalls verwerten, einverstanden?“

„Aber ohne die Kinder mit reinzuziehen!“, schaltete sich die Mutter in einem ihrer seltenen Anfälle von Fürsorglichkeit ein.

„Klar doch Maren, keine Frage. Wir sprechen hier nur von der allseits bekannten und beliebten *gut informierten, ungenannten Quelle*“, lächelte Ina.

Als die Journalistin gegangen war, zweifelte Eric, ob er die Sache richtig eingefädelt hatte. Die Mutter beruhigte ihn:

„Du kannst dich auf Ina verlassen. Was ihren Journalismus betrifft, ist sie zwar gierig wie eine Hyäne, denn das ist in diesem Beruf die einzige Möglichkeit, Erfolge zu verzeichnen. Aber sie wird sich dir gegenüber an ihre Versprechen halten. Wenn du etwas aus der Sache lernen willst, dann Folgendes: Immer erst die Bedingungen aushandeln und dann die Informationen preisgeben“, belehrte die Mutter mit einem Lächeln.

Eric nickte.

Ina arbeitete schnell. Bereits am nächsten Abend verfügte sie über Neuigkeiten.

„Der Wagen ist als Geschäftsfahrzeug auf eine Berliner Import-Export-Firma zugelassen. Geschäftsführer ist ein gewisser Stanislaw Peralski.“

„So so, Import-Export-Firma also“, echote die Mutter.

Eric sah sie fragend an und sie erklärte.

„Natürlich gibt es Firmen, die seriös Dinge importieren und exportieren. Aber sehr häufig sind solche Firmen nur der Deckmantel für unterschiedliche schmutzige Geschäfte.“

„Also Schmuggel und so?“, überlegte Eric.

„Oder andere zwielichtige Machenschaften. Firmen mit Sitz in Berlin haben meist irgendetwas mit dem Ostblock am Laufen“, erklärte Ina.

„Warum das denn?“

„Berlin ist eine Insel. Wenn du etwas einfach nur schmuggeln willst, um bei deinem Beispiel zu bleiben, dann bringst du es nicht nach Berlin, weil du es von da kaum wieder unkontrolliert weg bekommst. Das lohnt also nur für

Geschäfte mit dem Ostblock, die über die DDR laufen."

Eric nickte. Es stimmte, West-Berlin war eine ummauerte Stadt und man konnte von dort nur über unzählige Kontrollen nach Westdeutschland gelangen.

„Aber sind wir denn nun weitergekommen?"

„Aber natürlich! Die liebe Maren wird jetzt gleich morgen nach Berlin fahren und ein paar Bilder von dieser Firma in Tempelhof machen", strahlte Ina.

„So werde ich das?", die Mutter schaute skeptisch und schien keineswegs einverstanden, dass Ina ohne Rückfrage über ihre Zeit verfügte.

„Du wolltest doch ohnehin nochmals nach Berlin, um Bilder von dem Kongress zu machen. Da kannst du doch auch einen Tag früher fahren und unseren Auftrag gleich mit erledigen."

„Nur wenn du dich an den Übernachtungskosten beteiligst. Woher weißt du, dass die Firma im Stadtteil Tempelhof ist?"

„Ich besitze einen Stadtplan von Berlin und habe nachgesehen. Scheint eine nicht besonders nette Gewerbegegend zu sein. Also genau das richtige Set für dich, um ein paar stimmungsvolle Aufnahmen zu machen."

VIII.

Der Grenzsoldat stieß die Abteiltür mit solcher Wucht auf, dass diese lautstark an den Anschlag knallte und in ihrer Führung einige Sekunden nachvibrierte. Der Grenzer wartete genüsslich, bis die Abteilscheiben wieder zur Ruhe gekommen waren und donnerte dann im Kommandoton:

„Ihre Reisepapiere"

„Bitte", antwortete Erics Mutter kühl.

Sie kannte dieses Procedere bereits von früheren Berlinreisen. Die DDR Grenzschützerer ließen die westlichen Besucher nur allzu gerne ihre Macht spüren. Die verhassten Kapitalisten sollten merken, dass sie die gut bewachte Grenze zum ersten Arbeiter- und Bauernstaat auf deutschen Boden überschritten.

West-Berlin lag als Insel im Gebiet der Deutschen Demokratischen Republik, welche im Zeitungsdeutsch lange Zeit als ‚sogenannte DDR' bezeichnet wurde. Das vorangestellte Wort ‚sogenannte' sollte ausdrücken, dass die Bundesrepublik Deutschland die sowjetische Besatzungszone östlich der Elbe nicht als eigenständigen Staat anerkannte und von tiefstem Herzen ablehnte. Die tiefe Abneigung beruhte durchaus auf Gegenseitigkeit.

„Zweck der Reise?"

„Verwandtenbesuch, meine Tante Gisela, genauer meine Erbtante Gisela Schmutzke. Sie erwartet regelmäßige Besuche", log Maren gekonnt und setzte ein leichtes Lächeln auf.

Es wäre unklug gewesen, ihre journalistische Tätigkeit zu offenbaren. Die DDR Sicherheitsorgane hatten ein tief verankertes Misstrauen gegen westliche Journalisten, die für sie in die Kategorie Spione oder wahlweise feindliche Agitatoren fielen. Die erfundene Erbtante hatte schon bei früheren Besuchen der ehemaligen deutschen Hauptstadt gute Dienste geleistet.

Mittlerweile durchsuchte ein zweiter Grenzsoldat ihren kleinen Reisekoffer. Als erfahrene innerdeutsche Grenzgängerin hatte Maren nichts eingepackt, was Missfallen erregen konnte. Zeitschriften, Bücher oder auch nur Modejournale wurden häufig konfisziert. Ob dies tatsächlich geschah, weil man den Sozialismus vor gefährlichen kapitalistischen Inhalten schützen wollte oder nur für die Ehefrauen kostenlose West-Lektüre besorgte, hatte Maren noch nicht herausgefunden.

Leider musste sie sich auch in der Fotoausrüstung beschränken, denn ihr großer Fotokoffer hätte nicht zur Geschichte mit der Erbtante gepasst und sofort Misstrauen erregt. Daher befand sich nur die alte kleine Leica in ihrer Handtasche, die sie schon vor Jahren mit einigen Kratzern im Gehäuse gebraucht gekauft hatte. Das deutsche Meisterwerk ermöglichte auch mit abgewracktem Aussehen stets hervorragende Bilder. Dennoch ging die Leica mit einem kleinen Rimini-Aufkleber an der Lederhülle vor den strengen Grenzschutzaugen als Touristenkamera durch und stellte somit keine Gefahr für das im Aufbau befindliche sozialistische Paradies dar. Der Grenzer wühlte noch weitere Minuten durch die kleine Handtasche, bis er überzeugt war, dass sie nichts enthielt, was den unabwendbaren Sieg des Kommunismus aufzuhalten in der Lage war. Wahrscheinlich war für eine Kontrolle eine gewisse Mindestzeit vorgeschrieben, weshalb die Grenzsoldaten auch bei kleinem Gepäck so lange alles auseinandernahmen, bis sie das Soll erfüllt hatten.

Nachdem dreißig Minuten später alle und alles bis in das letzte Unterhöschen überprüft waren, ruckte der Zug wieder in Fahrt. Bis West-Berlin erreicht wurde, durfte niemand ein- oder aussteigen. Auch das Fotografieren aus dem Zugfenster war offiziell verboten. Aber Maren hielt sich nicht daran. Sinnlose Verbote erweckten in ihr den geradezu unwiderstehlichen Drang, dagegen zu verstoßen. Allerdings mussten die Aufnahmen mit der nötigen Vorsicht gemacht werden. Man konnte nie wissen, ob nicht ein Spitzel mit im Abteil saß und so knipste Maren entweder von der Toilette oder manchmal im Gang, wenn dieser leer war.

Einige Stunden später rollte sie in den Berliner Bahnhof Zoo, wo die Transit-Züge endeten. Maren fuhr mit der S-Bahn in eine kleine Pension, die sie von früheren Aufenthalten kannte. Es war zu spät, um noch zu der herausgefundenen Adresse zu fahren, das musste auf den nächsten Tag geschoben werden.

Nach einem eher bescheidenen Frühstück, offenbar schlug der günstige Preis der Übernachtung überproportional negativ auf die Frühstückqualität durch, begab sie sich zur Import-Export-Firma Peralski. Die Straße lag in einer heruntergekommenen Gegend unweit des Flughafens. In Berlin waren die Schäden des letzten Krieges, obwohl er bereits über 30 Jahre zurücklag, noch vielfach sichtbar. In nahezu jeder Straße gab es Baulücken und Brachflächen, die von zerstörten Häusern stammten, die nicht wieder aufgebaut worden waren. Alles außerhalb einiger Prachtstraßen und der Villenviertel wirkte heruntergekommen, grau und ungepflegt. Der ehemaligen Hauptstadt fehlte es sehr sichtbar an Geld, die meisten Hausfassaden zeugten von Mangel und ungehindertem Zerfall.

Import-Export Peralski verbarg sich hinter einem hohen Eisengitter, welches einen unaufgeräumten Hof mit wild herumstehenden Kisten und Containern von der Straße abtrennte. Dahinter war das Rolltor einer zweigeschossigen Halle zu sehen. Die Sonne blinzelt durch ein paar kleine Wolkenlücken und lieferte genau das Licht, nachdem eine Fotografin gierte. Mit schönen Hell-Dunkelkontrasten ergab die abgewrackte Gewerbeeinheit ein effektheischendes Motiv, das auch im Schwarz-Weiß Rasterdruck einer Zeitung noch gut herauskommen würde. Rasch schoss Maren einige Bilder aus unterschiedlichen Blickwinkeln. Sie folgte nach so vielen Jahren seit der Ausbildung den Empfehlungen ihres alten Lehrmeisters, der stets die These vertreten hatte, *Bilder immer sofort machen, bevor etwas dazwischenkommt!*

Die Fotografin ging eine Straßenecke weiter und versuchte von Passanten etwas über die Firma zu erfahren. Ihr Bemühen erwiesen sich als grandios erfolglos.

„Was in dem Schuppen sich abspielt, wollnse wissen?", schrie die schwerhörige alte Dame.

Maren nickte.

„Hörense, det weess ick nich und muss ich och nich wissen!"

Die alte Dame schüttelte ihren Kopf in einer Mischung aus Empörung über die Belästigung und zur Bekräftigung ihrer Unwissenheit.

„Import-Export Peralski? Was die machen? Ick würde ma sagen, importieren und exportieren, wa?", der junge Mann mit Schiebermütze über der Halbglatze lachte meckernd über seinen wenig gelungenen Witz und setzte seinen Weg fort.

Niemand schien der unscheinbaren Hinterhoffirma irgendeine Beachtung zu schenken. Gleichzeitig ließen die Befragten in typischer Berliner Direktheit erkennen, das Frau Westtouristin möge gefälligst jemand anderen belästigen und man keine Zeit für dumme und überflüssige Fragen habe.

Maren gab daher nach dem vierten Versuch auf und entschied sich für eine direkte Erkundung.

Eine Klingel fand sich am Hoftor nicht, also schob sie es kurzentschlossen etwas zur Seite und trat ein. Das Rolltor der Halle war fest verschlossen aber an einer Seite fand sich eine kleine Stahltür.

„Viel Wert auf Kunden scheint man hier nicht zu legen", murmelte Maren zu sich selbst.

Immerhin befand sich hier eine Klingel, die schief an zwei Drähten über bröckelndem Putz hing. Maren drückte vorsichtig und zu ihrer Überraschung bekam sie keinen Stromschlag, sondern es erklang entfernt ein Summen. Dies blieb jedoch die einzige Reaktion. Sie betätigte den Signalgeber abermals und ließ dieses Mal den Finger fest und ausgiebig darauf ruhen.

Schließlich hörte sie von innen näher kommende Schritte. Ein Riegel wurde beiseite geschoben und ein untersetzter Mann in braunem Rollkragenpullover und schmutziger blauer Arbeitscordhose sah sie fragend an:

„Was wolln se?", nuschelte er.

Maren brauchte einige Momente, um den Sinn der im breitesten Berlinerisch hingerotzten Laute zu erfassen.

„Guten Tag. Mein Name ist Baumgartner, Thea Baumgartner."

„Ja und...kann ich da was für?"

„Ich hatte das Schild draußen gesehen, Import-Export."

„Und...?"

„Ich war vorigen Monat in Urlaub, in Zypern. Dabei habe ich einige Antiquitäten erstanden. Es dauerte bis die Formalien alle erledigt waren, aber jetzt ist es soweit."

„Mppfff...!", das Interesse des Mannes an Antiquitäten aus Zypern schien aufgrund unbekannter weltanschaulicher Vorbehalten äußerst gering.

„Ich dachte Ihre Firma könnte mir nun beim Transport, beim Import behilflich sein."

„Det machen ma nit!", grunzte der Mann.

„Aber ich dachte, Sie..."

In diesem Moment kam ein zweiter Mann die Treppe herab und erkundigte sich :

„Was ist los? Worum geht es?"

Maren wiederholte in Kurzform ihr Anliegen.

Der zweite Mann hatten offenbar den beliebten Fernlehrgang absolviert ‚Wie trete ich im Kundenkontakt nicht als kompletter Vollidiot auf?'

Maren erhielt eine etwas ausführlichere Abfuhr in verständlichem Deutsch und untermalt von einem falschen, aber einigermaßen freundlich wirkenden Lächeln:

„Tut mir leid, Frau Baumgartner, aber wir sind spezialisiert auf Importe aus Polen und können daher nicht behilflich sein. Ich wünsche Ihnen einen schönen Tag."

Die Tür schloss sich dicht vor Marens Nase und diese stapfte verärgert in den Hof. Sie blieb mehrmals stehen und schoss noch einige schnelle Bilder mit ihrer Leica bevor sie sich zur nächsten S-Bahnstation begab.

Von dort rief sie ihre Freundin Ina an und berichtete.

„Also so richtig viel habe ich nicht herausgefunden", fasste sie abschließend zusammen.

„Sei nicht so pessimistisch, wir werden daraus schon eine gute Story basteln. Ich gebe dir noch die Telefonnummer eines Reporterkollegen. Vielleicht hat der in seinem Zeitungsarchiv etwas über unsere merkwürdige kleine Hinterhoffirma."

„Das glaube ich kaum, aber wir können es versuchen.“

Die Skepsis der Fotografin erwies sich als berechtigt, denn auch Inas Pressekontakt konnte keine weiteren Fakten liefern.

Maren erledigte am nächsten Tag ihren eigentlichen Fotoauftrag und fuhr mit dem Abendzug zurück, da ihr nicht der Sinn nach einem weiteren schlechten Frühstück in der Pension stand.

Nach langer Zugfahrt zu Hause angelangt, fand eine Lagebesprechung bei Ina im Wohnzimmer statt.

Die Reporterin fasste den Kenntnisstand zusammen:

„Alles deutet darauf hin, dass es sich um eine Briefkastenfirma handelt. Wahrscheinlich werden über diesen Laden krumme Geschäfte abgewickelt und ziemlich sicher haben sie mit dem Diebstahl im Atomzentrum zu tun. Immerhin wurde dabei der Wagen der Geschäftsführung benutzt. Was machen wir daraus?“

Eric schaute erwartungsvoll zu seiner Mutter, die müde von der langen Fahrt nur mit den Schultern zuckte, weshalb Ina selbst das weitere Vorgehen festlegte, was sie ohnehin vorgehabt hatte.

„Hey! Schaut nicht so deprimiert aus der Wäsche. Wir haben jetzt zwar nicht den spektakulären Durchbruch erzielt, aber wir werden mit bewährten journalistischen Methoden aus Halbwissen schließlich Wissen erzeugen“, rief die Reporterin mit aufmunternder Stimme.

„Wie willst du das anstellen?“

„Wir verfassen einen Artikel mit dem bewährten Mix aus Fakten und Spekulation und reizen damit Behörden und Täter zu einer Reaktion. Ich werde meinen Kollegen Harry in Berlin bitten, nach dem Erscheinen mal ein Auge auf diese Hinterhoffirma zu haben und zu schauen, ob sich da was tut.“

„Aber wie willst du unsere Informationen verwenden, ohne die Kinder mit reinzuziehen?“

„Dafür werden wir erneut den schon legendären unbekannten Informanten aus der Atomanlage bemühen. Er hat sich mit anonymen Briefen an uns gewandt und die Informationen geleakt."

„Geleakt?", wunderte sich Eric.

„Das ist ein Begriff aus der amerikanischen Presse. Er bedeutet soviel wie, Geheimnisse nach außen geben oder durchstechen. Vereinfacht drückt es aus, dass vertrauliche Informationen weitergegeben wurden", erläuterte Ina.

„Ich verstehe, dadurch musst du nicht sagen, woher genau du die Informationen hast", überlegte Eric.

„Exakt! Außerdem kann ich mich, wenn sich irgendeine meiner Spekulationen als grob falsch herausstellt, immer damit herausreden, dass der unbekannte Informant es so vermittelt hat."

„Oder du es zumindest so gehört hast", ergänzte die Mutter mit einem Lächeln.

„Ich sehe, wir verstehen uns und sind uns alle einig, oder?"

Die Journalistin blickte Eric an und dieser nickte.

„Darf ich beim Artikel wieder helfen?"

„Klar doch, wir brauchen alle fähigen Leute an Bord. Das wird nicht einfach werden. Wir müssen vorsichtig formulieren, damit die Polizei uns und der Zeitung keinen Vorwurf machen kann."

„Du meinst, weil wir die Informationen nicht zuerst ihnen gemeldet haben?", erkundigte sich Eric.

„Du hast das Problem genau erfasst", nickte Ina.

Es wurde ein anstrengender Nachmittag, aber zwei Tafeln Schokolade und drei Kannen Tee später stand der Text und alle Beteiligten blickten erschöpft aber zufrieden auf das Ergebnis.

Die Mühe sollte sich lohnen, denn am nächsten Montag erschien der Artikel in mehreren Zeitungen in großer Aufmachung und sorgte für erheblichen Wirbel, nicht zuletzt auf dem Pausenhof der ehrwürdigen Schule.

„Habt ihr gelesen diesen Artikel?", Caissy wedelte mit rotem Kopf aufgeregt die Zeitung durch die Luft.

Eric nickte und verschwieg, dass er ihn nicht nur gelesen, sondern geholfen hatte, ihn zu verfassen. Diese Vorsicht erwies sich im nächsten Moment als höchst weitsichtig, denn Caissy kochte vor Wut.

„Immer hackt diese blöde Kuh auf der Atomkraft herum. Ich könnte sie zerreißen in Luft!"

Cleo nahm ihr das Blatt aus der Hand, um sich selbst ein Bild zu verschaffen.

Sie fand für morgendliche Zeitungslektüre einfach keine Zeit in den wenigen Minuten zwischen Aufstehen und aus dem Haus stürmen, um die Bahn nicht zu verpassen.

Sie überflog hastig die Zeilen, sie endeten mit einem für Ina typischen, provokanten Schlussabsatz:

„Anscheinend ist gefährliche Atomforschung in Deutschland so schlecht gesichert, das Gauner oder Agenten aus Drittstaaten diese mühelos stehlen können. Niemand mag sich ausmalen, was ungute Geister mit diesem Wissen anstellen können."

„Seht ihr, immer gegen Atom! Immer ist alles gefährlich!", rief Caissy mit rot glühendem Gesicht.

„Aber so funktioniert ihre Arbeit. Sie will Informationen aus den Behörden herauslocken", argumentierte Eric beschwichtigend.

Er hatte damit keinen Erfolg.

„Sie schreibt nur gegen Nuklear und du oder deine Mutter haben ihr unsere Informationen gegeben!"

„Damit die Polizisten endlich an der richtigen Stelle suchen und deinen Vater in Ruhe lassen!"

Cleo nickte bekräftigend, aber es half nichts.

Caissy stürmte verärgert davon und die zurückgeblieben sahen sich ratlos an.

„Die fängt sich schon wieder. Sie erlebt jede Kritik an Atomkraft als Angriff gegen ihren Vater. Da kann man nicht viel machen. Ich finde die Strategie dieser Reporterin ziemlich clever. Wenn die Gangster das lesen, werden sie nervös und machen vielleicht Fehler oder geben sich mit einer überstürzten Flucht zu erkennen", sinnierte Cleo.

Eric kaute nervös den Rest seiner Brezel. Er war unglücklich über Caissys heftige Reaktion.

„Wenn die Gauner wirklich abhauen, wäre es vielleicht gut, heute noch mal ins Internationale Viertel zu fahren. Vielleicht stoßen wir wieder auf den Mercedes", überlegte Cleo.

„Okay, nach der Schule. Aber heute gibt es wahrscheinlich keine irischen Kekse nach dem Streifengang."

Mit dieser Vermutung hatte Eric ins Schwarze getroffen, denn Caissy war nach Unterrichtsende ohne Abschied mit einer anderen Straßenbahn gefahren.

Daher gingen die Freunde wenig später zu zweit auf Patrouille. Bald dunkelte es und graue Wolkenberge kündigten neuen Regen oder Graupel an.

„Meinst du, das hat noch viel Zweck?", erkundigte sich Eric zweifelnd und rieb sich die vor Kälte steifen Finger.

„Lass uns noch zwei Runden drehen. Mein Bauchgefühl sagt mir, dass die heute bei Einbruch der Dunkelheit abhauen."

Eric blickte sie zweifelnd an, widersprach aber nicht.

Das Bauchgefühl sollte recht behalten. Sie bogen gerade auf ihrer zweiten Runde um eine Ecke, als der gesuchte Wagen aus einer Tiefgarageneinfahrt hochbrauste.

„Da!", rief Cleo und rannte los. Eric folgte ihr ohne nachzudenken. Die beiden knallten daher in die unvermittelt geöffnete Fahrertüre des Wagens und purzelten auf den Gehweg.

„Autsch!", rief Cleo.

„Mir leidtut!", brummte eine Stimme.

„Mir auch!", erwiderte Cleo spontan und rieb sich ihren Ellbogen, während sie den Mann betrachtete.

Er war etwa 30 Jahre alt, untersetzt und etwas moppelig. Das Gesicht war unrasiert und wirkte wie die dunklen Haare wenig gepflegt. Über kleinen braunen Knopfaugen berührten sich buschige Augenbrauen fast über der breiten Nasenwurzel.

Cleo versuchte sich so viele Merkmale wie möglich einzuprägen, damit sie bei Bedarf eine gute Beschreibung geben konnte.

Während sich die Freunde aufrappelten, gab eine unfreundliche Stimme lautstark in einer fremden Sprache Befehle. Die gebellten Anordnungen kamen aus dem Fond des Wagens. Cleo konnte durch die abgedunkelten Scheiben nur die Umrisse eines großen, kräftigen Mannes mit Vollbart wahrnehmen. Allzu intensiv getraute sie sich nicht zu starren, um keine Aufmerksamkeit zu erregen.

Der Andere begab sich wortlos im Laufschritt zum Hauseingang, um einige Augenblicke später wieder mit einem Karton unter dem Arm aufzutauchen.

Eric zog Cleo am Jackenärmel mit, denn er hielt es für dringend angebracht, unauffällig und unverzüglich zu verschwinden.

Sie waren gerade zwanzig Meter weit gekommen, als der Motor hinter ihnen aufheulte und der Wagen dicht an ihnen vorbeischoss.

„Dieser Volldepp! Man sollte ihm den Führerschein entziehen!", schimpfte Eric.

„Wenn wir jetzt gute Arbeit leisten, wird man ihn zusätzlich noch einige Jahre hinter Gitter stecken."

„Für den Moment hauen die aber nur ab und wir haben keine Möglichkeit, sie zu verfolgen."

„Lass uns aufschreiben, was sie anhatten und eine Skizze von ihren Gesichtern anfertigen, solange wir sie noch gut im Kopf haben", forderte Cleo.

Eric erwies sich erneut als begabter Zeichner, seine Figuren sahen fast wie Phantombilder auf Polizeiplakaten aus."

„Wow, das ist gut geworden bei dir!", lobt die Chefdetektivin.

„Danke! Ich mag Comics und habe selbst ein wenig zu zeichnen angefangen.“

„Das ist echt klasse, bestimmt helfen diese Skizzen uns irgendwann weiter. Komm, ich möchte sehen, was für Namensschilder an der Haustüre stehen.“

Cleo strebte zum Hauseingang und betrachtete die Klingelleiste.

„Wie willst du denn wissen, welche Klingel die Richtige ist?“, wunderte sich Eric.

„Der Typ war mit dem Karton doch sofort wieder da. Die müssen im Erdgeschoss gewohnt haben und da gibt es in diesen Blocks immer nur zwei Wohnungen. Ah hier: Stepanski und Eider.“

„Die Typen sahen eher nach Stepanski aus.“

„Sehe ich auch so!“, bestätigte Cleo und drückte ihren Zeigedinger mit Nachdruck auf die Klingel.

„Was machst du?“

„Unsere Hypothese überprüfen!“

Da niemand auf die Klingeltöne reagierte, nickte Cleo befriedigt und notierte den Namen in ihr Notizbuch.

Dann läutete sie zur Kontrolle bei Eider. Kurze Zeit später summte die Tür und gab das Schloss frei. Cleo trat in den Hausgang und lächelte eine etwa fünfzig Jahre alte Frau in blauroter Kittelschürze und bunten Lockenwicklern im Haar an. Sie stand mit fragendem Blick im Türbogen der linken Wohnung und trocknete ihre Hände an der vorne herabhängenden Überschürze.

„Oh, Entschuldigung. Ich glaube, wir haben uns vertan. Wir wollten zu Stepanski“, zog Cleo sich gekonnt aus der Affäre.

„Das ist nebenan. Die sind aber glaube ich gerade weg.“

Wie in vielen bundesdeutschen Mietshäusern schien auch hier die soziale Kontrolle und Überwachung durch gelangweilte Nachbarn hervorragend zu funktionieren.

„Ach wirklich. Mist! Wir sollten ein Paket abholen. Wissen Sie zufällig, wann sie wiederkommen.“

„Nein, wir kennen uns kaum. Es wohnen da zwei Männer, anscheinend Brüder, sind erst vor drei Monaten eingezogen. Wir hatten bisher kaum Kontakt.“

Das gedehnt gesprochene ‚anscheindend Brüder‘ deutete an, dass sich die besorgte Nachbarin eine andere Erklärung, weshalb zwei Männer zusammen in einer kleinen Dreizimmerwohnung hausen sollten, lieber nicht vorstellen wollte. Im Internationalen Viertel lebten keine einfachen Gastarbeiter aus Spanien oder der Türkei, bei denen sich der deutsche Nachbarschaftkontrolldienst daran gewöhnt hatte, dass diese sich auch ohne Verwandtschaftsgrad eine Wohnung teilten. In diesem besseren Quartier galten uneingeschränkt die strengen deutschen Mittelschichtnormen und man gab sich alle Mühe, dies den Zugezogenen aus aller Herren Länder auch zu vermitteln. Die einheimische Fraktion der internationalen Community sorgte mit Strenge dafür, dass Ordnung und Disziplin herrschten, wie es sich in einem Land gehörte, welches diese Tugenden praktisch erfunden hatte.

Cleo verschwendete an zusammenlebende Männer keine Gedanken und versuchte aus der Nachbarin weitere Details zu locken.

„Wahrscheinlich arbeiten sie viel und sind deshalb selten zu Hause. Die meisten Mieter sind im Nuklearzentrum oder in der Universität beschäftigt, nicht wahr?“, startete sie einen weiteren Versuchsballon.

„Viele arbeiten in der Universität oder auch in Laboren der Chemiefirmen. Aber wo die beiden genau arbeiten, weiß ich nicht. Ich muss jetzt auch weitermachen, mein Mann kommt gleich nach Hause und will sein Abendessen auf dem Tisch stehen haben.“

„Ja klar, wir wollen Sie nicht aufhalten. Vielen Dank und auf Wiedersehen.“

„Auf Wiedersehen.“

Die Tür schloss sich rasch und mit Nachdruck und sorgte mit geräuschvoll vorgelegter Kette dafür, dass Frau Eider ohne Gefährdung ihren häuslichen Pflichten nachkommen konnte.

„Jetzt sind wir zwar etwas weitergekommen, aber die Vögel sind dennoch weg“, stellte Eric fest, als sie wieder auf der Straße standen.

„Leider! Hey was ist das denn?“

Plötzlich plärrten von mehreren Seiten Polizeisirenen heran.

Mehrere Wagen kurvten wild durch das Viertel. Sie fuhren allerdings an dem Haus, aus dem die Gangster kurz zuvor geflohen waren, wild blinkend vorbei.

„Sie scheinen etwas zu suchen und wissen nicht, dass sie zu spät kommen“, stellte Cleo fest.

„Sieht so aus. Komm, lass uns endlich verschwinden, bevor wir wieder verdächtigt werden.“

Tatsächlich bremste an der nächsten Straßenecke ein Streifenwagen abrupt ab und der Ordnungshüter auf dem Beifahrersitz kurbelte die Scheibe herunter, um die beiden Jugendlichen in Augenschein zu nehmen. Offenbar konnte er zu seiner Enttäuschung nichts Gefährliches oder Ungesetzliches an ihnen entdecken. Er gab ihnen mit einem Wink zu verstehen, dass alles in Ordnung sei und der Wagen rauschte davon.

Noch bevor die Freunde allerdings die S-Bahnhaltestelle erreicht hatten, erklang hinter ihnen der vertraut unangenehme Ton einer schnarrenden Stimme:

„Schon wieder ihr! Das wird ja langsam wirklich komisch!“

Sie drehten sich um und blickten in Herrn Schmidts unfreundliches, mit alten Aknenarben übersätes Gesicht. Er war erneut in einen langen grauen Mantel gehüllt und hatte den unvermeidlichen breitkrempigen Hut tief ins Gesicht gezogen.

„Herr Schmidt!“, rief Eric erstaunt, der sich diesmal schneller als Cleo gefangen hatte.

„Ja, und hier haben wir schon wieder Eric und ähmm, Claudia, nein Cleo!“

„Was heißt hier schon wieder? Es ist doch bestimmt so, dass Sie mal wieder uns hinterhergeschnüffelt haben, oder?“, erwiderte Eric patzig, um seine

Unsicherheit zu überspielen.

„Nein! Ob ihr es glaubt oder nicht, glücklicherweise besteht meine Tätigkeit nicht darin, mich mit naseweisen Jugendlichen herumzuärgern. Hier läuft gerade ein Polizeigroßeinsatz, an dem ich beteiligt bin."

„Polizeieinsatz? Worum geht es denn?", hakte Cleo nach.

„Um die Sache in der Kernanlage und da frage ich mich doch, warum ich schon wieder auf euch stoße?"

Er stupste Eric unangenehm mit dem Finger auf die Brust, sodass dieser unwillkürlich einen Schritt zurückwich. Er grübelte intensiv über eine passende Antwort nach, denn es war klar, dass sie gegenüber diesem Sicherheitsmann nichts preisgeben durften, ohne dafür im Gegenzug mindestens gleichwertige Informationen zu bekommen.

Cleo fand schneller eine passende Antwort:

„Wir haben unser Freundin Caissy besucht, sie wohnt hier im Internationalen Viertel. Ist das neuerdings verboten oder verdächtig?"

Herr Schmidt schnitt eine Grimasse, die sein bleiches Gesicht noch unsympathischer im gelblichen Licht der Straßenlaterne leuchten ließ.

„Ach so, stimmt. Die irische Familie wohnt ja auch hier."

Ein schiefes Grinsen bewies, dass die Schlussfolgerungen des Sicherheitsmanns schon wieder in die falsche Richtung gingen.

„Auch? Wer denn noch? Etwa Sie?", wollte Eric geistesgegenwärtig wissen.

„Nein, bestimmt nicht. Wir haben nur einen Hinweis auf ein verdächtiges Fahrzeug bekommen. Ihr habt nicht zufällig eine dunkelgrüne Mercedes-Limousine mit Berliner Kennzeichen gesehen?"

„Dunkelgrüne Limousine? Berliner Schild? Ist mir nicht aufgefallen. Was ist mit dem Auto?"

Cleo gab ihrer Stimmer die volle jugendliche Unschuld, zu der sie in fast allen Situationen auf Kommando fähig war.

„Nicht so wichtig. Ich habe mir schon gedacht, dass ihr mal wieder überhaupt nichts bemerkt habt.“

Der Schlapphut wandte sich verärgert zum Gehen. Er war bereit, ein Monatsgehalt darauf zu verwetten, dass sich diese Gören nicht zufällig ausgerechnet jetzt hier herumtrieben. Allerdings verfügte er über keinerlei Beweise, welche seinen Verdacht unterstützen und er wollte nicht erneut einen Anpfiff kassieren. Der arrogante Schulleiter von und zu Schiessmichtot hatte sich nach der letzten Aktion bei einem hohen Offizier des Polizeipräsidiums beschwert. Dieser Kriminaldirektor Waldenbuch war ebenfalls ein Absolvent dieser verdammten Lehranstalt und hatte ihn ziemlich unangenehm zurechtgewiesen. Zwar handelte es sich um keinen direkten Vorgesetzten und der Rüffel war daher dienstlich ohne Belang. Auf eine Wiederholung konnte er dennoch dankend verzichten.

Kaum war der Sicherheitsmann außer Hörweite, platzte Eric heraus:

„Sie wissen von dem Mercedes und dass er im Viertel gesichtet wurde.“

„Das müssen sie von Caissy haben. Wir sollten mit ihr reden.“

Eric bezweifelte, dass das im Moment besonders aussichtsreich war und sollte Recht behalten. Caissy war wegen starker Kopfschmerzen nicht zu sprechen.

Daher berichtete Eric zu Hause der Mutter über die neusten Entwicklungen.

Diese nickte und stellte fest:

„Ina hat vorhin angerufen. Ihr Kollege aus Berlin hat gemeldet, dass es in dem Gewerbegebiet eine Razzia gab und die Import-Export-Firma durchsucht wurde.“

„Also weiß die Polizei alles, was wir auch wissen“, resümierte Cleo und nahm einen Schluck des wärmenden Früchtetees, der in einer Tasse vor ihr dampfte.

„Wie kommen wir jetzt weiter?“, überlegte Eric.

„Ina verfasst für morgen wieder einen ihrer Artikel, der die Entwicklung aufgreift. Sie hat sich dafür schon eines meiner Bilder von der Berliner Firma reserviert“, antwortete die Mutter.

„Aber hilft uns das weiter?“

Auch die nächsten Tage beantworteten diese Frage nicht. Getrieben von Inas Enthüllungsartikeln, machten die Sicherheitsbehörden zwar einige Angaben, die für unsere Freunde jedoch nicht viel Verwertbares oder Neues enthielten.

Der Polizeisprecher gab bekannt, dass aufgrund von Informationen aus der Bevölkerung eine möglicherweise in den Fall verwickelte Berliner Scheinfirma durchsucht worden sei. Dort seien Beweise sichergestellt worden, wobei keine näheren Angaben zur Art dieser Funde gemacht wurden.

Zusätzlich rief die Polizei dazu auf, nach der Mercedes Limousine Ausschau zu halten und gab dazu das Nummernschild bekannt.

„Das ist ziemlich dumm, denn spätestens jetzt werden die Gangster den Wagen nicht mehr benutzen und irgendwo abstellen“, kommentierte Cleo.

Mit dieser Prognose lag sie richtig, die Polizeiaufrufe in Zeitung und Radio erbrachten keine Ergebnisse.

Eric war unglücklich, weil Caissy sich weiterhin distanziert zeigte. Immerhin hatte sie in einem Gespräch zugegeben, dass sie über einen anonymen Anruf der Polizei die Hinweise gegeben hatte.

„Ich war sauer, weil immer nur wird herumgehackt auf der Nuklearanlage und auf meinem Vater. Ich habe daher meine Botschaft so lange vor mich hin gesprochen, bis ich sie fehlerfrei und ohne Akzent konnte. Dann habe ich meine Stimme tiefer gemacht, wie wir es haben geübt in der Theatergruppe und habe angerufen aus einer Telefonzelle.“

„Offensichtlich haben sie bei der Polizei nichts bemerkt, sonst hätten sie dich schon befragt“, überlegte Eric und legte versöhnlich den Arm und die Freundin.

Diese blieb zwar immer noch reserviert, verweigerte sich aber einem gemeinsamen Besuch im *Tash* nicht, was als Fortschritt gewertet werden konnte.

Eric erzählte am Abend seiner Mutter von den Differenzen in der

Freundesgruppe.

„Schade, dass ihr wegen der Atomanlage solche Konflikte habt. Aber ich habe eine Idee, die euch wahrscheinlich wieder näher zusammenbringt. Ihr habt doch Montag frei, dann könnten wir Freitagnachmittag gleich nach der Schule für ein verlängertes Wochenende zusammen nach Berlin fahren. Meine Bilder vom Berlin-Treffen waren in den letzten Wochen recht gefragt und ich habe daher von einer großen Zeitung einen Auftrag für andere Aufnahmen aus der alten Hauptstadt bekommen. Er wird für meine Verhältnisse recht gut bezahlt, da sind Fahrkarten und Übernachtung für euch noch mit drin. Es ist bestimmt interessant für Caissy, sich unsere ummauerte Metropole einmal anzusehen."

„Das ist eine gute Idee. Dadurch machen wir auch thematisch etwas anderes zusammen und es geht nicht um Atomkraft oder den Diebstahl", strahlte Eric. Auch Cleo zeigte sich begeistert, denn sie war ebenfalls noch nie in der geteilten Stadt gewesen.

Die Journalistin telefonierte mit den beiden anderen Müttern und machte die Reise perfekt.

IX.

Der Zug rattert langsam entlang der Grenzanlagen und durch die Stacheldrahtwälder, die sich scheinbar unendlich bis an den dunklen Horizont zogen. Die großen gusseisernen Wagenräder quietschten und schrammten über unzählige Weichen, während das Gleisgewirr von den Scheinwerfern der Grenzposten in ein grelles Licht getaucht wurde. Endlich kam der Zug knarrend zum Stillstand, Bahnhof Zoo in West-Berlin war erreicht.

„Puh, I never thougt it would be so difficult to get to Berlin", stieß Caissy hervor.

„Es ist schon ein ziemlicher Kontrollmarathon. Im Kontrollieren sind die Deutschen unangefochtene Weltmeister, sowohl diesseits als auch jenseits des Stacheldrahts", erwiderte die Journalistin mit entschuldigendem Lächeln auf den Lippen.

Die Freunde konnten dieser Einschätzung nur zustimmen. Es waren schikanöse Kontrollen gewesen, die sie bei der Überquerung der deutsch-deutschen Grenze über sich ergehen lassen mussten. Caissy mit ihrem irischen Pass war bemerkenswerterweise noch am besten weggekommen, während ihre westdeutschen Freunde ihre Koffer zweimal bis auf die letzte Socke auspacken mussten.

Nachdem der Zug mit einem quietschendem Bremsruck seinen Endpunkt erreicht hatte, schnappte sich die kleine Reisegruppe das Gepäck und begab sich zum Bahnhofsvorplatz. Die Versuche, durch lautes Rufen und wildes Winken eines der spärlichen Taxis zu ergattern, waren vergeblich. Es handelte sich um eines der vielen Mysterien der geteilten Stadt. Im Straßenbild fielen die zahlreichen elfenbeinfarbenen Fahrzeuge auf, die gegenüber den normalen Privatautos oft sogar in der Überzahl schienen. Ständig dieselten die laut nagelnden Mercedes vorbei bis genau zu dem Moment, an dem ein Taxi benötigt wurde. Wie von Geisterhand waren alle Mietdroschken verschwunden und eine an der Geduld zehrende Suche war unvermeidlich.

Schließlich erbarmte sich doch ein Taxifahrer und nach holpriger Fahrt über die schlechten Straßen der ehemaligen Reichshauptstadt erreichten die Freunde ein kleines Hotel im Berliner Stadtteil Charlottenburg. Über dem Eingang des dunkelgrauen, heruntergekommenen Gebäudes flackerte in blassen Neonbuchstaben wechselweise ‚otel‘ oder „Hot l". Auch die übrigen Leuchtbuchstaben funktionierten nach einem noch nicht völlig verstandenen Zufallsprinzip. Die Inneneinrichtung konnte vornehm mit dem Attribut einfach umschrieben werden, wahllos zusammengestellte Möbelstücke aus unterschiedlichen Epochen spießbürgerlichen Geschmacks füllten die Räume.

Das alles war der kleinen Reisegruppe ziemlich gleichgültig, denn sie waren durch die anstrengende Fahrt und den langen Tag müde genug, um von solchen Unvollkommenheiten des Herbergswesen unbeeindruckt sofort einzuschlafen.

Am nächsten Tag begannen die drei Freunde mit einer Erkundung der Stadt, während die Journalistin damit beschäftigt war, ihre Fotoaufträge abzuarbeiten.

Berlin, die größte und einst auch bedeutendste deutsche Stadt war nach dem letzten Krieg in vier Teile zerschnitten worden, dabei war je ein Stück des Kuchens für die USA, England, Frankreich und die Sowjetunion abgefallen. Da zwischen den Westmächten und der Sowjetunion unterschiedliche Vorstellungen herrschten, was aus Deutschland werden sollte, entstanden schließlich zwei deutsche Staaten, die sich in tiefer Abneigung gegenüberstanden. Jeder der beiden feindlichen Bruderstaaten bekam einen Teil von Berlin zur Verwaltung zugeteilt, denn im Verwalten waren die Deutschen ebenso Weltspitze wie im Kontrollieren, das konnte man ihnen also getrost zutrauen. Westberlin gehörte daher mit einigen formalen Einschränkungen zur Bundesrepublik Deutschland, war allerdings komplett vom Gebiet der DDR umschlossen.

Das Wahrzeichen der Stadt, das Brandenburger Tor, zierte zahllose Postkartenmotive und Berlinbücher und wurde daher zum ersten Besichtigungsziel des jugendlichen Trios. Es bestand aus sechs Säulen, die recht unmotiviert die breite Ost-West-Achse der Stadt unterbrachen.

Cleo hatte noch schnell einen Reiseführer in der Bibliothek ausgeliehen, der erläuterte, warum sich dieses Tor so nutzlos über die Straße spannte:

„Beim Brandenburger Tor handelt es sich um einen Prachtbau für den früheren preußischen König Friedrich-Wilhelm II. Der Baustil lehnt sich an antike Bauten in Griechenland an und gehört daher zum Klassizismus."

„It is nice, but pointless. Ein bisschen wie der Triumphbogen in Paris", stellte Caissy fest.

„Aktuell ist es geradezu beispielhaft nutzlos, denn wegen der Mauer kann man ja nicht mal mehr durchlaufen", bestätigte Cleo.

Das Wahrzeichen befand sich auf Ostberliner Gebiet, etwa vierzig Meter hinter der Mauer, welche die beiden Hälften der Stadt auf martialische Weise zerschnitt.

Die DDR schützte seit 1961 ihre Grenze durch eine hohe, stacheldrahtbesetzte Konstruktion, welche den gesamten Westteil der Stadt auf über 150 Kilometer Länge umschloss. Das Besondere an dieser Grenzbefestigung ergab sich aus dem Umstand, dass sie nicht das Eindringen von außen verhindern, sondern die Flucht der Menschen aus der DDR verunmöglichen sollte. Es handelte sich also um eine Verteidigung nach innen, wie bei einem Gefängnis.

Diese Informationen konnten die Freunde auf einer in der Nähe angebrachten Tafel lesen. Die dort aufgeführten Angaben wirkten erschreckend. Auf rund 400 Wachtürmen lauerten Grenzsoldaten auf Flüchtende, welche die Mauer überwinden wollten. Damit sie freies Schussfeld hatten, war im Ostteil der Stadt ein breiter Streifen an der Grenze leergeräumt und zusätzlich mit Fallen und Minen gespickt. Dieses leere Feld, in dem die fliehenden Menschen erschossen werden sollten, wurde treffend Todesstreifen genannt.

Die monströse Grenzanlage war notwendig geworden, weil die Menschen es vorzogen, im Westteil der Stadt zu leben und massenhaft dahin übersiedelten.

Das passte den Mächtigen in der DDR nicht und sie hatten offenbar keine bessere Idee, wie sie die Abwanderung stoppen konnten.

„Allzu gut scheint es den Menschen im anderen Teil der Stadt nicht zu gefallen, wenn man soviel Aufwand treiben muss, um sie am Gehen zu hindern", stellte Caissy fest.

Eric nickte:

„Oft sind die Leute mit der Regierung unzufrieden, das ist bei uns ja auch so. Aber das hier... ", er fuhr mit einer ausladenden Bewegung über die vor ihnen liegenden Maueranlagen, „... ist ein riesiger in Beton gegossener Beweis, dass dort keine gute Regierung herrschen kann."

Überall an der Westseite der Mauer waren Zeichnungen und Sprüche gesprüht, oft mehrfach übermalt oder überschrieben.

„Ich auch will ein Graffiti hier an der Berlin-Wall hinterlassen!", schlug Caissy mit Bestimmtheit vor.

Cleo schaute skeptisch:

„Ich bin mir nicht sicher, ob das erlaubt ist?"

Eric konnte in dieser Frage weiterhelfen, denn von seiner Mutter hatte er eine Menge über Berlin gelernt.

„Die Mauer steht auf DDR-Gebiet, weil sie hätten sie ja nicht auf Westterritorium errichten dürfen. Daher können und dürfen die Westberliner Polizisten nichts unternehmen, wenn man dort sprüht, weil man sich ganz genau genommen nicht mehr in Westberlin befindet."

„Ja, und die deutsche Polizei nimmt alles sehr genau!", grinste Caissy.

„Also gut, was brauchen wir also dafür?", erkundigte sich Cleo.

„Spraydosen. In Dublin gibt es viele besprühte Wände, dort ist es ein Sport, die Hauswände zu verzieren", erklärte Caissy.

Die Freunde durchstreiften die umliegenden Straßen nach einem Kaufhaus, was sich als schwieriges Unterfangen erwies. Erst in einiger Entfernung von der Mauer stießen sie nach Hinweisen durch Einheimische auf das KaDeWe, das berühmte Kaufhaus des Westens, welches auch in Cleos Reiseführer verzeichnet war.

Das KadeWe, laut Reisehandbuch ein schon viele Jahrzehnte existierendes Nobelkaufhaus, bot tausende Waren für den dickeren Geldbeutel an. Spraydosen schienen dummerweise die Upper-Class nicht zu interessieren, sie fanden sich nirgends in der glitzernden Warenfülle. Die drei Freunde strolchten einige Zeit erfolglos durch die angebotenen Luxusartikel und zogen damit die misstrauischen Blicke der Warenhausdetektive auf sich. Sie verließen gerade noch rechtzeitig den Luxustempel, bevor sie ein klein gewachsener Mann mit kariertem Sakko ansprechen und durchsuchen konnte.

Einige Querstraßen weiter stießen sie dann doch noch auf ein Geschäft für Näh- und Bastelwaren, das auch Farbspraydosen führte.

Caissy entschied sich, ganz Irin, sofort für ein ziemlich grelles Grünmetallic. Damit konnten gemäß der Abbildung auf dem Werbeposter Weihnachtsbaumständer oder Gartenzäune einen glänzenden neuen Anstrich erhalten.

Nachdem der Kauf getätigt war, fand das Trio mit einigen Schlenkern zurück zur Mauer und verewigte sich künstlerisch an einer wenig belebten Stelle.

Caissy entdeckte auf diesem Mauerabschnitt den beliebten Slogan „Atomkraft nein danke!" mit einem warnenden Radiokativ-Zeichen daneben. Dies ärgerte sie erwartungsgemäß und sie sprayte daneben:

Nuclear Future!

Mit einigem Abstand platzierte sie dann noch:

Ireland forever!

Als Nächstes kam Eric an die Reihe. Er überlegte, was er sprayen sollte und es fiel ihm dabei auf, wie selbstverständlich es wirkte, wenn Caissy ihr

Heimatland pries. Schon lange war deutlich geworden, wie stolz sie auf ihre irische Nation war und dieser Nationalstolz störte auch niemanden, außer vielleicht einige Engländer. Aber es wäre kaum möglich gewesen, *Deutschland für immer* oder etwas Ähnliches an die Mauer zu pinseln. Eric verspürte dazu auch keinerlei Impuls, aber wenn, hätte er es sich nicht getraut. Es stellte kein Problem dar, Irland als Nation zu feiern, während das mit Deutschland angesichts seiner Vergangenheit ziemlich unpassend erschien.

Auch hinsichtlich der Zukunft schien die Freundin von der Insel viel zuversichtlicher, wie ihr anderes Graffiti bewies. In Deutschland hingen die Meisten, wie die Großeltern väterlicherseits, an einer glorreichen Vergangenheit, fanden schon die Gegenwart ziemlich unerfreulich und rechneten für die Zukunft mit dem Schlimmsten. Opa Jean hatte einmal gesagt, die Deutschen seien ein Volk von Angsthasen, die stets den drohenden Untergang befürchten. Eric hatte das damals entrüstet zurückgewiesen, aber mittlerweile verstand er, wie der Opa zu dieser Ansicht gekommen war.

Er musste seine Gedankengänge beenden und sich ebenfalls an der Mauer verewigen, denn Cleo scharrte schon mit den Hufen, weil sie Ärger bei der Aktion befürchtete.

Also schüttelte er engagiert die Dose und sprühte:

Keine Mauer, nirgends!

Dann kam Cleo an die Reihe, sie knüpfte thematisch an Erics Spruch an:

C+E+C hätten gerne auch die andere Seite besucht

Sie war gerade bei *Sei..*, als plötzlich eine Lautsprecherstimme über ihnen erklang.

„Sie befinden sich auf dem Gebiet der Deutschen Demokratischen Republik und beschädigen Volkseigentum. Stellen Sie das sofort ein!"

Cleo erschrak und ließ die Dose fallen. Hektisch scannte sie die Umgebung, aber es war niemand zu sehen.

„Verlassen Sie sofort das Staatsgebiet der DDR!", dröhnte es gebieterisch.

„Es kommt von den Lautsprechern beim Turm da drüben", rief Eric.

Caissy, die im Gegensatz zu ihren Freunden schon früher gesprayt hatte, blieb ruhig. Sie nahm ungerührt die Dose vom Boden auf und vollendete mit raschen Schwüngen Cleos Botschaft. Dann rannten sie weg, während der Lautsprecher ihnen verärgert etwas hinterherquäkte.

„Puh, habe ich einen Schreck bekommen! Meint ihr, die hätten geschossen?", japste Cleo, als sie hinter einer Straßenecke anhielten.

„Das glaube ich nicht. Die ganze Mauer ist doch voller Sprüche und es wäre sicher bekannt, wenn dies so gefährlich wäre", befand Eric.

„Es war auf jeden Fall lustig. Jetzt habe ich nicht nur an Graffiti am Dubliner Eisenbahndepot, sondern auch an der Berliner Mauer!", strahlte Caissy.

„Du hast früher schon gesprüht?"

„In Irland, zumindest in Dublin, ist Sprayen unter Jugendlichen ziemlich verbreitet. Es ist natürlich verboten, aber kaum jemand hält sich daran."

Eric nickte. Auch das zeichnete die Iren aus, soweit er von der einen ihm bekannten Person auf die große Masse schließen durfte. Sie hielten nicht viel von Regeln und Obrigkeit, das Rebellentum schien ihnen in die Wiege gelegt. In Deutschland taten die Bürger im Allgemeinen brav, was ihnen gesagt wurde und das irische Vergnügen beim Übertreten von staatlichen Einschränkungen fehlte weitgehend.

Nach diesem kleinen Abenteuer stromerten die Jugendlichen weitere Stunden durch die geteilte Riesenstadt. Der Kurfürstendamm mit seinen vielen Nobelgeschäften entfachte keine besondere Begeisterung, denn die Freunde verspürten wenig Bedürfnis, die überteuerten Accessoires in den exquisit dekorierten Schaufenster zu bewundern. Am Ende der Prachtstraße stießen sie auf ein weiteres Wahrzeichen der Stadt, die Kaiser-Wilhelm-Gedächtniskirche.

„Warum sie haben den zerschossenen Turm nicht renoviert?", wollte Caissy wissen.

„Das Bauwerk wurde als Mahnmal gegen den Krieg in seiner zerstörten Form belassen", zitierte Cleo ihren Reiseführer.

„Aber was soll das Parkhaus nebenan?", wunderte sich Eric.

„Das ist kein Parkhaus, sondern das neue Kirchenschiff, von einem der bekanntesten deutschen Architekten!", belehrte Cleo mit ihrem Buchwissen.

Eric runzelte die Stirn.

„Ist er bekannt geworden, weil besonders unpassende und hässliche Bauten fabriziert? So was ist doch keine Kirche!", stellte er fest, obwohl er als Heide kein Expertenwissen hinsichtlich Kirchen beanspruchen konnte.

Die Mädchen konnten dem modernistisch ausgeführten Bauwerk in Form eines schwarzen Quaders ebenfalls nicht viel abgewinnen, fotografierten es aber dennoch. Touristische Pflichten wollten schließlich erfüllt werden.

Auf ihrem Weg zurück zum Hotel kamen sie schließlich am Schloss Charlottenburg vorbei.

„Es ist wirklich hübsch, fast wie eines unserer Irish Castles", bemerkte Caissy anerkennend.

„Hübsch oder nicht. Mir reicht es für heute. Meine Füße schreien schon seit Stunden nach Pause", maulte Cleo.

So beendeten die Freunde ihre Sightseeingtour und schmiedeten nach einem ausgiebigen Abendessen Pläne für den nächsten Tag.

Dabei standen neben verschiedenen *must have seen* aus Cleos Reiseführer auch der Flughafen Tempelhof auf dem Programm.

„Ich möchte ihn gerne besuchen, denn wir hatten diese Airbase in der Schule in Irland behandelt. Dort wurde die Versorgung für Westberlin gelandet, während einer Blockade."

„Während der Berlin-Blockade durch die Sowjetunion 1948 wurden die West-Sektoren über die sogenannte Luftbrücke versorgt. Mehr als zwei Millionen Tonnen Lebensmittel, Brennstoffe und Güter aller Art wurden in über 270.000 Flüge transportiert", bestätigte Cleo durch Vorlesen des entsprechenden Abschnitts in ihrem Reiseführer.

„Dazu wir haben in Irland einen Film gesehen. Die Piloten haben auch Süßigkeiten für die Kinder abgeworfen. It was very impressive. Seither möchte ich gerne Pilotin werden", berichtete Caissy.

„Pilot ist auch ein toller Job", bestätigte Eric.

„Es gibt leider fast keine professionellen Pilotinnen bei den Fluggesellschaften und sieht nicht so aus, als ob sich daran bald was ändert", erwiderte Caissy.

„Es ist wirklich ungerecht.", Cleo verzog unwillig ihr Gesicht.

Die drei Freunde stimmten überein, dass dieser Missstand geändert werden müsse. Allerdings gab es nichts, was sie aktuell dafür unternehmen konnten und sie setzten ihre Tour fort.

Nach der Besichtigung des Luftbrückendenkmals am Flughafen Tempelhof und sahen sie einige Zeit den startenden und landenden Flugzeuge zu. Die flugbegeisterte Caissy erkannte viele Maschinen an ihrer Silhouette und teilte ihr Wissen gerne. Schließlich wurde Flugzeugtypen-Raten langweilig und die Freunde zogen weiter.

Der Stadtteil Tempelhof bot außer dem Flughafen nicht viel, weshalb Cleo den Vorschlag machte, den nördlich gelegenen Kreuzberg zu besuchen.

„Er ist nicht sehr hoch, nur sechzig Meter laut Reiseführer, aber man soll trotzdem einen guten Überblick haben."

Sie waren noch nicht lange unterwegs, als Eric plötzlich rief:

„Schaut mal da!"

„Was, wo?", Cleo blickte irritiert um sich.

„Da vorne, da steht der Mercedes am Straßenrand. Ich erkenne ihn genau, denn ihm fehlt die rechte Ecke am D-Schild."

„Stimmt, die Farbe ist auch korrekt, aber das Nummernschild nicht", wunderte sich Caissy.

„Sicher haben sie ein anderes angeschraubt."

„Genau, sie haben diesmal eine Stuttgarter Nummer genommen, sie beginnt mit einem S."

„Was sollen wir tun?"

„Die Polizei informieren?"

„Wenn die Berliner Polizei so clever wie unsere agiert, wird das zu nichts führen. Wir sollten schauen, ob wir herausfinden, wer dieses Fahrzeug benutzt", befand Chefermittlerin Cleo.

„Okay, aber ich werde dafür sorgen, dass sie diesmal nicht davonbrausen", äußerte Caissy mit Bestimmtheit und zog ihr Taschenmesser hervor.

Blitzschnell rammte sie das Messer in die Flanke des rechten Hinterreifens. Mit lauten Zisch sackte der Gummi zusammen.

„Wow! Radikal, aber effektiv. Das hätte ich mich so nicht getraut", staunte Cleo.

„Ich habe es aus einem Film über junge irische Untergrundkämpfer gegen die Briten. Da wurde genau gezeigt, wie es gemacht wird. Immer in die Seite, dicht an der Felge einstechen?"

„Warum das denn?"

„Die Flanke ist weicher, beim Profil du kommst kaum durch. Man muss zudem aufpassen, dass die Luft nicht zu schnell entweicht, das ist sehr laut, der Reifen explodiert regelrecht. Das ist passiert dem Jungen in dem Film und er wurde geschnappt", erläuterte Caissy ihr durch einschlägige Kinofilme erworbenes Partisanenwissen.

„Okay, die kommen hier erst mal nicht weg. Aber was nun?", überlegte Eric.

„Sie müssen hier irgendwo in der Gegend wohnen. In einem der Wohnblocks dieser Straße wahrscheinlich."

„Nur wo genau?"

Eric sah sich um und stellte fest:

„Hier kann man ganz gut parken. Es gibt keinen Grund, das Auto weit weg vom Wohnhaus abzustellen."

„Das schränkt die Möglichkeiten ein, aber es bleiben sicher immer noch fünfzig Wohnungen in diesen Blocks hier und gegenüber", analysierte Cleo.

„Wir trotzdem könnten aufschreiben alle Namen von den Klingeln der vier nächsten Blöcke", schlug Caissy vor.

Da niemand eine bessere Idee hatte, machten sie sich an die Fleißarbeit. Nach 20 Minuten hatten sie 48 Namen auf ihrer Liste.

„Damit sind wir aber noch nicht viel weiter, oder?", überlegte Eric.

„Vielleicht schon. Bei uns wohnten die unter dem Namen Stepanski, was östlich klingt und zum Äußeren der Männer gepasst hat. Vielleicht haben sie hier sich unter einem ähnlichen Namen eingenistet", überlegte Cleo.

„Warum sie sollten das tun?", will Caissy wissen.

„Wenn du einen falschen Namen benutzt, dann einen, der zu deinem Erscheinungsbild stimmig wirkt. Wenn du, mit deinem typisch irischen

Aussehen und dem englischen Akzent den Namen Irina Iwanowka oder Sieglinde Müller wählen würdest, wäre das nicht sehr klug."

„Verstehe."

Cleo ging die Liste durch. Viele Namen klangen sehr deutsch und wurden gestrichen. Bei einigen konnte man es nicht genau sagen, weshalb sie in Klammern gesetzt wurden. Es blieben 5 übrig, die vielversprechend schienen.

„Was jetzt? Wir können ja nicht wieder klingeln, denn die Typen kennen uns", überlegte Eric.

„Uns beide ja, nicht jedoch Caissy."

„Okay, I do it. Aber was soll ich sagen?"

Cleo überlegte einige Augenblicke, dann blitzten ihre Augen auf, wie immer, wenn ihr eine Idee kam.

„Es sind ja anscheinend bald Wahlen hier in Berlin."

„Ja und?"

„Am Flughafen war so ein Wahlstand, wir besorgen uns ein paar der Handzettel."

„Ah, und ich verteile die Flyer dann?"

„Genau. Sieh dir Erics Phantomzeichnung von dem Mann an, die ist wirklich gut geworden", Cleo reichte ihr Notizbuch rüber.

Wenig später klingelte Caissy beim ersten Kandidaten auf ihrer Liste. Es öffnete eine Frau mittleren Alters. Sie sah Caissy etwas erstaunt an, wischte dann ihre Hände an der Schürze ab und nahm die angebotene Wahlwerbung.

Das Spiel wiederholte sich bei der zweiten Klingel.

Beim dritten Versuch öffnete ein junger Mann.

Caissy sagte ihr zuvor sorgfältig geprobtes Sprüchlein auf:

„Guten Tag! Darf ich Ihnen unsere Wahlinformationen überreichen?"

Der langhaarige Mann mit ungepflegtem Vieltagebart sah sie überrascht an und zog ihr das angebotene Infoblatt aus den Fingern.

Er rückte seine runde Intellektuellenbrille in die richtige Position und überflog die Überschrift und erwiderte dann in ärgerlichem Ton:

„Den kannst du behalten, diesen konservativen Altherrenverein wähle ich bestimmt nicht. Glauben die Idioten, man würde ihre reaktionäre Scheiße nicht merken, wenn sie jetzt Jugendliche damit losschicken?"

Caissy sah ihn mit offenem Mund an und überlegte, wie sie auf diesen Ausbruch reagieren sollte. Sie kam nicht bis zu Ende ihres Denkprozesses, bevor der junge Mann in revolutionären Che Guevara T-Shirt die Tür lautstark ins Schloss donnerte.

Für den beabsichtigten Zweck war die unfreundliche Reaktion egal, denn die Wohnung konnte aus dem Kreis der Verdächtigen ausgeschlossen werden. Dennoch wollte Caissy wissen, wieso der Typ so reagiert hatte.

Cleo betrachtete das Flugblatt.

„Es ist Wahlwerbung für die CDU, einer der größten Parteien des Landes. Sie sind konservativ."

„Man kann auch sagen rückständig, zumindest würde meine Mutter es so einordnen", ergänzte Eric.

„Oh, yes Conservatives! Sie gibt es auch in England. Wir mögen sie nicht, sie waren immer gegen die Freiheit Irlands."

Nachdem das geklärt war, machte sich Caissy ohne große Hoffnungen auf Erfolg daran, den letzten Namen auf der Liste abzuklappern.

Sie drückte mit einiger Ausdauer zum dritten Mal den abgewetzten Plastikknopf der Klingel, ohne jedoch eine Reaktion zu bewirken. Offenbar war niemand zu Hause, da konnte sie nichts machen.

Sie hatte gerade den Treppenabsatz erreicht, als sich ein Schlüssel in der Tür drehte. Rasch wandte sie sich um und blickte in das unwirsche, schlecht rasierte Gesicht eines Mannes in weißem Feinrippunterhemd. Sie erkannte ihn sofort, Erics Zeichnung war wirklich sehr treffend ausgeführt.

„Was gibt es?", brummte er in unfreundlichem Ton.

„Wir haben hier Wahlinformationen für Sie, wenn Sie..."

„Kein Interesse!“

Ohne Verzug wurde die Tür Caissy ins Gesicht geschlagen.

„Anscheinend wiederum kein Bedarf besteht an wertvollen Hinweisen zur Wahl“, murmelte Caissy ihren Satz für sich selbst zu Ende, legte ihren Flyer auf die Fußmatte und begab sich zu ihren Freunden, die einige Blocks weiter warteten.

„Super! Wir haben die Täter gefunden“, strahlte Cleo.

„Wie machen wir jetzt weiter?“, überlegte Eric.

Auf diese Frage wussten weder die Chefermittlerin noch ihre Freunde eine spontane Antwort. Sie beschlossen ihrem Einfallsreichtum auf die Sprünge zu helfen, in dem sie sich eine Brezel samt Kakao in der nächsten Konditorei gönnten, deren Schild sie am Ende der Straße entdeckt hatten.

Die Backwaren schmeckten in der größten deutschen Stadt nicht annähernd so gut wie zu Hause und möglicherweise war dies mit ein Grund, weshalb die Zwischenmahlzeit zu keinen wirklich guten Einfällen inspirierte.

„Wir wissen, wo die Gauner wohnen und welchen falschen Namen sie benutzen.“

„Wir könnten das der Polizei melden und sie würden sie verhaften.“

„Ich bin mir nicht so sicher. Wenn keine verdächtigen Unterlagen bei ihnen gefunden werden, brauchen sie nur noch abzustreiten, dass ihnen der Mercedes gehört und schon hat die Polizei nichts in der Hand“, überlegte Cleo.

„Was schlägst du vor?“

„Wir müssten irgendwie die Wohnung nach Beweismaterial durchsuchen können, während sie weg sind.“

„Das bekommen wir nicht hin. Wir haben keine Schlüssel, nichts.“

„Lass uns in der Telefonzelle dort drüben nachschlagen, ob sie im Telefonbuch stehen. Wie war diesmal der Name, Roziesky?“

„Rosziesky, mit einem z nach dem s“, korrigierte Caissy.

„Mist, kein Eintrag.“

Sie kamen gerade aus der Telefonzelle, in die sie sich zu dritt gequetscht hatten, als Caissy laut rief:

„Schaut mal, es gleich wird lustig!“

Die Freunde folgten mit ihrem Blick dem ausgestreckten Arm und erkannten, dass zwei Männer gerade in den Mercedes stiegen. Einer trug eine Aktentasche, die er in den Fond warf.

Die Freunde drückten sich in einen Hauseingang, um nicht gesehen zu werden. Der Motor heulte auf und der Wagen scherte schwungvoll in die Straße ein, um nach wenigen Metern mit lautem Quietschen wieder zu einem wenig schwungvollen Stillstand zu kommen.

Fluchend stieg der Fahrer aus und erkannte das Malheur. Er kickte wütend gegen den luftlosen Hinterreifen, was dessen unbefriedigenden Funktionszustand allerdings nicht zu ändern vermochte. Daher begab sich der andere Mann Schimpftiraden brüllend zurück zum Haus. Der Fahrer pfriemelte den Wagenheber aus den Tiefen des Kofferraums, um den Wagen aufzubocken, der mit geöffneter Tür schräg in der Straße stand.

Eric erfasste die Situation am schnellsten.

„Wir müssen die Chance nutzen und uns die Aktentasche schnappen. Ihr lenkt ihn ab und ich klaue sie. Wir treffen uns danach in der Konditorei!“, rief er.

Cleo schaute skeptisch, für ihre ausgeklügelte und auf Sicherheit ausgerichtete Herangehensweise war dieser Plan ein wenig zu spontan und mit deutlich zu vielen Unwägbarkeiten behaftet.

Caissy zog dagegen sofort mit.

„Nothing ventured, nothing gained – let’s do it!“

Sie schlenderte laut ein irisches Volkslied pfeifend auf den Wagen zu und zog die Aufmerksamkeit auf sich.

Der Mann am Wagenheber blickte auf und erkannte sie.

„Ich will keine Wahlwerbung, auch nicht mit Musik, verschwinde!“, blaffte er unfreundlich.

Eric hatte sich auf der Straße gehend unauffällig genähert und spähte in den Wagen. Die Tasche lag auf dem Rücksitz.

„Wirklich, keine Informationen? Sie wichtig sind, bei einer Wahl“, trällerte Caissy und wedelte mit dem Rest ihre Handzettel.

„Mach die Fliege!“

In diesem Moment griff Eric durch die offenstehende Tür, grapschte in einer schnellen Bewegung die Tasche und rannte los.

Gleichzeitig kam der andere Mann mit einem Werkzeugkoffer aus dem Haus.

„Halt! Was machst du?“

Der so Angerufene hielt sich nicht mit überflüssigen Antworten auf und hatte sich bereits einen Vorsprung von zwanzig Metern erarbeitet, bevor der Typ reagierte, den Werkzeugkoffer fallen ließ und hinterher spurtete.

Jetzt würde sich zeigen, ob die Dauerläufe mit dem Vater etwas gebracht hatten. Sportliches Training erwies sich in Verfolgungssituation allgemein von Vorteil, in diesem Fall wurde der Effekt dadurch verstärkt, dass der Verfolger wertvolle Luft damit verbrauchte, lautstarke Verwünschungen auszustoßen.

„Warte du Bengel, ich bekomme dich und dann bekommst du deine Abreibung!“

Den drastischen Androhungen konnten jedoch zunächst keine konkreten Taten folgen, denn der Abstand wurde langsam aber stetig größer. Dafür erwuchs eine neue Gefahr durch einen stärkeren Gegner, denn auch der Komplize hatte sich der Jagd nach einigen Momenten des Nachdenkens angeschlossen. Er zeigte mehr Ausdauer und bedauerlicherweise größeres Sprintvermögen.

Verfolger Nummer eins verfiel bald in einen wenig engagierten Trab und gab schließlich heftig japsend und mit hochrotem Kopf auf. Er stützte sich auf einen grauen Umspannkasten, um seine mit emotionalem Pathos hervorgestoßen Flüchen effektiver in die Welt zu posaunen.

Aber Worte sind oft nicht mehr als Schall und Rauch, viel eher zählt die Tat. Auf dem Feld des Faktischen agierte sein Komplize leider recht effektiv. Mit offenbar deutlich mehr Kondition als sein Kollege ausgestattet, war er in ein langbeiniges Ausdauertempo verfallen, das ihm zwar kein Näherkommen erlaubte, dem Verfolgten jedoch ebenso wenig ein Entkommen. Eric bog an der nächsten Straßenecke ab. Er spürte, wie seine Kräfte langsam nachließen. Zudem war er durch die Tasche am optimalen Bewegungsablauf gehindert und bemerkte bei sporadischen Blicken zurück, dass der Verfolger mittlerweile langsam aber unaufhaltsam näher kam. Dessen zorniger Gesichtsausdruck und blitzende Augen verhießen nichts Gutes. Sollte Eric erwischt werden, wäre nicht nur die Aktentasche verloren, er würde mit Sicherheit dieses Abenteuer mit blauen Flecken und einer gebrochenen Nase bezahlen.

Zur Entlastung wechselte Eric die Tasche auf den anderen Arm und bog heftig nach Luft ringend wiederum rechts ab. Die Straßen in Tempelhof waren an diesem Sonntagnachmittag wie ausgestorben. Es war niemand zu sehen, den man um Hilfe hätte bitten können und wahrscheinlich wäre das mit auch nicht so einfach geworden. Der Verfolger konnte mit Fug und Recht behaupten, dass Eric die Tasche gestohlen hatte und wahrscheinlich dies auch beweisen. Erwachsenen wurde eher geglaubt als Jugendlichen, eine Erfahrung, die Eric zu seinem Leidwesen mehr als einmal hatte machen müssen. Der einzige Vorzug eventueller Passanten hätte darin bestanden, sich die angedrohte Abreibung zu ersparen, was aus Erics Perspektive durchaus wünschenswert erschien.

Immer lauter hallten die schweren Schritte auf dem Pflaster hinter ihm. Der Typ verfügte nicht nur über die äußere Erscheinung eines trainierten Schlägers, sondern bedauerlicherweise auch über die dazu passende Fitness. Kein Sprinter, aber ein Langstreckenbulle, der seine Beute früher oder später zur Strecke bringen würde.

Hektisch blickte sich Eric nach allen Seiten um. Es konnte doch nicht sein, dass hier niemand auf der Straße war, was machten Berliner an einem Sonntagnachmittag?

Mist, jetzt bekam er auch noch Seitenstechen. Sollte er die Tasche einfach fallen lassen? Wahrscheinlich wäre damit die Verfolgung zu Ende. Er bog scharf um die nächste Ecke. Weiter vorne in der Straße leuchtete das Konditoreischild, er war einmal im Karree gelaufen! Damit konnte das Schlimmste verhindert werden, der Typ würde ihn nicht in der Bäckerei verprügeln. Aber natürlich wäre dann die Aktentasche verloren und die ganze Mühe vergebens.

Mit immer schwerer werdenden Beinen und zunehmenden Seitenstechen realisierte Eric, dass er diesen Wettlauf verloren hatte. Er musste wenigstens noch den rettenden Laden erreichen. Noch wenige Meter, der Verfolger schien seine Absicht erkannt zu haben und hatte nochmals Tempo zugelegt. Eric glaubte fast seinen heißen Atem im Nacken zu spüren.

Plötzlich hörte er hinter sich ein lautes Scheppern und Schmerzschreie. Er sah sich um und erkannte, dass der Mann über eine blecherne Mülltonne gestolpert war, die vor einer Sekunde noch nicht auf dem Gehweg gewesen war.

Im nächsten Moment war Cleo neben ihm, nahm ihm die Tasche ab und rief:

„Schnell, wir müssen da lang und dann die erste rechts. Dort geht es zu einer U-Bahnstation! Habe ich in meinem Plan nachgeschlagen."

„Aber wo kommt ihr...?"

„Don't talk, just run!", forderte die praktische Caissy, die von der anderen Seite plötzlich aus dem Nichts aufgetaucht war.

Sie schubste den erschöpften Eric vorwärts. Cleo warf einen Blick zurück und stellte befriedigt fest, dass der Typ sich ordentlich wehgetan hatte. Er machte humpelnd den Versuch, die Verfolgung wieder aufzunehmen, sah aber nach wenigen Schritten die Aussichtslosigkeit ein. Er schickte ersatzweise einige Verwünschungen hinterher, welche den Freunden nicht verständlich waren, aber so klangen, als ob sie für ihr weiteres Leben nicht mehr viel Gutes zu erwarten hatten.

„Hier entlang, da vorne ist schon das blaue U-Schild.“

„Hurry, hurry! Bevor sein Kumpel uns noch hinterherkommt“, drängelte Caissy.

Wenig später waren sie im Untergrund verschwunden. Die nächste Bahn kam laut Anzeigetafel erst in acht Minuten.

„Wir verstecken uns dort am Gang zu den Toiletten bis der Zug kommt“, schlug Cleo vor.

Dies erwies sich als kluge Vorsichtsmaßnahme, denn wenig Augenblicke später kam einer der Schurken in die Bahnstation gesprintet und machte angesichts des leeren Bahnsteigs kehrt.

Nachdem seine Schritte verhallt waren, seufzte Eric:

„Puh, das war knapp. Aber jetzt haben wir es geschafft. Das war Klasse von dir an der Bäckerei, du hast mir das Leben gerettet!“

Cleo lachte:

„Das Leben wahrscheinlich nicht, aber die Tasche und einige deiner Knochen. Ich hatte mich nach eurer Aktion wie verabredet zur Bäckerei begeben. Als ich dich dann in der Ferne um die Ecke biegen sah, dachte ich mir, dass du in Schwierigkeiten bist. Daher habe ich mich in dem Hofeingang versteckt und überlegt, wie ich dir helfen könnte. Diese Metallmülltonne schien mir sehr geeignet. Allerdings war es eine Frage exakten Timings, hätte auch schiefgehen können.“

„Ist es zum Glück nicht! Da, ich höre die Bahn.“

Die Freunde stiegen ein und der Triebwagen ruckte los.

„Wo wir eigentlich fahren hin?“, erkundigte sich Caissy.

„Richtung Zentrum, das passt“, befand Cleo nach einem Blick auf den Fahrplan im Inneren des Triebwagens.

„Allerdings haben wir keine Fahrkarten“, goss Eric etwas Wasser in den Wein der allseits gelösten Stimmung.

Sie waren beim Wegrennen und Verstecken in der U-Bahnstation einfach über die Sperre gehüpft und hatten daher keine Karte gelöst.

„Dann steigen wir jetzt eben aus, bevor es Ärger gibt", beschloss Cleo.

„Germans! Always law and order!", spottete Caissy.

Sie verließen die Bahn und befanden sich in der Nähe des Landwehrkanals. An dessen Ufer befand sich ein kleiner Park und wie es sich für eine städtische Grünanlage gehörte, war zwischen zahllosen Hundehaufen, weggeworfenen Bierdosen und sonstigem Müll auch eine Parkbank platziert. Dort konnten sie ungestört die Aktentasche untersuchen.

„Jetzt wollen wir doch mal sehen, was wir erbeutet haben!"

Erics Ansinnen stellte sich das Schloss der Aktentasche in den Weg, das mit einer Zahlenkombination geöffnet werden wollte.

„Sollen wir die systematisch durchprobieren?"

„Es sind 3 Zahlenreihen von 0 bis 9, das macht Tausend Möglichkeiten. Wir hatten das doch vor einiger Zeit in Mathe durchgenommen", überlegte Cleo.

„Endlich mal eine sinnvolle Anwendung von dem ganzen Mathequatsch. Aber das wird ganz schön dauern", brummelte Eric, der es kaum erwarten konnte, die mühevoll errungenen Geheimnisse endlich zu lüften.

„Nonsense! Give it to me!"

Caissy, wie immer pragmatisch und mit einer gehörigen Portion Radikalität ausgestattet, zog ihr Taschenmesser und hebelte einige Sekunden an dem Schloss. Mit einem beleidigten Klong gab dieses schließlich nach.

„Auch eine Methode", stellte Cleo fest und öffnete die Tasche.

Darin fanden sich zwei schmale Ordner, in die zahlreiche Blätter säuberlich geheftet waren. Der unterschiedliche Zustand und die verschiedene Weißtöne der Blätter zeigten, dass die Zusammenstellung offenbar nach und nach erfolgte. Am Ende war ein dünnes Heft in Din A5 Größe eingelegt.

„Das garantiert sind die Unterlagen aus der Nuclear-Anlage! Schaut, da sind Zeichnungen und Formeln!"

Caissy deutete aufgeregt auf die entsprechenden Blätter.

„Bingo, Volltreffer! Wir haben die Unterlagen gerettet", bestätigte Cleo.

„Ich habe auch noch was", sagte Caissy und deutete auf ihren kleinen ledernen Tagesrucksack.

Ihre Freunde sahen sie ebenso erstaunt wie erwartungsvoll an. Sie genoss einige Sekunden die fragenden Blicke bevor sie erklärte:

„Nachdem dir die beiden Typen hinterhergerannt sind, bin ich zum Auto und habe mir angesehen das Handschuhfach."

„Und?"

„Ich habe gefunden diese Brieftasche. Sie enthält Flugtickets und Pässe!", strahlte die Irin über ihr breites, mit Sommersprossen gesprenkeltes Gesicht.

„Super! Die wollten wahrscheinlich gerade abhauen, weil ihnen der Boden zu heiß geworden ist. Das haben wir ihnen gehörig vermasselt."

„Wo wollten sie denn hinfliegen?", wollte Eric wissen.

„Warszawa."

„War..was?"

„Warszawa – keine Ahnung. Was gibt es denn für Städte, die so komisch heißen und einen Flughafen haben."

„Wars....Warsst....ich habe es: Warschau!", rief Eric.

„Wir müssen etwas tun, bevor sie sich absetzen."

„But how?"

„Lasst uns Ina anrufen. Sie kennt sich mit solchen Sachen aus und auch Leute bei der Polizei, die nicht so bescheuert sind, wie dieser Herr Schmidt", schlug Eric vor.

„Ich mag diese Journalistin nicht!", protestierte Caissy, hatte aber auch keinen besseren Vorschlag und so wurde erneut eine Telefonzelle gesucht.

„Hoffentlich ist sie zu Hause."

Tatsächlich hatten die Freunde Glück und erwischten die Reporterin.

Nachdem Eric geendet hatte, sagte sie in ihrem kühlen, geschäftsmäßigen Ton:

„Gute Arbeit! Die Situation erfordert schnelles und koordiniertes Handeln. Ihr fahrt in euer Hotel und ruft von dort wieder an. Ich versuche in der Zwischenzeit ein paar Leute zu erreichen."

Die Freunde folgten den Anweisungen, wobei es vor allem Cleo deutlich anzumerken war, dass ihr Übernahme der Angelegenheit durch Ina nicht passte. Aber ihre eigenen Möglichkeiten waren an eine Grenze gestoßen. Wenn die Schurken am Verlassen des Landes gehindert werden sollten, dann mussten die Behörden informiert werden. Ina war ohne Frage eine Person, die über Kontakte zu entsprechenden Stellen verfügte und außerdem die jungen Ermittler ernst nahm. Sie würde auch nicht versuchen, die Lorbeeren für sich alleine einzuheimsen. Natürlich würde sie journalistisches Kapital aus der Sache schlagen, aber das wiederum kümmerte Cleo nicht, solange ihre eigenen Ermittlungserfolge gewürdigt wurden.

Im Hotel trafen sie Erics Mutter, die ihre fotografischen Aufträge erledigt hatte und sich gerade ebenfalls zwei schöne Stunden in der ehemaligen Hauptstadt gönnen wollte. Nachdem sie in Kenntnis gesetzt war, konnte von Stadtbummel keine Rede mehr sein. Umgehend rief sie bei ihrer Journalistenkollegin an. Sie diskutierten einige Zeit, wie am besten die Polizei zu informieren wäre. Keiner der Beteiligten hatte ein besonders gutes Verhältnis zu dieser staatlichen Organisation.

„Ich will die Kinder nicht wieder irgendwelchen unsensiblen Bütteln aussetzen. Die Sache mit dem Diebstahl der Aktentasche und des Geldbeutels ist zudem bei kritischem Blickwinkel nicht ganz astrein. Wenn man da an den Falschen gerät, haben die drein Ärger am Hals", stellte Erics Mutter fest.

Auf der anderen Seite der Leitung war Ina mit dieser Zielsetzung vollkommen einverstanden, wusste aber ebenfalls nicht, wo der Republik sich in diesem Moment sensible und vernünftige Polizisten auftreiben ließen.

Schließlich kam Maren eine Idee:

„Ich hatte nach der Sache in der Schule Kontakt mit einem der Polizeioffiziere.

Er hatte mich angerufen und sich für diesen Herrn Schmidt entschuldigt. Er ist ein ehemaliger Schüler der Lehranstalt und war sehr höflich. Er bot an, ihn jederzeit zu kontaktieren, wenn es nochmals Schwierigkeiten gäbe. Das sind jetzt zwar keine solchen Probleme, wie er gemeint hatte, aber vielleicht kann er dennoch als Mittelsmann dienen."

„Klingt nach einer Idee, nur wirst du ihn am Sonntagnachmittag kaum erreichen", erwiderte Ina.

„Da hast du leider recht. Wahrscheinlich ist er zum Nachmittagstee bei Tante Wilhelmine eingeladen und frühestens morgen gegen neun Uhr in seinem Büro anzutreffen."

„Wie heißt denn der gute Polizeionkel?"

„Waldenbuch, Kriminaldirektor Waldenbuch."

„Das ist ja kein allzu häufiger Name. Vielleicht haben wir Glück und er steht im Telefonbuch. Ich rufe dich zurück."

Einige Minuten später klingelte das Telefon und die Rezeption des Hotels verband die auswärtige Anruferin.

„Wir haben tatsächlich Glück, was ungewöhnlich ist, denn eigentlich macht sich das Glück dann immer rar, wenn man es dringend braucht. Egal, er steht im Telefonbuch und heißt übrigens Roland mit Vornamen. Hast du was zu schreiben?"

Erics Mutter bejahte, worauf Ina die Nummer diktierte und ergänzte:

„Wenn ihr mit ihm sprecht, wäre es nett, wenn ihr schon mal aushandeln würdet, was ich veröffentlichen darf. Danke schön!"

Als Nächstes wurde eine Strategie für den Anruf beim Polizeidirektor ausbaldowert. Nach einigen Diskussionen fasste Cleo zusammen:

„Maren wird anrufen und dann nach einleitenden Erklärungen an mich übergeben. Wenn er irgendwie unwillig oder unfreundlich reagiert, dann brechen wir es ab."

Alle nickten zustimmend und Maren wählte:

„Hoffentlich ist er zu Hause und nicht auf einem Wanderausflug", murmelte sie.

Nach mehrmaligen Klingeln war Frau Waldenbuch am Apparat und zeigte sich über die sonntägliche Störung wenig erfreut. Schließlich gab sie mit ärgerlichem Unterton an ihren Mann weiter.

Der hörte sich ruhig an, was Maren zu sagen hatte und meinte dann in leicht amüsierten Ton:

„Dann geben Sie mir mal die junge Dame."

Cleo konnte nicht nur faszinierend strukturiert analysieren, sondern die Ergebnisse ihre Überlegungen auch höchst schlüssig darstellen. Nachdem sie geendet hatte, war es einige Momente still am Telefon. Cleo blickte unsicher zu ihren Freunden und zuckte mit der Schulter.

Dann hatte Kriminalrat Waldenbuch die überraschenden Informationen, die da von einer Schülerin in unfassbar klarer kriminalistischer Sprache präsentiert wurden, verdaut. Er musste sich mehrfach räuspern, um seine Sprache wiederzufinden und hakte schließlich nach:

„Also ich verstehe das richtig? Ihr seid im Besitz der gestohlenen Unterlagen aus der Kernanlage und weiteren wahrscheinlich gestohlenen Papieren, sowie von Pässen und Flugdokumenten der Täter?"

Cleo bejahte.

„Das klingt zu gut, um wahr zu sein. Gib mir mal deine Mutter."

„Sie ist Erics Mutter, nicht meine, und ich bin die Verhandlungsführerin unserer Gruppe", stelle Cleo mit ruhiger und fester Stimme klar.

Es wirkte. Kriminaldirektor Waldenbuch schnappte zwar hörbar nach Luft, schluckte aber eine Zurechtweisung, die ihm auf der Zunge lag herunter und zwang sich zu einer ruhigen Antwort:

„Also gut, Fräulein Verhandlungsführerin. Ich brauche eine möglichst exakte Beschreibung der Täter."

„Darin ist Eric besser, er hat sie sogar gezeichnet", erwiderte Cleo und gab den

Hörer weiter.

Eric gab die Personenbeschreibung durch und reichte dann die Kommunikation zurück an Cleo.

Die Stimme des Kriminaldirektors klang nun nicht mehr amüsiert, sondern höchst sachlich und ernst.

„Erics Beschreibungen sind sehr gut, wir werden das an den Flughafen und die Grenzstationen in Berlin-West geben. Bekanntermaßen kann der Westteil Berlins nicht unkontrolliert verlassen werden. Wir haben also eine gute Chance sie zu erwischen, auch wenn sie sich andere Papiere machen lassen. Die Unterlagen werde ich abholen lassen.“

„Nein, wir wollen nicht wieder mit so einem Herrn Schmidt in der Berliner Variante zu tun haben“, sträubte sich Cleo energisch.

„Also gut. Angesichts eurer Leistungen bin ich bereit, die Unterlagen selbst abzuholen. Ich fliege mit der nächsten Maschine. Mir wirst du Sie doch übergeben, oder?“

„Ja.“

„Dann ist das hiermit vereinbart. Meine Frau wird toben, eine solchen Erfolg hat man ja auch nicht jeden Sonntagnachmittag. Ich muss mich jetzt beeilen. Bis später. Passt gut auf die Unterlagen auf, sie dürfen nicht in falsche Hände geraten.“

„Keine Sorge, machen wir. Immerhin wären die ohne uns jetzt auf dem Weg nach Warschau.“

Gegen diese Feststellung konnte der Polizeioffizier nichts einwenden und verabschiedete sich rasch. Nachdem er aufgelegt hatte, schüttelte er ausgiebig seinen Kopf. Unglaublich diese Jugend von heute! Ziemlich vorlaut, aber clever und einsatzfreudig, das konnte niemand bestreiten. „Eben echte Parzivalaner“, murmelte er zufrieden zu sich selbst.

„Er wird brauchen einige Stunden, um hier zu sein. Was machen wir jetzt?“, überlegte Caissy.

„Wir gehen erst mal vornehm essen, euer Erfolg muss gefeiert werden“, schlug Maren vor.

„Das ist eine gute Idee, mein Magen knurrt ziemlich vernehmlich“, bekundete Eric.

„Ich werde zunächst noch einige Aufnahmen von diesen Dokumenten machen. Euer Erfolg wird mit Sicherheit einige Artikel nach sich ziehen und dabei sind passende Fotos gut zu verkaufen“, beschloss Maren und machte ihre Kamera bereit.

„Bestimmt ist das nicht erlaubt“, überlegte Cleo.

„Sicher nicht! Ebenso wenig wie das Stehlen von Aktentaschen aus Autos“, grinste Maren und ergänzte dann:

„Ich muss die Aufnahmen natürlich so gestalten, dass keine relevanten Details zu erkennen sind. Sonst veröffentlicht die keine Zeitung und ich lande wegen Geheimnisverrats vor dem Richter.“

Sie arrangierte die Blätter passend, sodass immer nur ein Teil von Zeichnungen und halbe Texte zu sehen waren. Die falschen Pässe setzte sie ebenfalls ins Bild, wobei sie daneben einen Füllfederhalter legte, wodurch der Eindruck erweckt wurde, sie seien gerade erst mit einer falschen Unterschrift versehen worden.

„So fertig! Lasst uns unten an der Rezeption fragen, wo wir ein gutes Restaurant finden.“

„Ich bin für italienisch, ich habe Megakohldampf auf Spagetti mit Oliven und Parmesan“, meldete Eric seine Bedürfnisse an.

Die anderen stimmten diesem Vorschlag zu und Cleo verpackte die Unterlagen in die Aktentasche, die sie unter den Arm klemmte. Es schien ihr unsicher, die Beute unbeaufsichtigt im Hotelzimmer zu lassen.

Wenig später saßen sie im angeblich besten italienischen Restaurant des Kiezes, wie die Stadtviertel in Berlin genannt wurden, und warteten auf ihre wohlverdienten Speisen. Eric hatte sich einen Stift vom Kellner bringen lassen und fertigte eine Phantomzeichnung des zweiten Mannes an.

„Du hast echt Talent für so etwas. Damit und anhand der Fotos in den Pässen sollte man sie sicher erkennen", lobte Cleo.

„Very good, indeed", bestätigte Caissy.

Maren sagte nichts, war aber unübersehbar stolz auf ihren Sohn, der angesichts der breiten Anerkennung leicht errötete und einen großen Schluck Cola trank.

Es wurde eine amüsantes und kurzweiliges Abendessen. Cleo fühlte sich in der Gesellschaft von Erics Mutter ausgesprochen wohl. Sie bewunderte deren Lockerheit und das unverkrampfte Auftreten. Sie erlebte ihre eigenen Eltern oft als umständlich und übertrieben an Normen orientiert. Sie hatten eine fest betonierte Sicht darauf, wie Dinge zu sein hatten und konnten mit Neuigkeiten oder Abweichung schwer umgehen. Alles im Leben hatte einen festen Platz, eine feste Ordnung. Für jede Situation war bereits eine Verhaltensregel definiert und die sollte tunlichst eingehalten werden. Lautes Lachen in öffentlichen Räumen, wie Maren es gerade tat, schickte sich für Erwachsene keinesfalls. Tatsächlich blickte auch ein älteres Ehepaar mit einer Mischung aus Neugierde und Kritik herüber. Maren schien es weder zu bemerken noch zu stören. Cleos eigene Mutter wäre wahrscheinlich tiefrot angelaufen und ihr Mann hätte sich missbilligend geräuspert und eiligst die Rechnung verlangt.

Nicht auffallen, immer unter dem Radar bleiben, lautete die Devise und damit standen ihre Eltern keineswegs alleine da. In dem kommunalen Siedlungsblock, in dem die Familie des städtischen Angestellten wohnte, brauchte es nicht viel, um zum Gegenstand des nie endenden hausinternem Tratsches zu werden. Das Regelwerk und die möglichen Fallstricke präsentierten sich umfangreich und Verstöße wurden umgehend geahndet.

Bereits Cleos Schulwahl stellte einen Bruch der ungeschriebenen Gesetze dieser Lebenswelt dar. Wer unbedingt auf eine höhere Schule wollte, tat dies in dem dafür vorgesehenen grauen Betonklotz am westlichen Rand des Stadtviertels. Cleos aus dem Schema fallendes Verhalten war lange Zeit das Lieblingsthema missgünstiger Eltern in der Nachbarschaft gewesen. Mit nie ermüdender Leidenschaft wurde bei alltäglichen Treffen im Hausgang oder an der Wäscheleine die Erwartung geäußert, dass es stets ein schlimmes Ende nahm, wenn man entgegen der eigenen Herkunft eine so vornehme Schule besuchte.

„Hochmut kommt vor dem Fall!"

„Wie können die sich diese Reichenschule leisten, er ist doch nur ein kleiner Angestellter?"

„Vielleicht eine Erbschaft. Aber damit könnte man doch besseres anfangen, einen Bausparvertrag oder endlich ein neues Auto."

„Ich verstehe überhaupt nicht, dass die Eltern das mitmachen. Meiner Tochter hätte ich den Zahn sofort gezogen!"

In dieser Weise lieferte Cleo der Hausgemeinschaft über viele Monate Gesprächsstoff. Kontrolle, Missgunst und Angst bestimmten diese begrenzte Welt und lieferte den Stoff für Tratsch, Erregung und Empörung.

Cleo hatte durch den Besuch des Parzival und Berge gelesener Bücher ihren Blick über die Enge des Siedlungsblocks hinaus geweitet und wünschte sich ihre Eltern so frei und selbstbewusst wie Maren.

Diese bestellte sich gerade das dritte Glas Rotwein, was die Lautstärke ihrer Stimme und die Häufigkeit ihres Lachens nicht unbedingt minderte.

Nachdem alle gut gesättigt waren und es doppelten Nachtisch für die erfolgreiche Crew gegeben hatte, machten sie sich gut gelaunt auf den Rückweg ins Hotel.

Es war bereits 22:00 Uhr, aber niemand fühlte sich müde genug, um zu Bett zu gehen.

„Wahrscheinlich wird dieser Polizeioffizier erst nach Mitternacht hier eintreffen. Wollt ihr wirklich so lange wach bleiben?"

Alle drei Freunde bekundeten einmütig, genau das vorzuhaben. Entsprechend holte Cleo ein Kartenspiel aus ihrem Koffer und sie spielten alle eine Weile Rommee. Danach zeigte Caissy ihnen ein irisches Kartenspiel, bei dem verhindert werden musste, das jemand fünf Stiche bekam. Entsprechend nannte sich das Spiel ‚Spoil Five' und war sehr lustig.

Cleo entwickelte einen gehörigen Ehrgeiz, um zu verhindern, dass Caissy laufend gewann. Eric und seine Mutter spielten eher zum Spaß und es machte ihnen wenig aus, wenn sie nicht Sieger einer Runde wurden.

Die Turmuhr eines nahegelegenen Kirchturms hatte gerade zwölf geschlagen und die aufgedrehte Caissy mit düsterer Stimme *Witching Hour* gerufen, als das Telefon klingelte und alle tüchtig erschraken.

Maren nahm ab.

„Hier spricht die Rezeption. Entschuldigen Sie die späte Störung, aber hier sind Herren von der Polizei. Sie geben an, erwartet zu werden?"

Der Stimme des Nachtportiers war anzuhören, dass er dieses Geschehen höchst ungewöhnlich fand und diese Abläufe nicht dazu beitrugen, das Renommee der Gäste in Zimmer 21 und 22 zu verbessern.

Maren überhörte den Unterton und antwortete:

„Ja, wir erwarten die Herren. Schicken Sie sie bitte nach oben."

„Herren? Es kommen gleich mehrere?", erkundigte sich Cleo.

Maren nickte und gleich darauf klopfte es an der Tür. Cleo reagierte am schnellsten und öffnete.

Im Türrahmen stand ein mittelgroßer Mann in einem dunkelblauen Wollmantel der feinen Sorte, wie sie in den Wintermonaten in den Schaufenstern der besseren Herrenausstatter zu bewundern war. Seine Oberlippe zierte ein schmaler, akkurat gestutzter Schnurrbart und wache braunen Augen schauten durch die dicken Gläser einer kleinen runden Brille. Er zog seinen Hut von Kopf und blickte Cleo durchdringend an. Cleo fühlte sofort, das ist ein Polizist, und zwar wie einer, der etwas zu sagen hat. Er mochte auf die gleiche Schule wie sie selbst gegangen sein, aber das änderte nichts an seiner Ausstrahlung als mächtiger Vertreter der Staatsmacht.

„Guten Abend!“, dröhnte der Mann mit tiefem Bass.

„Guten Abend. Wir hatten eigentlich nur mit Ihnen gerechnet, nicht mit einer ganzen Hundertschaft“, erwiderte Cleo kühl.

„In Ordnung, Fräulein Verhandlungsführerin. Wir können uns gerne ganz privat unterhalten. Meine Kollegen sind später vor allem dafür da, bestimmte Gegenstände sicher auf ein Revier zu bringen.“

„Dann kommen Sie rein.“

Der Polizeioffizier bedeutete seinen Kollegen zu warten und betrat den Raum, der als Doppelzimmer eines einfachen Hotels mit fünf Personen gut gefüllt war.

„Wir haben nur diesen Stuhl, setzen Sie sich bitte“, begann Maren und nahm dann mit den Kindern auf dem Bett Platz, auf dem Spielkarten in wildem Durcheinander zwischen den zerknüllten Kissen und Decken lagen.

„Machen Sie sich keine Umstände. Ich würde heute Abend gerne nur die Sachen ansehen und gegebenenfalls ein paar genauere Auskünfte einholen, es ist ja schon spät.“

„Die Unterlagen sind dort in der Aktentasche. Leider werden Sie wahrscheinlich keine verwertbaren Fingerabdrücke mehr finden, weil wir sie alle angefasst haben“, erwiderte Cleo.

„Wir werden sehen. Vielleicht brauchen wir die Fingerabdrücke gar nicht.“

Der Kriminaldirektor untersuchte die sichergestellten Materialien und lächelte dann die auf dem Bett sitzende Mannschaft zufrieden an:

„Sehr gut, das ist besser, als ich erhofft hatte. Ich vermute, diese Dinge haben einen Preis?“

„Ich möchte, dass die Kinder herausgehalten werden.“

„Und niemand mehr verdächtigt meinen Vater!“, ergänzte Caissy in bestimmten Ton.

„Das dürfte beides leicht zu arrangieren sein. Weitere Wünsche?“

„Eine Kollegin und ich werden journalistisch einige Fakten veröffentlichen.“

„Aber erst, nachdem wir die Kerle haben!“

„Dann beeilen Sie sich damit bitte! Journalismus hat nicht so viel Zeit wie Polizeiarbeit.“

„Die Ermittlungen werden sofort eingeleitet.“

„Ich wäre wirklich sehr dankbar, wenn ich dann von Ihnen einen Anruf bekäme, wann wir loslegen können.“

„Das lässt sich machen“, erwiderte der Kriminalbeamte und richtete sich dann an die drei Freunde:

„Ihr versteht, ich bin nicht direkt mit der Sache befasst und habe daher keine unmittelbare Weisungsbefugnis. Diese Unterlagen an die richtige Stelle zu leiten und dafür zu sorgen, dass ihr in den Ermittlungen keine offizielle Erwähnung findet, ist alles, was ich versprechen kann. Ich habe diesen Nachtflug und das Treffen auf mich genommen, weil ihr Parzivalianer seid und euch vorbildlich im Geist der Schule verhalten habt.“

„Why that?“, entfuhr es Caissy, die den Polizisten nicht besonders mochte.

„Ihr habt eure Ziele ausdauernd verfolgt und euch durch Schwierigkeiten nicht abbringen lassen, sondern mit Verstand und Stärke eure Gegner überlistet. Damit habt ihr euch genau so verhalten, wie es den Prinzipien des Parzivals entspricht.“

Er blickte die Jugendlichen ernst an.

Cleo fühlte sich überhaupt nicht in der Nachfolge irgendeines uralten Ritters, den es wahrscheinlich nie gegeben hatte. Im Gegenteil fand sie, dass die Freunde das alles ganz im eigenen Stil bewältigt hatten und setzte schon zur Protestrede an.

Eric bemerkte den wohlvertrauten Gesichtsausdruck, der im Allgemeinen eine längere Ansprache der Freundin ankündigte. Aus seinem Blickwinkel musste man in dieser Situation und zu dieser Uhrzeit keine nutzlosen Grundsatzdiskussionen führen. Besser schien ihm, den Polizeionkel in guter

Stimmung und mit klaren Absprachen ziehen zu lassen. Er schob sich daher rasch vor Cleo und antwortete:

„Danke für das Lob. Wir haben bei den Ermittlungen geholfen, weil wir Caissys Vater von dem absurden Verdacht befreien wollten. Wenn Sie das also unbedingt veranlassen würden, haben Sie uns genug gedankt", erwiderte Eric etwas gestelzt, da er kein solcher Wortkünstler wie Cleo war.

„Selbstverständlich. Jeder Verdacht ist ausgeräumt."

Der Kriminaldirektor stand auf, verbeugte sich altmodisch und war im nächsten Moment verschwunden.

„After all, still a Copper!", fasste Caissy kurz und prägnant zusammen, was alle dachten.

„Jetzt sollten wir schlafen gehen. Der Zug geht morgen Vormittag zurück", forderte Maren.

„Der Kriminaldirektor hätte uns im Flugzeug mitnehmen können", überlegte Caissy, die immer scharf aufs Fliegen war.

Am nächsten Tag musste das Quartett wieder kleinliche Kontrollen über sich ergehen lassen, bis der Sperrgürtel der ummauerten Stadt überwunden war. Der Aufwand an Grenzanlagen, Wachtürmen, Grenzsoldaten, Wachhunden und Schlagbäumen wirkte auch beim zweiten Erleben unverändert erschreckend und skurril.

Die Mächtigen in der DDR, welche diese gigantischen Sperranlagen hatten erbauen lassen, bezeichneten sich selbst als Kommunisten. Wann immer diese Leute im Unterricht vorgekommen waren, hatten sie keine besonders gute Beurteilung erhalten. Nach übereinstimmender Meinung der Parzivallehrer bedrohten sie die Freiheit und den Wohlstand der westdeutschen Nation. In einem Flugblatt, welches Eric von einem langhaarigen Studenten beim Warten auf die S-Bahn in die Hand gedrückt wurde, klang das allerdings komplett anders. Demnach verteilten die Kommunisten die Güter der Welt gerecht und befreiten die Arbeiter von Unterdrückung und Ausbeutung. Es wollte Eric nicht einleuchten, weshalb zu dieser Befreiung soviel Mauer, Stacheldraht und Wachpersonal notwendig sein sollten. Offenbar hatten die DDR-Herrschenden ein sehr eigenes Konzept von Befreiung.

Um die quälenden Wartezeiten und die hunderte Kilometer lange Fahrt zu überbrücken, hatten alle Lesestoff eingepackt. Die Bücher waren allerdings schon durch die lange Hinfahrt ausgelesen, weshalb durchgetauscht wurde. Cleo bekam von Caissy das Buch *West with the Night* von Beryl Markham. Es war das autobiografisches Werk einer Pilotin aus der früheren englischen Kolonie Kenia. Es erwies sich als ungeheuer interessant und spannend geschrieben und spielte vor etwa 50 Jahren. Damals galt es als ungewöhnlich, aber viel mehr noch als unpassend, wenn eine Frau sich für etwas so Technisches und Gefährliches wie Fliegerei interessierte. Die Autorin kämpfte gegen zahllose Vorurteile und Herabsetzungen. Ständig wurde sie ungefragt darüber informiert, dass Fliegen zu viele Gefahren berge und sich daher für Frauen absolut nicht eigne. Sie ließ sich von ihrer angeblichen fehlenden Gefahrenkompetenz nicht beirren und setzte sich gegen alle Widerstände durch. Später überquerte sie als erster Mensch den Atlantik in einem Flugzeug von Ost nach West.
„Also praktisch das, wofür Charles Lindbergh berühmt geworden ist. Nur ist sie geflogen die andere Richtung, was übrigens schwieriger ist, weil es überwiegend Westwinde über dem Atlantik gibt“, erläuterte Caissy.
Sie war völlig begeistert von dem Buch und konnte sich mit der Figur und ihren Schwierigkeiten komplett identifizieren.
„Lindbergh kennt jedes Kind, während ich von dieser Beryl Markham jetzt zum ersten Mal gehört habe“, wunderte sich Cleo.
„Es ist leider meist so, dass die Leistungen von Frauen viel weniger Anerkennung finden als die von Männern“, mischte sich Maren ein.
Die Mädchen nicken.

„Das ist ziemlich ungerecht", fand auch Eric.

„Die Welt ist nicht gerecht, nicht einmal ein bisschen. Wenn ihr Gerechtigkeit wollt, müsst ihr in jedem einzelnen Fall dafür kämpfen", stellte Maren fest und vertiefte sich dann in Cleos Buch. *Unser Mann in Havanna* lautete der Titel und stammte ebenfalls aus britischer Feder. Graham Greene schien eine eher ungewöhnliche Literaturwahl für eine 14-Jährige, aber Maren kannte Cleos Lesewut und ihre Begeisterung für alles, was mit Detektiven und Spionage zu tun hatte.

Cleo selbst hing immer noch an der Ungerechtigkeit, dass diese Beryl Markham kaum bekannt war und nicht wie der weltbekannte Lindbergh für ihre Leistung gewürdigt wurde.

Caissy stimmt zu und stellte fest:

„Auch heute die Welt nicht sieht viel besser aus. Sicherlich, mittlerweile können Frauen Sportflugzeuge fliegen, aber Pilotinnen bei der deutschen Lufthansa gibt es eben sowenig wie in Irland. Das habe es extra vor einigen Wochen recherchiert."

„Frauen dürfen in den Flugzeugen gerade mal als Stewardessen die Passagiere bedienen. Zum Bedienen sind wir immer gut genug", schimpfte Cleo.

„Ich habe gelesen, dass es in den USA vor einigen Jahren viel Aufruhr gab, weil eine Frau bei einem Marathon in Boston mitgelaufen ist. Das war so ähnlich wie bei Beryl Markham. Angeblich kommen Frauen mit so einer langen Distanz nicht zurecht, es soll nicht gut für ihre Gesundheit sein und für das Frausein im Allgemeinen", ergänzte die sportbegeisterte Caissy.

„So ein abstruser Quatsch! Obwohl, wenn ich recht überlege: Ich werde mich in Zukunft in Sport beim Dauerlauf abmelden, nicht dass meine Entwicklung zur Frau noch Schaden nimmt!", beschloss Cleo mit zynischem Unterton. Im Gegensatz zu Caissy mochte sie Sport tatsächlich nicht besonders und war gerne bereit, idiotische Vorurteile zu nutzen, wenn diese Ausreden für die Nichtteilnahme am Sportunterricht lieferten.

Nach langer Fahrt erreichten sie den heimatlichen Hauptbahnhof. Maren beschloss, dass die Anstrengungen der letzten 24 Stunden und die erfolgreiche Mission es verdienten, den Kindern ein Taxi zu gönnen. Sie selbst beabsichtigte sich möglichst rasch mit Kollegin Ina treffen, um die journalistischen Früchte dieser Reise zu ernten.

Nachdem sie ihre Reiseutensilien verstaut hatten, beschlossen die Freunde umgehend zu Caissy zu fahren. Die verspürte das dringende Bedürfnis, ihren Vater von den erfreulichen Entwicklungen und der Befreiung von jedem Verdacht zu unterrichten.

„Ich werde anrufen ihn, damit er heute früher Schluss macht."

„Pass aber auf, was du sagst", warnte Eric.

„Warum das jetzt noch?"

„Ich könnte mir vorstellen, dass sie sein Telefon abhören, wenn sie ihn so verdächtigen."

„Das könnte tatsächlich sein", stimmte Cleo zu.

Caissy nickte und wählte.

„Hello, yes?", brummte der Wissenschaftler unwillig in den Telefonhörer. Es schätzte es nicht, durch Anrufe in seiner Arbeit unterbrochen zu werden.

Die schlechte Laune verschwand jedoch schlagartig, als er Stimme seiner Tochter vernahm.

„Hey Darling, back from Berlin?"

„Indeed, and with great news. Come as soon as possible."

Bald saßen alle zusammen in der Weltraumküche der O'Briains auf orangenen Hockern und verspeisten einen leckeren Kuchen, den Caissys Mutter praktisch aus dem Nichts gezaubert hatte. Bestimmt waren die hypermodernen Kochgeräte mit den grün schimmernden Digitalziffern bei dem Zauberkunststück behilflich gewesen.

Jedenfalls ging der Kuchen zur Neige, noch bevor die Freunde mit ihrer Geschichte zu Ende waren, was wahlweise für die Qualität der Süßspeise oder für die ausschweifende Erzählkunst der Freunde sprach.

„Great Job! Das ist wirklich formidable, dass die Unterlagen zurück sind und ich nicht mehr bin unter Verdacht", strahlte Sean und die Spitzen seines Schnurrbarts hüpften vor Freude.

Caissy umarmte ihren Vater.

„Die schlimme Zeit ist vorbei, jetzt können wir wieder fröhlich sein."

„Das ist wahr! Holst du deine Gitarre, Sean?", forderte die Mutter auf.

Sie selbst hatte kurz darauf eine kleines Tambourin in der Hand und gab den Takt vor. Fröhliche irische Gesänge schallten durch die moderne Wohnung und Cleo und Eric brauchten nicht lange, bis sie die ersten Refrains mitsingen konnten. Die Iren drückten ihre Freude auf eine sehr sympathische Weise aus. Nach einer Weile sah Cleo auf die Uhr.

„Es ist schon halb neun und ich sollte längst zu Hause sein."

„Ich rufe bei deinen Eltern an und sage, dass du hier warst und für die Verspätung nichts kannst", bot Frau O'Briain an.

„Danke, das wäre super."

„Explain them, the Irish have to celebrate a victory, so the daughter comes later!", lachte Sean vergnügt.

„Da wäre aber noch eine Restaufgabe zu lösen, Sean", begann Cleo.

„Was denn? Ist nicht alles geregelt?"

„Nein, wir haben der Polizei nicht gesagt, dass wir glauben, dass jemand aus der Anlage die Unterlagen gestohlen hat. Wir müssen versuchen herausbekommen, wer es war. Dabei kannst du uns helfen."

„Wie denn?"

„Die gestohlenen Unterlagen werden, nachdem sie von einem Dutzend Polizeispezialisten untersucht worden sind, bestimmt an euch zurückgegeben. Der Dieb wird es noch mal versuchen."

„Dann wir müssen informieren die Security.“

„Nein, das führt nur wieder zu ständigen Kontrollen und Misstrauen. Ich möchte, dass der Dieb sich sicher fühlt. In ein paar Stunden wird die Polizei und euer Sicherheitsdienst ihren großen Erfolg verkünden und sich feiern lassen. Danach werden wahrscheinlich noch einige Sicherheitsaspekte verschärft bleiben, was vielleicht auch gar nicht schlecht ist, aber sonst geht alles wieder seinen normalen Gang.“

„Verstehe, aber was soll ich tun?“

„Ich bin sicher, es wird zu einem weiteren Diebstahl kommen, nur wir wissen nicht wann.“

„Das ist blöd“, bestätigte Eric.

„Deshalb müssen wir den Dieb an einem von uns festgelegten Moment dazu verleiten. Ich gehe davon aus, dass die Person zu deiner näheren Arbeitsumgebung gehört und nicht in einem ganz anderen Trakt arbeitet.“

Sean nickte zustimmend.

„In ein paar Tagen solltest du daher eine große Entdeckung oder einen bedeutenden Fortschritt möglichst öffentlich verkünden.“

„Okay, and then...?“

„Dann lässt du entsprechend wichtig und kompliziert aussehende Papiere entgegen der Vorschriften so liegen, dass sie gestohlen werden können.“

„Dann hat Dad wieder Ärger!“, protestierte Caissy lautstark.

„Vielleicht kurz, aber dein Vater wird nutzlose Papiere als Köder benutzen, da besteht keine echte Gefahr von ernsthaften Konsequenzen. Wir haben allerdings dadurch die Chance, den Dieb zu fassen.“

„Wie denn?“

„Ich bin mir noch nicht ganz sicher, aber ich glaube, ich weiß, wie er vorgehen wird.“

„Jetzt rück schon mit der Sprache raus!“, forderte Eric.

„Er wird sich denken, dass er nicht ungefilzt aus der Anlage kommt. Also wählt er wahrscheinlich die gleiche Methode, die schon einmal funktioniert hat. Ich habe gelesen, dass Kriminelle oft die gleichen Strategien mehrfach anwenden. Selbst die Polizei ist helle genug, den typischen Stil mancher Gewohnheitsverbrecher anhand solcher Tatmuster zu erkennen.“

„Ich verstehe es immer noch nicht.“

„Er wird versuchen, die Papiere über den Zaun zu werfen, genau wie letztes Mal.“

„Aber er hat doch diesmal keine Komplizen.“

„Das wissen wir nicht sicher, aber ich gehe auch nicht davon aus. Aber es ist für ihn auch ohne Helfer wenig Risiko dabei. Wenn er die Unterlagen in ein handliches Päckchen verschnürt, kann er es mit ein wenig Geschick so über den Zaun werfen, dass es, sagen wir, im vierten Brennesselbusch links des Zaunpfostens landet. Niemand wird es dort sehen oder auch nur suchen. Nach Feierabend fährt er gemütlich dort vorbei und sammelt es auf.“

Die ganze Mannschaft blickte Cleo bewundernd an.

„Wow! Bist du sicher, dass du nicht selbst eine Karriere als Diebin einschlagen willst?“, erkundigte sich Eric.

„Nein, ich würde lieber Bücher mit Dieben und cleveren Ermittlerinnen schreiben“, antworte Cleo geschmeichelt.

„Aber wann soll ich auslegen den Köder?“, erkundigte sich Sean.

„In ein paar Tagen, an besten am Donnerstag, da haben wir früh nachmittags frei und können dann zur Überwachung in den Wald kommen.“

„Aber wie erfahrt ihr, ob es einen Diebstahl gab?“

„Du rufst hier an und gibst ein Codewort durch.“

„Ja, du kannst sagen, dass du Barmbrak zum Abendessen willst“, schlug Frau O'Briain vor.

„Das ist eine gute Idee. Was ist dieses Barmbrak?“

„Eine Form von irischen Brot, sehr lecker. Ich backe es für euch, während ihr wartet auf den Anruf“, lächelte Caissys Mutter.

„Super! Dann ist alles klar und ich muss jetzt wirklich düsen“, Cleo warf sich ihren Anorak über.

X

Am nächsten Tag fanden sich in vielen Zeitungen groß aufgemachte Artikel über einen sensationellen Polizeierfolg bei der Wiederbeschaffung der gestohlenen Dokumente aus der Atomanlage. Die Ermittlungserfolge der Freunde wurden hierbei auf einen beiläufigen Nebensatz reduziert.

„Mit Hilfe von Hinweisen aus der Bevölkerung gelang es der Sonderkommission unter Hauptkommissar Krümmeleisen sowie der Staatsschutzabteilung die bedeutsamen und geheimen Unterlagen sicherzustellen. Erneut haben die bundesdeutschen Sicherheitsbehörden bewiesen, dass sie mit jeder denkbaren Gefährdung angemessen umgehen können", las Maren laut aus der Zeitung am Frühstückstisch vor.

Ihr Gesichtsausdruck schwankte zwischen Lachen über das überhebliche Getue und Ärger darüber, dass Ina und sie nicht rechtzeitig die Erlaubnis für eigene Veröffentlichungen bekommen hatten.

„Genauso steht es in der anderen Zeitung auch", stellte Eric überrascht fest.

Die Eltern hatten neben der Regionalzeitung noch ein großes überregionales Blatt abonniert.

„Das ist nicht ungewöhnlich. In diesen Artikeln wird meist wörtlich die jeweilige Meldung des Polizeisprechers wiedergegeben. Die Polizei schreibt sich also ihre Zeitungsartikel selbst."

„Aber so sollte doch Presse nicht funktionieren", wunderte sich Eric.

„Natürlich nicht. Nur wenige Zeitungen beschäftigen Journalisten, die invertigativ arbeiten."

„Investigativ?", unterbrach Eric.

„Das bedeutet, dass sie wie Ina, und in diesem Fall ja auch ihr, versuchen Sachverhalte aufzudecken, welche die Behörden oder die Betroffenen lieber geheim halten wollen. Solche Recherchen sind aufwändig und damit für die

Zeitungen auch teuer. Daher haben viele auch kein Interesse daran. Sie wollen lieber Sex and Crime auf Boulevard Niveau und das bekommen sie kostenlos, unter anderem von der Pressestelle der Polizei.“

„Aber Ina hätte viel Besseres und Informativeres geschrieben. Dieser Kriminaloberfuzzi hatte versprochen, ihr grünes Licht zu geben.“

„Versprechen von Polizisten erweisen sich öfters als nicht besonders belastbar. Vielleicht kann er aber auch nichts dafür, denn bei so einer Sache hat er auch als Kriminaldirektor nicht alleine zu entscheiden. Möglicherweise wurde von weiter oben einfach eine andere Vorgehensweise befohlen“, erwiderte die Mutter.

Eric nickte. Entschieden wurde in diesem Land immer ganz oben, die niedrigen Chargen und erst Recht das Volk hatte zu parieren.

Immerhin schien die Mutter nicht allzu ärgerlich. Wahrscheinlich, weil sie wusste, dass ihre exklusiven Bilder auch morgen bei den Zeitungen noch sehr begehrt sein würden. Ina dagegen kochte bestimmt vor Wut, denn sie wirkte trotz ihrer überlegenen Texte nun als Nachzüglerin, statt als Exklusivreporterin.

In der Tat war die Redakteurin stocksauer und verfasste umgehend einen reißerischen Enthüllungsartikel, bei dem die Polizeibehörden ziemlich schlecht wegkamen. Ohne die drei Freunde direkt zu nennen, erläuterte sie, dass die Wiederbeschaffung der gestohlenen Unterlagen keineswegs den Sicherheitsorganen, sondern engagierten Bürgern zu verdanken war.

Sie beendete ihren Artikel mit der für sie typischen provokante Frage:

„Wenn die Verbrechen ohnehin von der Zivilbevölkerung selbst geklärt werden, stellt sich die Frage, wofür wir uns eine so vielköpfige und teure Polizei leisten?“

Nicht alle Zeitungen, denen Ina den Artikel zusammen mit gutem Bildmaterial von Maren angeboten hatte, übernahmen den letzten Satz. Einige druckte jedoch die Originalversion und die Sicherheitskräfte waren ziemlich verärgert.

Das bekam wenig später Ina zu spüren.

Als sie am Abend des folgenden Tages gerade in ihre Wohnung zurückgekehrt war, klingelte es eindringlich an der Wohnungstür.

Nach dem Öffnen stand sie einem mittelgroßen Herrn mit pockennarbigen Gesicht gegenüber, der sich auch direkt vorstellte.

„Mein Name ist Schmidt, Staatschutz. Darf ich kurz hereinkommen.“

„Einen schönen Namen haben Sie, passt gut zu Ihnen. Und nein, solange Sie mir nicht einen guten Grund nennen und einen Durchsuchungsbeschluss zeigen, dürfen Sie nicht eintreten. Es gilt die Unverletzlichkeit der Wohnung nach Artikel 13 unseres Grundgesetzes.“

Die Reporterin hatte wegen ihrer kritischen Berichte und ihrer oft pointierten Schreibweise nicht zum ersten Mal mit den Sicherheitsbehörden zu tun und kannte ihre Rechte genau. Sie hatte keinesfalls vor, diesem Büttel auch nur eine Handbreit Raum zu geben.

Schmidt verzog das Gesicht. Selbstverständlich gab es im Sicherheitsbüro bereits eine kleine Akte über Ina Traslein, die oft über umstrittene gesellschaftliche Themen schrieb und dabei die Behörden nicht zum ersten Mal deutlich aufs Korn genommen hatte. Daher war klar gewesen, dass sie nicht wie eine brave Lokaljournalistin zusammenzucken würde, wenn der Staatsschutz klingelte. Aber diese Abfuhr war doch heftiger, als Schmidt es sich ausgemalt hatte.

„Nun gut, dann unterhalten wir uns eben hier im Hausgang, auch wenn das nicht unbedingt ihrer Privatsphäre dienlich ist. Auf diese Weise wird es das halbe Haus mitbekommen“, erwiderte er mit zynischem Lächeln.

„Wissen Sie, im Gegensatz zu Ihnen mache ich mir nichts aus Nachbarschaftsgeschwätz. Sie können loslegen, am besten damit, auf welcher Grundlage Sie mir hier meine Zeit stehlen. Ich bin nämlich am Arbeiten.“

„Genau um ihre Arbeit geht es. Sie scheinen über Informationen zu verfügen, die den Diebstahl von Unterlagen in der Kernforschungsanlage betreffen. Die Täter sind noch auf der Flucht. Wenn Sie sachdienliche Hinweise haben, sind Sie verpflichtet..."

„Ich bin zu gar nichts verpflichtet. Aber wenn Sie an meinem Wissen teilhaben wollen, lesen Sie doch einfach meine nächsten Artikel. Gönnen Sie sich am besten gleich ein Abo, dann unterstützen sie die notleidende Zeitungsbranche."

„Wenn Sie Ihr Material veröffentlichen, dann warnen Sie die Täter und machen sich mitschuldig daran, dass sie entkommen können."

„Wie? Ich mache mich mitschuldig an Ihrer Unfähigkeit? Kann ich sie diesbezüglich zitieren, Herr Schmidt?"

Jetzt war es an Inas Stimme, einen zynischen Unterton anzuschlagen.

„Ach lassen Sie uns aufhören, Spielchen zu spielen. Einverstanden, Sie sind ein cleveres Mädchen und oft verdammt schnell auf der Spur. Wenn Sie mit uns zusammenarbeiten, dann können wir Ihnen ab und zu auch einige Informationen zukommen lassen. So gewinnen wir beide und müssen uns nicht mehr streiten. Was halten Sie davon?"

Schmidt lächelte die Journalistin mit seinem schleimigen Lächeln an. Es war ihm vom Strahl des Lebens nicht in die Wiege gelegt worden, andere über Freundlichkeit und sympathische Ausstrahlung zu gewinnen, denn er besaß wenig Ausstrahlung und was vorhanden war, erlebten seine Mitmenschen selten als positiv.

Entsprechend arbeitete er bevorzugt über autoritäres Auftreten und über Druck. Leider schien diese beliebten Überzeugungsmuster bei der abgebrühten Journalistin wenig erfolgversprechend. Die Bevölkerung, vor allem diese sogenannten Intellektuellen, wurden immer aufmüpfiger. Der Respekt vor dem Staat und seinen Ordnungskräften war verloren gegangen und Schmidt sehnte sich in Zeiten zurück, in der er einer solchen Aufwieglerin gezeigt hätte, wo ihr Platz war.

Die Aufwieglerin warf ihm einen Blick direkt aus dem untersten Eisfach der Kühltruhe zu und erwiderte:

„Das clevere Mädchen, wie Sie sich unverschämter Weise auszudrücken belieben, hat jetzt genug von Ihnen und wünscht Ihnen einen schlechten Abend!"

Rummms! Die Tür knallte wenige Zentimeter vor Schmidts Gesicht in den Rahmen.

Er trat vor Wut mit dem Fuß gegen die Tür, die davon vergleichsweise unbeeindruckt nur ein dumpfes *Klong* von sich gab. Stärker und negativer beeindruckt zeigten sich die schmerzenden Zehen des Polizisten.

Fluchend humpelte er die Treppen hinab und wurde dabei durch zahlreiche Türspione beobachtet. Ein solcher Auftritt erregte unweigerlich das Interesse des nachbarschaftlichen Überwachungsdiensts, dem der Staatsschutz für mindestens zwei Wochen Gesprächsstoff und Futter für die wildesten Verschwörungstheorien geliefert hatte. Mit der baldigen Verhaftung der Journalistin wurde in der Hausgemeinschaft für die nächsten Stunden gerechnet.

Die vermeintliche Übeltäterin setzte sich wieder an ihre Olympia-Schreibmaschine und versuchte sich zu konzentrieren. Dieser blöde Büttel hatte sie doch glatt aus dem Konzept gebracht. Was hatte er eigentlich gewollt? Sein Angebot einer Zusammenarbeit war ebenso abstrus wie unglaublich gewesen. Hatte er tatsächlich angenommen, sie würde ihre journalistischen Geheimnisse und womöglich ihre Quellen mit dem Staatsschutz teilen? Ungeheuerlich! Was hatte er schon zu bieten? Über brauchbare Informationen zum Tausch verfügte er sicher nicht, sonst wäre der peinliche Auftritt vor ihrer Tür überflüssig gewesen. Wollte er Geld anbieten? Hielt er sie wirklich für käuflich? Offenbar hatten die Behörden bislang keine guten Informationen über sie gesammelt.

Sie kehrte zu ihrem Text zurück. Der letzte Artikel war gut eingeschlagen, so gut, dass dieses Ekel Schmidt hier aufgetaucht war. Sie musste das Eisen schmieden, solange es glühte. In der Zeitungswelt wiesen Themen eine unglaublich kurze Halbwertszeit auf. Was heute noch als Aufreger der Nation taugte, konnte nächste Woche schon vergessen sein und niemand nahm mehr einen Beitrag dazu an. Ein Diebstahl, wenn es sich nicht gerade um ein Jahrhundertverbrechen wie beim großen Postraub handelte, bekam gerade mal eine Meldung, bevor er auf dem großen Müllhaufen journalistisch nicht weiter interessanter Geschichte landete. Im vorliegenden Fall sorgte die Verknüpfung mit der Atomanlage und den damit bestehenden Ängsten für nachhaltigere Aufmerksamkeit. Außerdem, überlegte Ina mit unbescheidenem Lächeln, hatten ihre Artikel durchaus dazu beigetragen, dass die Angelegenheit noch nicht von der Medienbildfläche verschwunden war.

Die Täter waren auf der Flucht, es schien daher von Vorteil, den Druck auf sie zu erhöhen. Sie musste die Schurken verunsichern, damit sie trotz der Schwierigkeiten einen Versuch unternahmen, das ummauerte Berlin zu verlassen. Solange sie sich in den zwielichtigen Vierteln der ehemaligen Reichshauptstadt verkrochen, würden schnarchnasige Sicherheitsleute wie dieser Herr Schmidt sie nie finden.

Ina malte also in bewährter Weise ihre Informationen in publikumswirksamen Stil weiter aus.

„Nachdem die Täter in ihrer Wohnung in Berliner Stadtteil Tegel entdeckt wurden und nur in letzter Sekunde unter Zurücklassung ihrer Beute fliehen konnten, ist man ihnen jetzt wieder dicht auf Spur. Durch Hinweise aus ihrem Umfeld konnte der mögliche Aufenthaltsort bereits weitgehend eingegrenzt werden. Mit einer baldigen Verhaftung ist zu rechnen. Spätestens dann wird auch herauskommen, für welche weiteren Taten sie noch verantwortlich sind.“

Ina las den gesamten Artikel noch mal laut vor sich hin. Das saß perfekt, jetzt musste es nur noch in den Druck. Sie griff zum Telefon.

Ihr Eifer sollte rasche Erfolge nach sich ziehen. Noch während unsere drei Freunde auf dem Schulhof den spekulativen Artikel diskutierten, wurden einige hundert Kilometer weiter östlich zwei Männer beim Versuch verhaftet, Berlin mit gefälschten Pässen in Richtung Budapest zu verlassen. Die Grenzpolizei erkannte sie trotz falscher Bärte und geänderter Haarfarbe, hauptsächlich wegen Erics hervorragender Phantomzeichnungen, welche die Charakteristika der Gesichter so prägnant darstellten.

Dieser polizeiliche Erfolg gelangte als 20 Sekunden Meldung sogar in die Berliner Abendnachrichten des dritten Programms.

Während sich die Sicherheitsorgane noch feiern ließen, arbeiteten die drei Jugendlichen bereits am nächsten Ermittlungsschritt. Am folgenden Donnerstag verkündete Sean wie abgesprochen während der Abteilungsbesprechung eine bedeutende Entdeckung.

„Ich denke, ich habe eine wirklich gute Neuerung für den Beta-Kreislauf gefunden, welche den Prozess deutlich beschleunigen könnte. Natürlich es braucht noch einige Bestätigungstests und Belastungsversuche, aber up to now sind die Daten sehr vielversprechend."

Er deutete auf sein Laborbuch, das er demonstrativ in die Luft hielt, wie er es zuvor mit Caissy geübt hatte.

Sean verfügte leider über gar kein schauspielerisches Talent, was er als Wissenschaftler auch nicht benötigte. Die Vorführung kostete ihn einiges an Anstrengung und wirkte nur deshalb einigermaßen überzeugend, weil er wirklich intensiv mit seiner Tochter geprobt hatte.

Die Besprechung ging noch etwa zwanzig Minuten weiter, denn auch andere Teammitglieder hatten mehr oder weniger Interessantes zu berichten.

Nachdem der Abteilungsleiter das Ende der Sitzung verkündet hatte, warf Sean sein Laborbuch lässig auf das Sideboard und verkündete:

„Ich brauche jetzt einen ordentlichen Tee. Meine Migräne sich wieder meldet."
Er verschwand in Richtung Cafeteria.

Als er dreißig Minuten später zurückkehrte, war das Heft verschwunden. Die Sache war genauso abgelaufen, wie Cleo es geplant hatte.

An astonishing girl, indeed", murmelte Sean zu sich selbst und hoffte, dass der Rest von Cleos Plan ebenfalls wie gewünscht funktionierte und die Jugendlichen sich nicht in Gefahr begaben.

Diese sausten mit ihren Fahrrädern nach Schulschluss zunächst zu Caissys Mutter. Dort erfuhren sie, dass Sean bereits vor dreißig Minuten das Codewort durchgegeben hatte. In strammen Tempo strampelten sie daraufhin zur Kernanlage weiter. Mit seinem neuen Renner konnte Eric ordentlich Speed vorlegen, aber die beiden Freundinnen hielten gut mit. Um möglichst hohes Tempo zu erreichen, wechselten sich die drei an der Spitze ab, sodass immer jemand Ausgeruhtes den Windschatten für die beiden Verfolger zur Verfügung stellte.

Verschwitzt und außer Atem kamen sie am Zaun der Kernanlage an und versteckten die Räder im Wald.

„Ich hoffe, wir sind nicht zu spät", japste Cleo.

„Ich denke nicht, Dienstschluss ist erst in einer halben Stunde", erwiderte Caissy.

Die Freunde suchten sich einen geeigneten Beobachtungsposten im Unterholz.

„Hier ist es gut. Wir haben fast 50 Meter vom Zaun im Blick", befand Eric inmitten eines großen immergrünen Busches am Waldrand.

„Ja, das ist super."

„Meint ihr, die Papiere wurden schon geworfen und wir sollen sie suchen?", überlegte Caissy.

„Ich glaube, das wäre nicht so gut. Wenn wir jetzt überall am Zaun rumtrampeln hinterlassen wir Spuren. Außerdem kann der Dieb jeden Moment auftauchen und dann haben wir kein gutes Versteck."

Es blieb ihnen nichts anderes zu tun, als sich in dem feuchten Gebüsch einzurichten und zu warten, was sich als eine ziemlich unerfreuliche

Angelegenheit herausstellte.

„Ich hätte nicht gedacht, dass Ermittlungsarbeit so herausfordernd und so kalt sein kann.“

Cleo rieb sich fröstelnd die Arme. Nach der schweißtreibenden Radfahrt war der kühle Wind verbunden mit sporadischen Schauern ziemlich unangenehm.

Auch ihren Mitstreitern wurde die Wartezeit lang und Eric, der ohnehin nicht mit besonders viel Beharrungsvermögen gesegnet war, begann bereits zu zweifeln:

„Ich glaube das wird nichts mehr, auch wenn wir hier noch zwei Stunden vor uns hinbibbern.“

„Halt die Klappe, da kommt ein Auto“, zischte Cleo.

„Es lief genau, wie Cleo vermutet hatte“, erzählte Eric eine Stunde später beim Aufwärmen in O'Briainschen Wohnzimmer und biss in ein Stück des leckeren irischen Brotes, das auf den seltsamen Namen Barmbrack hörte.

„Wie sah der Mann denn aus?“, wollte Sean wissen.

Eric beschrieb ihn so genau wie möglich.

„That is Mr. Brandt, ein technischer Assistent aus Labor Zwei!“, rief der Wissenschaftler aufgeregt.

„Wir müssen informieren die Polizei“, meinte Fiona O'Bryan.

„Das würde gerne ich übernehmen!“, grinste Cleo.

„Diesmal wird die Verhaftung gleich am Morgen in der Zeitung stehen, sogar mit Bild“, ergänzte Eric und tippte mit dem Finger auf die Kamera, mit der aus dem Busch heraus Aufnahmen gemacht hatte. Er hoffte sehr, dass die Bilder gut geworden waren und spekulierte darauf, eigene Aufnahmen in einer bundesdeutschen Zeitung veröffentlicht zu sehen.

Cleo wählte die Nummer von Kriminaldirektor Waldenbuch. Diesmal war er selbst direkt am Apparat.

„Hallo, hier ist Cleo von der C-E-C Ermittlungsagentur. Wir hätten da mal wieder eine Verhaftung für Sie", flötete sie mit jugendlich überschwänglicher Stimme in die Telefonmuschel.

„Was zum Teufel habt ihr jetzt schon wieder angestellt?", knurrte der Polizeioffizier.

„Hören Sie einfach zu, ich erkläre es Ihnen."

Der Kriminalbeamte wollte die impertinente Jugendliche empört in die Schranken weisen, aber eine innere Stimme flüsterte, dass dies wahrscheinlich im Interesse seiner Karriere kein guter Gedanke war. Diese Gören waren ungezogen, aber auch ziemlich clever. Wahrscheinlich hatten sie wieder etwas Wichtiges herausgefunden. Er hörte sich daher den Bericht heftig atmend an und war erneut sprachlos über die Auskünfte, die ihn wie üblich nach seinem Feierabend erreichten.

„Also, ich muss sagen, das ist... das ist ganz außergewöhnlich, einfach brillant."

„Danke schön. Sie werden die Verhaftung zeitnah veranlassen müssen, denn diesmal erscheint ein Artikel dazu in der nächsten möglichen Zeitungsausgabe."

„Aber ihr, müsst warten, bis... „

„Wir müssen gar nichts. Die letzte Absprache wurde nicht eingehalten und so lange wir die Arbeit erledigen, die ihre Polizisten nicht hinbekommen, werden Sie sich an unsere Spielregeln halten", unterbrach Cleo mit deutlichem Ärger im Unterton.

„Aber..."

„Ich wünsche Ihnen einen schönen Abend, Herr Kriminaldirektor."

Cleo legte auf.

„Gut gemacht", lobte Eric.

„Ich muss jetzt nach Hause, bin schon wieder zu spät", seufzte Cleo nach einem Blick auf ihre Armbanduhr.

„Ich werde für dich telefonieren deine Eltern", bot sich Fiona an.

„Danke, aber besser nicht. Meine Eltern denken jetzt schon, ihr seid schlechter

Umgang für mich, weil ich immer so spät von euch komme. Ich werde eine andere Ausrede erfinden."

„Ich muss auch gehen und mit meiner Mutter den Film entwickeln."

Maren war in der Tat höchst erfreut über die Bilder.

„Wenn du deinen Namen in der Zeitung haben möchtest, dann solltest du dir jetzt ein Künstlerpseudonym ausdenken."

„Warum das denn?"

„Viele Fotografen, aber auch Journalisten, arbeiten mit Pseudonymen. Gerade wer eher kontroverse oder politische Themen aufgreift, will nicht, dass die ganze Welt und damit auch mögliche Gegner immer gleich den Namen und damit die Identität kennen."

„Aber du benutzt doch auch keinen Künstlernamen, oder?"

„Manchmal schon. Es kommt immer auf die Umstände an. Da ich beruflich mit Fotografien mein Geld verdiene, oder das zumindest versuche, ist es nicht immer sinnvoll, nur anonym zu publizieren. Schließlich sollen die Auftraggeber wissen, wer die tollen Bilder gemacht hat, damit sie die Person dann buchen können. Aber wenn du von Anfang an ein gutes Künstlerlabel nutzt, kannst du auch damit bekannt werden."

„Verstehe, aber was soll ich wählen?"

„Das liegt ganz bei dir, es sollte prägnant aber kurz sein. Zeitungen schreiben nicht gerne Alexander Maria Graf von Hardenberg-Schulendorf zu Kotzstein unter ein Bild."

„Das leuchtet ein", lachte Eric und überlegte weiter, ohne bei dieser unerwarteten Aufgabe spontan zu einer Lösung zu kommen.

Nach einigen Minuten des Nachdenkens verkündete er:

„Wenn es kurz sein soll, dann wähle ich *droid2*, das war mein Name in dem Theaterstück in der Schule, als ich den Roboter gespielt habe."

„Das ist eine gute Entscheidung, kurz, modern und einprägsam. Aus dir kann nun ein großer Fotograf werden, das Kürzel steht dem zumindest nicht im

Wege. Schauen wir uns deine Bilder zusammen an."

Die Mutter holte sie aus der Entwicklerwanne und hängte sie an die Wäscheleine, die durchs Badezimmer lief.

„Das hier ist ein bisschen verwackelt und das hier zu dunkel, aber die anderen beiden sind gut gelungen", urteilte die Fotografin mit professionellem Blick.

„Aber der Dieb und das Auto sind so klein abgebildet."

„Das ist der Nachteil, wenn man für so einen Auftrag kein Teleobjektiv zur Verfügung hat. Aber wir können die entscheidenden Bildausschnitte noch herausvergrößern. Hilfst du mir?"

Die Fotografin und ihr Lehrling machten sich an die Arbeit. Letztlich erwies sich nur ein Ausschnitt als wirklich gut.

Eric war ein wenig enttäuscht, aber die Mutter beruhigte ihn.

„Das passt schon so. Du brauchst genau ein Bild, das sitzt, nicht ein Dutzend, bei dem du dich dann nicht entscheiden kannst. Ein Volltreffer ist das, was jeder gute Fotojournalist anstrebt. Manchmal braucht es dafür hundert Aufnahmen."

Eric nickte und betrachtete mit wachsender Zufriedenheit sein Werk.

Am nächsten Samstagmittag saßen die Freunde, nachdem sie ihre schulischen Pflichten für diese Woche erledigt hatten, im Tash, verspeisten Crêpes und lasen zum zwanzigsten Mal Inas Artikel. Sie hatte um das Foto herum eine spannende Story konzipiert, wie der Dieb, der am Vortag verhaftet worden war, in die Falle getappt war. Die Reporterin hatte geschickt offengelassen, wer diese Falle gestellt hatte, aber jedem aufmerksamen Leser wurde klar, dass es nicht die Polizei gewesen sein konnte.

„Ich würde zu gern noch ein Nougat-Hörnchen nehmen" verkündete Cleo und zückte ihre kleine Geldbörse, um zu überprüfen, ob ihre begrenzte Barschaft dafür ausreichte.

„Kein Problem, heute zahle ich. Für das Foto habe ich einen Vorschuss von Ina bekommen, zwanzig Mark. Sie meint, wahrscheinlich wird die Zeitung einen Hunderter dafür bezahlen", strahlte Eric und blickte nochmals mit Stolz auf die winzigen Buchstaben unter dem Rasterbild, die seine Urheberschaft dokumentierten.

„Wow, das ist ja super! Damit unsere Kasse ist gut gefüllt für die nächste Zeit", strahlte Caissy.

Die Einnahmen stiegen in den nächsten Tagen nicht unbeträchtlich, weil Ina einen größeren Übersichtsartikel über die gesamte Affäre in einer großen Wochenzeitschrift platzieren konnte und Erics Bild der abschließenden Überführung des Täters darin ebenfalls Platz fand.

In der folgenden Woche nahten die närrischen Faschingstage und das Ende des Schulhalbjahres. Die letzten Arbeiten waren geschrieben und eine große Kostümfeier sollte in die bedenklich kurzen Fastnachtsferien überleiten.

„Was bedeutet dieser Karneval. Ist es eine Verkleidungsparty?", erkundigte sich Caissy, die ähnliches aus Irland nicht kannte.

„Verkleiden und Spaß haben sind heutzutage die Hauptaspekte, ursprünglich hatte das Ganze aber irgendwie religiöse Bezüge. Früher feierte man, bevor man dann in der Fastenzeit traurig vor sich hinhungern musste", erläutert Cleo.

„Es geht auch um Regeln brechen. Weil die Menschen das ganze Jahr schön in der Spur laufen müssen, dürfen sie einmal im Jahr mit hochoffizieller Erlaubnis über die Stränge schlagen und sich austoben", ergänzte Eric.

„Über die Stränge schlagen?", Caissy verstand diese Redewendung nicht.

„Blödsinn machen."

„Oh that, I see."

Caissy dachte über diese Bemerkung nach und kam zu dem Schluss, dass die Menschen tatsächlich nur selten verrückte oder ungewöhnliche Dinge tun durften. Gerade Deutschland war gespickt mit Verbotsschildern und eine allgegenwärtige Polizei passte auf, dass auch alle sich daran hielten. Weil die

Ordnungshüter nicht überall sein konnten, kontrollierten sich die Leute im Zweifel gegenseitig. Wer aus der Reihe tanzte, wurde rasch aus der Gemeinschaft ausgegrenzt. Ohne Zweifel, die Deutschen brauchten ein Ventil, an dem sie ungestraft lustig sein konnten und zumindest einige Regeln missachten durften. Karneval schien für dieses Land nicht nur eine sinnvolle, sondern eine notwendige Einrichtung.

Erstaunt erlebte die junge Irin in den nächsten Tagen, dass dieses vorübergehende Mehr an Freiheit meist nur dazu genutzt wurde, viel Alkohol zu trinken und sich komische Reden anzuhören, die angeblich lustig sein sollten.

Manchmal wurden auch Lieder gegrölt und dazu geschunkelt, was ein wenig an den St. Patricks Day in Irland erinnerte – leider schienen die Deutschen wenig musikalisch zu sein. Im Fernsehen wurden zahlreichen Karnevalsveranstaltungen übertragen und Caissy hatte die sich keine fünf Minuten anschauen können. Merkwürdig verkleidete Figuren bevölkerten ganze Festhallen und benahmen sich dabei so bescheuert, als seien sie irgendwo zu heftig mit dem Kopf aufgeschlagen.

„Warum die Leute nicht machen wirklich Nonsens und sind funny?", erkundigte sie sich.

„Auch an Karneval dürfen die Menschen nicht einfach machen, was sie wollen", erwiderte Eric.

„Warum denn nicht?"

„Mein Opa Jean hat es mir so erklärt: Selbst für die Zeit mit weniger Regeln gibt es wieder neue Regeln, sogenannte Traditionen. Karneval ist sozusagen erlaubtes Chaos oder Anarchie nach Vorschrift. Was dabei herauskommt, siehst du in den Festzelten und bei den Faschingsumzügen."

Caissy nickte und hoffte, dass die Schulfeier nicht so bescheuert werden würde.

Sie hätte sich keine Sorgen machen müssen. Das große Kostümfest präsentierte sich wie jedes Jahr als gelungene Party mit guter Musik, leckeren Häppchen und viel Bowle.

Bevor jedoch die Feierlichkeiten am Nachmittag des letzten Schultags beginnen konnten, musste zunächst hoher Besuch überstanden werden. Einige Absolventen der Lehranstalt waren später im Leben in bedeutsame Positionen aufgestiegen und es gehörte zur Tradition, dass sie ihre alte Schule in gewissen Abständen besuchten, um die Schülerschaft mit schlauen Reden zu langweilen. Vorzugsweise fand so etwas gegen Ende des ersten Halbjahres statt, um die Schüler für die zweite Halbzeit zu noch größeren Anstrengungen zu motivieren. Dieses Mal handelte es sich um einen Staatssekretär aus dem Innenministerium, der den Schülern anderthalb Stunden ihrer wertvollen Zeit stahl.

Daran war nichts zu ändern, denn Schwänzen war unmöglich und so musste die hochwohlgeborene Belehrung eben abgesessen werden. Es gab Schlimmeres, zum Beispiel kurz vor der Veranstaltung zur chronisch übelgelaunten Klassenlehrerin zitiert zu werden.

„Was sie wohl will? Wir haben doch in letzter Zeit nichts angestellt, soweit ich mich zumindest erinnere", wunderte sich Eric.

„Keine Ahnung, sie wird es uns sagen", zuckte Caissy mit den Schultern, die sich mit ihrer aufmüpfigen Art schon so manches Lehrergespräch eingehandelt hatte und daher nicht besonders beunruhigt war.

Frau Reizbar empfing sie im Vorraum des Lehrertraktes, in dem Gespräche mit zu maßregelnden Schülern meist stattfanden.

„Cleo, Caissy und Eric. Schön, dass ihr euch noch nicht kostümiert habt."

„Das machen vor der Prominentenrede doch nur Schüler aus der Unterstufe. Aber Sie wollten uns wahrscheinlich nicht deswegen sprechen?", erkundigte sich Cleo kühl.

„Nein. Der Direktor und unser heutiger Ehrengast wollen euch nach der Ansprache kurz im Blauen Zimmer sehen."

„Us? Why that?", wunderte sich nun auch Caissy, die sonst nicht so leicht aus der Fassung zu bringen war.

„Das meine junge Dame, kann ich mir allerdings auch nicht erklären. Ich hatte gehofft, ihr könnt mir einen Grund nennen."

„No idea", gestand Caissy freimütig.

„Dann wird es vorerst ein Rätsel bleiben, was euch zu dieser Audienz verholfen hat. Sicherlich nicht eure besonderen Leistungen, denn ihr gehört, trotz deiner naturgemäß überdurchschnittlichen Englisch-Zensuren, nicht zu den besonders erfolgreichen oder bemerkenswerten Schülern eurer Klassenstufe", stellte die Pädagogin mit der ihr eigenen unpädagogischen Schroffheit fest.

„Aber warum, dann...?"

„Der Direktor wollte es mir unverständlicherweise nicht mitteilen."

Bei den letzten Worten schwang deutlicher Unwillen mit. Die Schulleitung konnte sie als Klassenlehrerin doch nicht im Unklaren lassen, weshalb drei ihrer Eleven die Ehre einer solchen Sonderbehandlung erhielten. Falls es überhaupt um Ehre ging und nicht um Tadel. Aus ihrer Sicht waren alle drei eher Störenfriede als Vorzeigeschüler. Sicher, diese Cleo zeigte einige Begabung, war aber genauso faul wie ihre beiden Freunde, dazu noch frech und vorlaut. Vielleicht würde sie später noch herausfinden, ob es sich bei der Sondereinladung um Anerkennung oder um Rüge gegangen war. Die Klassenlehrerin vermutete mit Vehemenz letzteres.

„Also gehen wir nach der Rede zum Blauen Zimmer", stellte Eric nüchtern fest und die Drei verließen den Raum.

Die nächste Stunde zog sich für die Freunde noch mehr in die Länge, als solche Veranstaltungen es ohnehin tun. Sie grübelten intensiv über die merkwürdige Einladung und konnten den Ausführungen daher bedauernswert wenig Aufmerksamkeit schenken. So verpassten sie wichtige Lebensweisheiten, die der hohe Gast über ein Zitat von Seneca ausbreitete:

Nicht weil es schwer ist, wagen wir es nicht, sondern weil wir es nicht wagen, ist es schwer.

„Who the damn is Seneca?“, flüsterte Caissy

„Ein römischer Politiker und Laberkopf“, klärte Eric auf.

„Er war auch Philosoph und hat schon ein paar schlaue Sachen gesagt“, ergänzte die belesene Cleo.

Irgendwann war es vorbei und die Schülerschaft applaudierte pflichtschuldig.

Wenige Minuten später klopften die Schüler an der Tür des Blauen Zimmers.

„Herein, ah da sind Cleo, Caissy und Eric aus der achten Klassenstufe. Setzt euch. Herrn Dr. Thomann habt ihr ja bereits kennengelernt“, begrüßte der Direktor freundlich.

Kennengelernt ist gut, er hat uns halt vollgequatscht, überlegte Eric, während sie dem Gast so vornehm sie konnten die Hand schüttelten.

„Schön, dass ihr Zeit hattet, vorbeizuschauen“, lächelte Dr. Thomann.

„Sicher, gerne. Sie wollten uns sprechen?“, erwiderte Cleo und blickte ihn erwartungsvoll an. Gleich würde deutlich werden, was der hohe Besuch denn so interessant an ihnen fand.

„Ich wollte euch kennenlernen, denn ich habe von euch gehört.“

„Von uns?“

„Ja, ihr habt bei der Aufklärung einiger sehr unerfreulicher Ereignisse in dieser Stadt eine herausragende Rolle gespielt.“

„Did we?“, erkundigte sich Caissy verblüfft, bevor ihre einige Sekundenbruchteile später klar wurde, worauf der Gast anspielen musste.

„Ich fand es höchst beeindruckend, wie ihr weitgehend alleine diese Affäre gelöst habt.“

„Wir wollten entlasten meinen Vater, er war unter falschen Verdacht.“

„Das ist euch offensichtlich gelungen.“

„Woher wissen sie davon? Eigentlich war abgemacht, dass niemand von unserer Aufklärungsarbeit erfährt?“, erkundigte sich Eric. Schon wegen der eigenen

Mutter hielt er es für wichtig, dass die Behörden die Absprachen einhielten.

„Ich bin im Innenministerium unter anderem für die Polizei dieser Stadt zuständig und so geht vieles über meinen Schreibtisch, was nie das Licht der Öffentlichkeit sehen wird. Ihr müsst euch also keine Sorge machen. Allerdings gibt es nicht immer so interessante Berichte. Ich war sehr stolz, dass Schüler meiner Schule einen so ausgezeichneten Spürsinn, Kreativität und Eigeninitiative gezeigt haben."

„Danke schön", erwiderte Cleo, die das Gefühl hatte, auf soviel Lob etwas erwidern zu müssen.

Eric fiel auf, dass auch der Staatssekretär von ‚seiner Schule' sprach, obwohl er sie vor bestimmt 30 Jahren schon verlassen hatte.

„Das Ziel der Bildung in unserer Schule besteht vornehmlich darin, jungen Menschen Kompetenz in der Bewältigung schwieriger Probleme zusammen mit Selbstvertrauen und Beharrungsvermögen zu vermitteln", sagte der Direktor sein Sprüchlein auf.

„Das ist wirklich sehr vielversprechend bei diesen drei Schülern gelungen. Ich würde daher vorschlagen, sie in den Parzival-Club aufzunehmen, sobald das Mindestalter erreicht ist", regte der hohe Gast an.

„Was?", rief Eric erstaunt.

„Das ist ein sehr interessanter Gedanke, er ist mir auch schon gekommen", bestätigte Direktor von Eisleben.

Die drei Freunde waren sprachlos. Der Parzival-Club war der elitärste Club der ganzen Schule. Man konnte sich nicht um eine Mitgliedschaft bewerben, sondern wurde nur auf besondere Empfehlung aufgenommen.

„So, nun will ich euch nicht länger aufhalten. Ihr wollt euch sicher auf eure Feier vorbereiten. Ich freue mich, dass wir uns kennengelernt haben und bin sicher, wir treffen uns irgendwann wieder", beendete der Staatssekretär die Audienz.

Eilig verabschiedeten sich die Freunde.

„Was war das jetzt?", machte sich Eric auf der Treppe Luft.

„Keine Ahnung. Ich will doch gar nicht in diesen Streber-Verein", erwiderte Cleo.

„Neither do I. It's a silly club for snobs!"

Die Sache blieb mysteriös. Der Parzival-Club war kein Freizeitclub, sondern fungierte als eine Art Auszeichnung für besonders Begabte oder Förderungswürdige. Hier versuchten vor allem die Streber und Karrieremacher Mitglied zu werden, denn dies erleichterte den Start in eine spätere Laufbahn ungemein.

An spätere Karrieren dachte im Moment jedoch keiner der Freunde, weshalb sie das merkwürdige Gespräch rasch vergaßen und in die Sportumkleide eilten, um sich für die Party fertig zu machen. Aus der Turnhalle klangen bereits die Bässe der neusten Disco-Hits herüber, gerade sangen KISS ihr rockiges ‚I was made for loving you'.

„Hey, das ist ja cool! Ich wusste gar nicht, dass du als Sherlockine Holmes gehen wolltest", rief Eric, als Cleo im karierten Sakko samt einer etwas umgewandelte Wintermütze im Stil des berühmten englischen Detektivs sah.

„Nachdem ihr mich ja ständig als Chefdetektivin tituliert habt, dachte ich, das wäre das passende Kostüm", feixte Cleo.

Caissy war ihren Interessen ebenfalls treu geblieben, und hatte sich mit Lederkappe und Fliegerjacke, beides von Sean geliehen und von Fiona etwas umgearbeitet, als Pilotin aus der Frühzeit der Luftfahrt verkleidet. Highlight ihres Outfits war eine alte Chemielabor-Brille, die sie zu einer Fliegerbrille abgewandelt hatte.

Eric hatte sich zunächst schwergetan, ein Kostüm zu finden. Eigentlich konnte er diesen Fasnachtsverkleidungen nicht mehr viel abgewinnen.

Als er noch jünger war, strolchte er wie viele Jungs als Indianer durch die Gegend. Das erschien ihm mittlerweile ziemlich doof und kleinkindhaft. Dieser Umschwung war vor einigen Jahren durch ein von Cleo geliehenes Buch eingeleitet worden, in dem das Indianerleben alles andere als lustig beschrieben war. Die amerikanischen Ureinwohner jagten darin nicht unbeschwert auf Pferden reitend ihre Büffel, sondern wurden systematisch von den weißen Siedlern vertrieben und umgebracht.

Um das Land der Eingeborenen für die heutigen weißen Amerikaner zu rauben, wurde über Jahrzehnte ein mehr oder weniger geplanter Vernichtungskrieg geführt. In den Western aus Hollywood fungierten die Ureinwohner oft als Schurken, die Farmen, Postkutschen oder Forts überfielen. Diese Filmplots stellten eine gemeine Verdrehung der Tatsachen dar, denn in Wirklichkeit hatten die weißen Siedler und ihre Armee ganze Dörfer und Völker der Ureinwohner massakriert.

Über diese Geschehnisse wurde nicht nur in den zahllosen Western, sondern auch in großen Teilen der Literatur geschwiegen.

„Weißt du, warum die Filme und die meisten Bücher die Wahrheit so völlig verdrehen und die Indianer als die Bösen darstellen?", hatte sich Eric damals bei Großvater Jean erkundigt.

„Das liegt daran, dass die Geschichte von den Siegern geschrieben wird", erläuterte der Opa.

„Das kapiere ich nicht."

„Es kommt doch darauf an, wer beschreibt, was früher passiert ist. Wenn die Indianer die Geschichte von Amerika aufgeschrieben hätten, dann wäre sie anders dargestellt – oder?"

„Ja klar, sie hätten berichtet, dass ihre Lager überfallen, ihre Familien umgebracht und ihr Land geraubt wurde."

„Die Ureinwohner konnten aber nichts aufschreiben. Entweder waren sie tot oder sie vegetierten in Reservaten vor sich hin. In beiden Fällen schrieben sie keine Geschichtsbücher, Romane oder Zeitungsartikel und drehten auch später keine Filme über den sogenannten Wilden Westen."

„Deshalb sind heute die Cowboys und Siedler die Helden, obwohl das nicht wahr ist."

„Genau! Erst in jüngster Zeit haben die Nachkommen der Ureinwohner angefangen, ihre Sicht der Dinge aufzuschreiben, weshalb es jetzt vereinzelt auch andere Darstellungen gibt."

Eric dachte einige Zeit darüber nach. Es stimmte: Meist schrieben die Sieger die Abläufe so auf, wie es ihnen in den Kram passte. Was wirklich passiert war, blieb dabei oft auf der Strecke. Das galt nicht nur für die amerikanische Geschichte, sondern bestimmt auch für die deutsche.

Jedenfalls waren Eric seit damals die Indianerkostüme zuwider, auch wenn einige Klassenkameraden bis heute als Cowboy oder Indianersquaw zum Ball erschienen. Dieses Jahr war Eric erst am Abend zuvor die rettende Idee für ein Kostüm gekommen. Er hatte seinen Roboter aus dem Theaterstück recycelt, der ja auch schon an Weihnachten viel positive Resonanz erzielt hatte.

So betraten die drei Freunde gut ausstaffiert die mit Musik und Tanzenden gefüllte alte Sporthalle. Erstmals waren sie bei den Älteren mit dabei, die Unterstufe feierte für sich in der Aula.

In der Sporthalle herrschte eine andere Atmosphäre als bei den früheren Schulfesten und Eric bemerkte rasch, dass es bei dieser Party neben Tanzen, Getränken und mit Leuten quatschen noch um mehr ging. Cleo und Caissy wurden immer wieder von älteren Schülern zum Tanzen aufgefordert und auch er selbst hätte gerne mit Caissy getanzt, scheute sich aber, sie zu fragen. Bestimmt hätte sie ihm keine Abfuhr erteilt, aber sie war ständig von Jungs aus der Untersekunda belagert und er wollte nicht wie ein Trampel dazwischen grätschen. Das war alles so schrecklich kompliziert. Er saß versonnen auf einem Sprungkasten der Sporthalle und nuckelte an einem alkoholfreien Cocktail, als plötzlich Biggi aus seiner Klasse vor ihm stand.

„Wollen wir tanzen? Ich mag das Lied total gerne."

Völlig überrumpelt nickte Eric und hüpfte unbeholfen, mit seinen Roboterapplikationen laut klappernd, vom Kasten. Dabei schwappte sein

Cocktail über und spritzte Biggi nass. Diese grinste aber nur und nahm seine Hand und zog ihn zur Tanzfläche. Nach einigen Momenten hatten sich seine durch das Kostüm eingeschränkten Beine genügend Freiraum verschafft und er versuchte sich passend zum Rhythmus von *Celebration* von Kool and the Gang zu bewegen. Es war einer der angesagteren Hits dieser Saison und im Stroboskoplicht, das wild von der Turnhallendecke flackerte, erschienen ihm seine eigenen Tanzbewegungen gar nicht so unbeholfen wie sonst. Jedenfalls lächelte Biggi zufrieden und schüttelte engagiert zum Takt des Songs ihre blonde Olivia Newton-John Mähne.

Wenn Dir diesen Buch gefallen hat, dann kannst Du weiterlesen, mit Band 2 der C-E-C Reihe von Volker Manz:

Hoch oben auf dem alten Turm neben der traditionsreichen Schule, die Caissy, Eric und Cleo beinahe ihre gesamte Freizeit raubt, baut ein Storchenpaar sein Nest. Die Stadtgesellschaft beobachtet fasziniert, wie das Symbol des Glücks und des Neuanfangs Einzug hält. Als es zu Störungen des Nests kommt, empört sich die halbe Stadt und die Schüler beschließen, der Angelegenheit auf den Grund gehen. Rasch zeigen sich die Zusammenhänge als komplizierter, als es zunächst scheint. Mit ihren Nachforschungen stoßen die drei Freunde auf die Schatten der dunkeln deutschen Vergangenheit.Ein mitreißendes Jugendabenteuer voller Spannung, Freundschaft und Mut, angesiedelt in den aufregenden Jahren, als die Bundesrepublik Deutschland selbst gerade volljährig wurde und noch unsicher zwischen Vergangenheit und Zukunft stand.

ISBN-13: 978-3-384-89472-4

Auch als E-Book erhältlich.